P. DJÈLÍ CLARK

DIE TOTEN KATZEN ASSASSINEN

ÜBERSETZT VON
BERND SAMBALE

cross cult

DIE TOTEN KATZEN-ASSASSINEN
von P. Djèlí Clark

1. Auflage, September 2025
Deutsche Ausgabe/German Edition

Verlagsleitung: Andreas Mergenthaler & Luciana Bawidamann

Übersetzung: Bernd Sambale; Programmleitung Romane/Sachbücher: Markus Rohde; Lektorat: Aimée de Bruyn Ouboter; Korrektorat: André Piotrowski; Satz: Rowan Rüster; Art Direction: Martina Behrens; Layout & Farbschnitt: Kerstin Jans, Sina Keller; Lizenzmanagement: Ruijing Qiu; Vertriebsleitung: Peter Sowade; Marketingleitung: Cécile Béran; Herstellung: Hannah Düser, Gerald Schmitt; Druck: CPI Moravia Books s.r.o., Brněnská 1024, CZ-691 23 Pohořelice

Titel der Originalausgabe:
THE DEAD CAT TAIL ASSASSINS
First Published by Tom Doherty Associates (Tor Book)
Tor® is a registered trademark of Macmillan Publishing Group, LLC.

ISBN Paperback-Ausgabe: 978-3-98666-732-0
E-Book ISBN: 978-3-98666-733-7

WWW.CROSS-CULT.DE

Für die Kultur …

KAPITEL

1

> **DIE TOTEN**
> **KATZENSCHWANZ-ASSASSINEN**
> **WEDER SIND SIE KATZEN**
> **NOCH HABEN SIE SCHWÄNZE**
> **DOCH GANZ GEWISS SIND SIE TOT.**

Gleich als Eveen die schlichte braune Karte zwischen Daumen und Zeigefinger nahm, sprang ihr die rote Schrift ins Auge. Einmal las sie die Worte laut vor, dann wiederholte sie sie noch zweimal im Kopf. Sie versuchte, sich das Lachen zu verbeißen, scheiterte jedoch. Es brach aus ihr hervor, als wäre es auf der Flucht, und sie prustete durch Mund und Nase. Die anderen Gäste des noblen Restaurants in ihrem feinen Zwirn reckten den Hals und warfen ihnen missbilligende Blicke zu.

»Das ist überhaupt nicht lustig gemeint«, bemerkte Fennis. Er saß ihr gegenüber und zog die rotblonden Augenbrauen zusammen.

Es ist aber zum Totlachen, wollte sie sagen, doch dann sah sie die roten Flecken auf seinen Wangen. Sonst machte sie kein großes Gewese um Gefühle. Aber der Mann hatte ein Gesicht wie ein Baby mit großen seelenvollen Augen; Tanten und Großmütter würden weit reisen, um ihm in die Wangen zu kneifen. Wer würde sehen wollen, wie sich dieses Mündchen verzog?

»Ähm, hast du das geschrieben?«

Er nickte und wurde noch röter. Hochrot? Puterrot geradezu!

»Oh! Tja. Na dann. Hmmmmmm.«

Er seufzte. »Dreh sie einfach um.«

Sie wendete die Karte. »Na guck. Noch mehr Worte.«

DIE TOTEN KATZENSCHWANZ-ASSASSINEN

SACHKUNDIG. DISKRET. PROFESSIONELL. WIR SIND FÜR IHRE DRINGENDSTEN BEDÜRFNISSE DA.

Eveen hob den Blick. Fennis, der Wonneproppen mit dem lockigen roten Haar, sah sie erwartungsvoll an.

»Guck nicht so. Ich geb mir hier die größte Mühe. Was wollen wir noch mal mit denen?« Sie deutete auf den Kartenstapel auf dem Tisch.

»Das sind Visitenkarten«, sagte er selbstzufrieden. »Wenn du mit deiner Bande einen Auftrag erledigt hast, könnt ihr immer eine liegen lassen. Um mehr Kunden an Land zu ziehen.«

Sie hielt einen Finger hoch. »Erstens: Hör auf, uns als Bande zu bezeichnen. Wir sind keine Straßenschläger, die alle die gleiche Frisur haben. Wir sind eine Gilde von Auftragsmördern.« Noch ein Finger. »Zweitens: Meinst du, wenn wir jemanden wegpacken, kommt hinterher dessen Arbeitgeber zu uns, damit wir für ihn *auch* jemanden wegpacken?«

»In dieser Stadt ist deine Branche immer gefragt.«

Ganz unrecht hatte er nicht, das musste Eveen zugeben.

Tal Abisi war eine Hafenstadt auf der westlichen Halbinsel. Es hieß, hier kam mehr Handel durch als auf den größten drei vergleichbaren Häfen des Kontinents zusammengenommen: Seide und Textilien aus Vash, Rum und Blauwürze vom Baleen-Archipel, Minerale und Erze reich an Magie, gefördert im abgelegenen östlichen Gulat, und sogar Wunder aus der mechanischen Stadt Kons. Güter strömten so frei durch Tal Abisi wie das Gold und das Silber, das solcher Handel einbrachte. Und wo es Wohlstand gab, da gab es auch Leute, die darum kämpften: Geschäftskonkurrenten, verfehdete Verbrecher, die Mächtigen, die die Stadt lenkten und gegeneinander intrigierten, und noch viele andere. Eveens Branche florierte stets.

Sie warf die Karte auf den Tisch. »Und hast du das mit Baseema besprochen?«

Fennis nickte. »Die Idee schien ihr zu gefallen.«

»Glaub ich sofort.« Baseema war hart wie getemperter Stahl, was man von der Chefin einer Assassinengilde auch erwarten würde. Aber Fennis, den sie angestellt hatte, damit er sich um den ganzen Papierkram kümmerte, konnte sie schwer etwas abschlagen. Lag wohl an dem Babygesicht.

Dann flog mit einem Knall die Tür auf und alle Anwesenden fuhren zu dem Trio herum, das ins Lokal geplatzt kam. Verborgen unter der taillenlangen, halb zugeknöpften blauen Matrosenjacke trug Eveen zwei gebogene Messer, doch nun tastete sie instinktiv nach dem Wurfdolch im rechten kniehohen braunen Stiefel. Vorsichtig zog sie den schwarzen Griff heraus. Ihre weiße Hose hatte an der Seite einen breiten dunkelblauen Streifen, vor dem man ihn kaum sah. Dann richtete sie wieder ihre volle Aufmerksamkeit auf die Neuankömmlinge.

Ein Mann in einem pelzgefütterten Mantel, benäht mit funkelnden Kettenrädern. Eine Frau, gekleidet wie Eveen. Die beiden kämpften um eine junge Frau in einem bauschigen kurzen Rock, Matrosenstiefeln und einem übertrieben langen Mantel; ihre Haut war metallisch golden angemalt. Eveen steckte den Dolch wieder weg. Von den dreien ging keine Gefahr aus: Das waren Schauspieler, die ganze Sache bloß ein bisschen Theater. Nicht allzu überraschend in Tal Abisi, am dritten und letzten Abend des Festivals des Räderwerkkönigs, der Piratenprinzessin und des Goldschatzes.

Sie lehnte sich zurück und sah der spontanen Nummer zu. König und Prinzessin fochten auch mit Worten: Sie hauten sich rezitierte Verse und Literaturpassagen um die Ohren. Selbst das steife Publikum war gebannt; die feinen Damen und Herren schrien erschrocken auf, wenn die Schauspieler ihre Steinschlosspistolen zogen und orangefarbene Bänder verschossen. Dann wurde es ganz still: Das goldene Mädchen griff sich in die Brust und zog ein mechanisches Herz hervor, das zu schimmerndem Konfetti zerplatzte. Begeistert klatschten die Leute Beifall, klopften auf die Tische und ließen einen Münzregen auf die Darsteller niedergehen. Hastig sammelte die kleine Truppe ihren Gewinn ein und eilte wieder hinaus, ehe die Gastwirtin die Geduld verlor – sie stand mit angespanntem Lächeln da, die Finger in den Stoff ihres purpurnen Kaftans geklammert. Während des Festivals konnte man sich ein bisschen mehr herausnehmen, aber alles hatte seine Grenzen.

»Von der Geschichte bekomme ich nie genug«, murmelte Fennis.

»Ich hab bessere gelesen«, sagte Eveen und schnickte Konfetti weg.

»Du liest doch nichts als diese Schauerschinken, die die Druckerpressen in Kons in einem fort ausspucken: ›Asheel, der Irrenjäger‹ oder ›Schrecken der Dämonenlande‹.«

Eveen drohte mit dem Finger. »Das ist solide Literatur! Asheel jagt Irre – dabei ist er *selber* einer! Ein Irrer, der andere Irre jagt? Genial! Und die Schrecken der Dämonenlande sind angeblich Augenzeugenberichte.«

Fennis wirkte skeptisch.

»Auf jeden Fall besser als der Dreck, den die uns hier gerade geliefert haben«, versetzte sie.

»Jede Geschichte birgt ihre eigenen Wahrheiten«, sagte er auf sehr fennistypische Weise.

»Pff! Ein Mädchen opfert sich selbst, um eine Fehde zu beenden – geht's noch dramatischer?«

»Sie tat es aus Liebe. Und es hat Tal Abisi gerettet. Daher ist sie jetzt ja auch die Schutzheilige der Stadt.«

»Liebe? Sie ist wohl eher zwischen die Fronten geraten. Eine hinterhältige Piratin und ein größenwahnsinniger Erfinder haben links und rechts an ihr gezerrt.«

Fennis wies auf sie. »Und doch bist du selbst angezogen wie die Piratenprinzessin!«

Eveen strich über die Goldknöpfe ihrer Jacke und zog die Manschetten ihres weißen Hemdes ein Stück aus den Ärmeln. »Ich gehe mit der Mode. Und wer mag das Festival nicht? Ich meine ja bloß ... Die Stadt wäre beinahe von einer Armee mechanischer Riesen in Schutt und Asche gelegt worden, ein ganzer Distrikt ist seitdem eine unbewohnbare magische Gefahrenzone und fast drei Jahrhunderte nach diesem Beinaheuntergang macht man daraus diese Orgie, die drei Nächte dauert.«

»Die Menschen haben halt eine merkwürdige Art, mit traumatischen Erinnerungen umzugehen«, entgegnete Fennis.

»Erinnerungen«, murmelte Eveen. »Dazu kann ich nicht viel sagen.«

Fennis zuckte zusammen. »Tut mir leid.«

Sie speiste ihn mit einer Lüge ab. »Was man nicht hat, kann man auch schwer vermissen.«

Der Kellner setzte dem unangenehmen Schweigen ein Ende: Er erschien mit Getränken in den Händen und einem schiefen Lächeln auf dem Gesicht am Tisch. Schon den ganzen Abend glotzte er zu ihr herüber. Wahrscheinlich fragte er sich, ob sie und Fennis zusammen waren. Da bestand allerdings kein Grund zur Sorge. Der Mann hatte sie noch kein einziges Mal mit amourösem Interesse angesehen. Leidenschaft oder Erregung ließ er ausschließlich beim Essen erkennen – wie etwa jetzt, als er strahlend zusah, wie Wein in einen Zinnkelch gegossen wurde. Er war als Junge aus einem Provinzdorf hierhergekommen, Maras Bucht oder irgend so was, wo man nichts Aufregenderes zu essen fand als Blaufisch, was das auch sein mochte. In Tal Abisi hatte sich sein Geschmack verfeinert und heutzutage war er ein Liebhaber seltener Tafelfreuden – weswegen sie jetzt auch in diesem piekfeinen Laden saßen statt in einem der Rattenlöcher, die sie vorzog.

Sie strich sich die gedrehten dunklen Locs zurück, die ihr lässig über ein Auge fielen, biss sich auf die Unterlippe und streichelte die Stoppeln auf der kahl geschorenen Kopfseite. Der Kellner war durchaus attraktiv. Und die ganze Sache mit dem Gedächtnis schlug ihr auf die Stimmung. Ein kleiner Flirt war besser, als Fennis dabei zusehen zu müssen, wie er mit unbändiger Wonne das Aroma seines Weins einatmete. Bei Aerils Feuertitten! Der Mann sollte sich ein Zimmer nehmen mit seinem Kelch.

Das schiefe Lächeln des Kellners wurde breiter. Eveen fuhr mit dem Finger über den Rand ihres Kelches, lehnte sich entspannt zurück und streckte eines ihrer langen Beine in der engen Hose aus. Seine Augen weiteten sich gleich noch ein bisschen mehr. *Wie wenn man mit Glimmglas Flussaale fängt.* Würde er Fennis etwas von dem Wein in den Schoß schütten? Das wäre lustig! Doch dann rutschte ihm das Lächeln vom Gesicht und seine Miene wurde unbehaglich. Er sah weg, füllte ihr noch schnell den Kelch und wandte sich zum Gehen. Finster starrte sie ihm nach. Was war das denn gewesen?

»Du vergisst manchmal zu blinzeln.«

Fennis beäugte sie über seinen Kelchrand hinweg, während er am Wein nippte.

»Was?«

Er zeigte auf den Rücken des Kellners.

»Blinzeln. Du denkst nicht immer dran. Das kann … abschreckend wirken.«

»Oh!« Blinzeln. Eine dieser Gewohnheiten, an die man sich permanent selbst erinnern musste, wenn man tot war.

Sie blinzelte ein paarmal absichtlich, dann wanderte ihr Blick wieder zu dem Visitenkartenstapel.

> **DIE TOTEN**
> **KATZENSCHWANZ-ASSASSINEN**
> WEDER SIND SIE KATZEN
> NOCH HABEN SIE SCHWÄNZE
> DOCH GANZ GEWISS SIND SIE TOT.

Nichts daran war gelogen. Eveen war tot. So richtig tot. Mausetot.

Wie das passiert war … wusste sie nicht. Sie hatte auch keinen Schimmer, wer sie zu Lebzeiten gewesen war. Keine einzige Erinnerung. Eveen hatte sie sicher nicht geheißen. Da hatte ihr einfach der Klang gefallen. *Eveen. Eveeeen. Eveeeeeen.* Das ging leicht von der Zunge. Nur eins konnte sie mit Gewissheit sagen: Sie hatte ihr Schicksal selbst gewählt. Man hatte ihr den Vertrag gezeigt; in den hatte sie zu Lebzeiten eingewilligt und sich somit der Göttin verschrieben, der sie nun diente. Sie strich sich mit den Fingern übers Genick, wo sich auf ihrer dunklen Haut die schwarze Tätowierung abzeichnete: der Hund mit den Schakalohren, das Mal Aerils, Herrin der Assassinen. An sie war Eveen gebunden, mit Leib und Seele, im Tod.

Sie nippte an ihrem Wein und wünschte sich, er würde bei ihr die gleiche Wirkung tun wie bei Fennis. Fade war er, selbstredend. Sie könnte noch Flaschen davon trinken und würde nie *ganz* betrunken, bekäme nur eine Ahnung des Rauschs. Alles war so, wenn man tot war. Dieser Wein. Essen. Sex. Es fehlten die Süße und die Verve – das war doch mal ein schönes Wort: *Verve.* Wie wenn jemand einem einen Kuchen buk und gerade zu wenig Zucker nahm. Man aß ihn, klar. Wer würde bitte *Kuchen* ausschlagen? Aber man wäre enttäuscht, denn er hätte einfach nicht die richtige Süße. Keine Verve.

Zumindest hatte sich die Gilde bei ihrer Wiedererweckung Mühe gegeben. Das musste man ihnen lassen. Sie war keine wankende, halb verweste Leiche, die nach Hirn gierte. Die Magie ließ sie lebendig erscheinen. Na ja, fast. Ihr Hautton wirkte etwas matt, wobei sich das mit den richtigen Ölen und einem anständigen Bad beheben ließ. Zu manchen Reflexen wie dem Blinzeln musste sie sich zwingen, um den Schein zu wahren. Jäh knurrte ihr Magen, was sie daran erinnerte, dass sie außerdem essen musste.

Zum Glück kehrte gerade ihr Kellner zurück, nun ohne das schiefe Grinsen und den interessierten Blick. Dafür hatte er ein paar Leute im Schlepptau. Sie stellten Platten ab, auf denen sich Essen häufte. Gegrillte Trippelvögel mit kräftigen Kräutern. Ein geschmorter Hammelschenkel mit Minze. Eine Schale frittierter Tintenfisch in einer würzigen Soße. Und gebratene Rippchen von irgendeinem Tier mit Honigglasur. Heißhungrig machte sie sich darüber her.

Die Toten gierten immerzu nach Essen. Hatte was mit der Magie zu tun, die das untote Fleisch erhielt. Wie alles andere schmeckte nichts davon besonders bemerkenswert. Dennoch verlangte ihr Leib auch im Tod noch nach seinen Opfern.

»Dir beim Essen zuzusehen, versetzt einen doch jedes Mal in Erstaunen«, kommentierte Fennis, als sie gerade zarte Trippelvogelknochen knackte, um an das Mark heranzukommen.

»Brauchst gar nicht so herablassend zu sein. Isst du nichts?«

»Oh doch! Da kommt es auch!«

Der Kellner kehrte mit einem Teller weißen Joghurts und einem Fladenbrot zurück. Es folgten zwei Schalen, in denen es nur so wimmelte. Sie kniff die Augen zusammen.

»Sind das Ameisen?«

Fennis nickte, durchforstete seinen Mantel – er war lang und grau, hatte zahllose Taschen und verschluckte ihn förmlich – und zog schließlich ein Fläschchen hervor. Er entkorkte es und goss eine zähe dunkle Flüssigkeit über die krabbelnden Ameisen.

»Gepfefferter Honig«, erklärte er. »Eine Delikatesse, die mir ein Schiffskapitän aus Banar nahegebracht hat.«

»Banar! Ich dachte, die machen da tagein, tagaus nichts anderes, als mit Messern aufeinander loszugehen, weil einer den anderen schief angeguckt hat!« Eveen biss herzhaft in ihren Tintenfisch.

»Stimmt schon.« Er förderte ein Beutelchen zutage, fischte mit zwei Fingern etwas grünes Gewürz heraus und bestreute damit die unglückseligen Ameisen. »Außerdem sind sie aber für ihre kühne Kochkunst bekannt. Die Ameisen kommen von den Splitterinseln und in einer Schale hast du rote, in der anderen blaue. Im Allgemeinen sind sie gutmütig. Doch wenn die beiden Arten sich über den Weg laufen, werden sie bösartig! Man sagt, die Sekrete, die sie im Kampf absondern, sind geschmacklich mit nichts zu vergleichen.« Er riss ein Stück Fladenbrot ab, tunkte es in den Joghurt und rollte es dann in beiden Schalen voll Ameisen mit Honig herum.

»Warte. Du willst doch nicht ...«

Ehe sie den Satz zu Ende bringen konnte, hatte er sich das Stück Brot schon in den Mund gesteckt und kaute verzückt.

»War ja klar«, murmelte sie.

Als sie aufgegessen hatten, türmten sich bei Eveen die Teller. Fennis seinerseits hatte noch drei weitere Portionen Ameisen kommen lassen. Sie blieben noch sitzen und tranken aus kleinen blauen Porzellantassen heißen Kaf mit zuckriger Milch, ihr übliches Ritual am Ende einer Mahlzeit. Dies war allerdings nicht bloß ein zwangloses Abendessen. Immerhin arbeitete Fennis als Sekretär der Gilde. Und gesüßter Kaf ging stets einem Mordauftrag voran.

»Und worum geht's nun?«, fragte sie.

Zur Antwort zog Fennis ein zusammengerolltes braunes Pergament aus einer Tasche, eine Schreibfeder aus einer anderen und ein Tintenfässchen aus einer dritten. Der Mann war ein wandelnder Schreibtisch mit Dutzenden von Schubladen. Er breitete das Pergament vor ihr aus und beschwerte die Ecken mit Tellern und Tassen.

Eveens Blick schweifte über den endlosen Juristenjargon. Viel »demzufolge der Vertragsnehmer …«, »sofern die Auflagen eingehalten werden« und »verpflichtet alle beteiligten Parteien …« Jemanden wegzupacken, ging mit einer haarsträubenden Menge Papierkram einher.

»Zeig mir einfach, wo ich unterschreiben soll.« Sie nahm die Feder und er deutete auf die Stellen. Bei jeder Unterschrift sah sie zu, wie die Tinte trocknete, und spürte, wie die Magie der Schwüre in ihre Haut einsank.

»Wer bedarf denn diesmal unserer Dienste?«, fragte sie.

»Der Auftraggeber möchte anonym bleiben.«

»Also hat er draufgezahlt.«

»Vorschriftsgemäß.«

Anonymität war unerschwinglich – mit Absicht. Den vier wichtigsten Assassinengilden der Stadt war daran gelegen, dass alle Welt wusste, wer einen Auftrag erteilt hatte, denn der Kreislauf der Rache nützte ihnen. War jemand gewillt, den gewaltigen Haufen Klimpergeld aufzutreiben, den es erforderte, seine Identität geheim zu halten …

»Der muss ja stinkreich sein.«

»Und mächtig«, stimmte Fennis zu.

In dieser Stadt ging beides Hand in Hand.

»Du solltest wissen, dass namentlich nach dir verlangt wurde.«

Eveen schaute auf und Fennis lächelte sie wissend an.

»Offenbar hat die Ausweiderin immer noch Bewunderer.«

Sie rollte mit den Augen. Man öffnet einen Kerl und zeigt ihm seine Innereien, und schon denken die Leute, man bräuchte einen Beinamen. »Das war bloß das eine Mal«, murrte sie. Nach der letzten Unterschrift verzog sie das Gesicht und grub die Fingernägel in den Tisch – die Hundskopftätowierung schmerzte mit einem Mal wie ein frisches Brandmal und kühlte nur langsam wieder ab. Ein weiterer Tod, der Göttin geweiht, die stets ihr Recht einforderte.

»Der Vertrag ist geschlossen und gerecht«, sagte Fennis feierlich.

Das Assassinenleben ging mit vielen Regeln einher, aber nur drei wurden als unverletzbar erachtet. Die erste dieser drei war, dass der Vertrag gerecht sein musste. Aeril nahm es genau mit ihren Opfern. Kinder ließ man nicht über die Klinge springen. Schwangere Frauen ebenso wenig. Niemanden, der sich als *pura innocentes* klassifizieren ließ. Alle anderen waren Freiwild, vom Mönch bis zum Gangster.

»Der Vertrag ist geschlossen und gerecht«, gab sie zurück. »Wer soll weggepackt werden?«

Fennis rollte das Pergament zusammen und schob ihr einen Zettel hin. Sie las ihn.

»Eine Adresse?«

»Mehr haben wir nicht bekommen.«

»Und der Orter?«

Diesmal gab er ihr ein Goldstück. Sie drehte es in der Hand: eine Festivalmünze. Orter waren Gegenstände, die halfen, das Ziel ausfindig zu machen. Im Allgemeinen waren es persönliche Besitztümer: Kleidung, Schmuck, manchmal sogar nur eine Haarnadel. Sie schaute genauer hin: Das Prägedatum der Münze lag jedoch Jahrzehnte zurück. Dies war ein Relikt der Vergangenheit. Allerdings in gutem Zustand.

»Wie alt ist die Zielperson denn?«

»Weiß ich nicht. Aber du hast die Adresse. Die Sache soll heute Nacht noch erledigt werden.«

»So schnell?«

»So wird es gewünscht. Der Vertrag muss vor dem Morgengrauen erfüllt sein.«

Eveen knurrte. »Die Toten ruhen nicht, was?«

»Du schläfst ohnehin nicht.«

Sie sah ihn ausdruckslos an. »Das ist eine Redewendung. Wo kann ich dir Rückmeldung geben?«

Fennis' Babygesicht strahlte. »Auf dem Nachtmarkt. Das Reisende Volk ist wegen des Festes hier. Die haben ein vergorenes Getränk namens Oosha, aus gewürztem Bier und geronnener Himmelsbisonmilch ...«

Eveen hob die Hand. »Da finde ich dich. Hat zumindest einer von uns beiden seinen Spaß.«

»Könnte schlimmer sein.« Fennis ließ den Vertrag in einer Tasche verschwinden. »Du könntest auch der Pechvogel sein, der während des Festivals um die Ecke gebracht wird.«

Eveen stürzte den Rest ihres Kafs runter, dann stand sie auf und knöpfte sich die Matrosenjacke zu. »Weggepackt ist weggepackt, egal in welcher Nacht. Von den Göttern verfluchtes Scheißpech ist es immer.«

Sie warf die Münze in die Luft, fing sie wieder und ging, um sich zu ihrem bedauernswerten Opfer führen zu lassen.

◆

Es war früher Abend, und ein runder Mond tauchte Tal Abisi in sein geisterhaftes Licht. Eveen hockte auf einem Sims des Grabs der Patriarchen – eines klobigen Baus aus braungrauem Stein, der die Überreste der führenden Herrscherfamilien der Stadt barg. In die Seiten waren Statuen der ersten zwölf Patriarchen gehauen: jener Gründerväter, die vor langer Zeit hier einen kleinen Außenposten errichtet hatten, um Handel zu treiben. Bald war Tal Abisi zu einer geschäftigen weltoffenen Hafenstadt herangewachsen, in der sich Menschen aus hundert verschiedenen Ländern niedergelassen hatten. Zeugnis dieser Geschichte gaben sowohl die örtliche Sprache als auch die Züge der Leute, beides so vielfältig wie die Hybridkulturen der Stadt.

Von ihrem hohen Aussichtspunkt konnte Eveen den zerbröckelnden Leuchtturm am Ostufer Tal Abisis ausmachen, der einst die Seeleute vor der Felsküste gewarnt hatte. Jetzt neigte er sich wie ein dahindämmernder Opiumraucher im aufgegebenen Schmugglerdistrikt. Dort hätte es dunkel sein müssen, aber ein magisches Licht erhellte das gesamte Gebiet: Die Leute nannten es den Schimmer. Das Schandmal des Räderwerkkönigs. Gleich zu ihrer Rechten lag der zentrale Handelshafen, wo sich Schiffe jeder erdenklichen Bauart im Wasser wiegten: Dauen mit einem Segel, größere Galeonen und mindestens ein gigantisches Schatzschiff, dessen geschwungener Rumpf für sich genommen schon alle anderen zwergenhaft erscheinen ließ. Links der Häfen lag das Finanzviertel mit seinen makellosen, mit Säulen geschmückten Bankgebäuden und den Handelshäusern, die sich so säuberlich aufreihten wie Münzstapel. Angrenzend lag der Klerikerquadrant mit seinen Tempeln und Türmen, manche spindeldürr, andere spitz, die einer Vielzahl von Gottheiten gewidmet waren.

Die meisten Leute lebten jedoch hier im Zentrum Tal Abisis, unter dem steinernen Blick der Patriarchen. Viele nannten es noch immer die Alte Stadt: ein endloser Flickenteppich aus kleineren Bauwerken, erhellt von Glimmlampen, die funkelten wie Hunderte von Augen. Durch alle Zeiten hatte man der

Alten Stadt Gebäude hinzugefügt und dabei manche einfach auf den Überresten anderer errichtet. Dabei herausgekommen war ein architektonischer Mischmasch voller gewundener Steinstraßen mit Namen wie Metzgers Gedärm und Dreiaugenweg. Neben edlen Bezirken wie dem Hort Glücklicher Witwen fand man auch Elendsviertel wie die Schubkarre.

Die meisten Dächer waren mit umbrabraunen Terrakottaziegeln aus dem Lehm der Region gedeckt, doch manche verschwanden auch unter üppiger Vegetation. Dazwischen gab es runde bunte Kuppeln zu bestaunen. Es war ein Mosaik aus Geschäften und Märkten, Spielhöllen und Bestattungssalons, Spelunken und feinen Gaststätten, verschwenderischen Villen und bescheidenen Behausungen. Kreuz und quer schlängelten sich Kanäle hindurch, befahren von geschwungenen Booten mit flacher Unterseite, deren baumelnde Laternen sich im dunklen Wasser spiegelten.

Eveen saß oft hier oben und ließ dieses wunderschöne Durcheinander auf sich wirken. Die Toten brauchten keinen Schlaf. Sie hatte es versucht, doch wie bei allem anderen kam sie nur bis an die Schwelle. Es machte ihr nicht so viel aus … Allerdings wünschte sie, sie könnte träumen. In den Beschreibungen der Lebenden klang das reizvoll. Und vielleicht ginge es in ihren Träumen ja um ihr vergangenes Leben? Oder gar um die Träume, die sie gehabt hatte – Träume über Träume. Dann wiederum würden die Toten wahrscheinlich bloß davon träumen, wie sie möglicherweise gestorben waren. Oder von einem dumpfen, dunklen Nichts.

»Du bist heute aber makaber«, murmelte sie. Die einzigen Lebewesen, die sie hier auf diesem Sims hörten, waren zwei Trippelvögel gleich denen, die sie am Abend gegessen hatte – kleine gelbe Federbälle, die piepsten und herumhüpften.

Fliegen konnten sie nicht; Eveen hatte keine Ahnung, wie die Biester es hier herauf schafften. Aber Trippelvögel waren stets zugegen; man fand sie auf jedem Kontinent, als wären sie einfach immer weiter gehüpft, bis sie überall zu Hause waren.

»Ich hab vorhin ein paar eurer Freunde verspeist. Wenn ihr schlau seid, bleibt ihr hier oben und haltet euch von Köchen und Kanalaalen fern.«

Die Vögel neigten den halslosen Kopf und blinzelten mit ihren Glasäuglein, als versuchten sie, sich einen Reim auf ihr Geschwätz zu machen.

»Noch ein Ratschlag. Wenn ihr schon sterben müsst, denkt vorher gründlich darüber nach, ob ihr wirklich nach dem Tod noch ein Beschäftigungsverhältnis eingehen wollt.«

Wieder Blinzeln.

»Seht mich an. Wann bin ich wohl draufgegangen – Ende dreißig so? Und was mach ich? Unterschreibe irgendeinen infernalischen Vertrag, immer weiterzuschuften!«

Blinzel, blinzel.

»Ich hab versucht dahinterzukommen.« Sie tippte sich an die Schläfe. »Hab mir den Kopf zerbrochen, wer überhaupt auf so einen Gedanken kommen würde. Aber ich hab echt keine Ahnung.«

Blinzel, blinzel, blinzel.

»Weiß nicht mal, wie ich draufgegangen bin. Bin ich ausgerutscht und hab mir den Hals gebrochen? Bin ich ertrunken? War's Selbstmord? Hat mich eine dreihörnige Bullenkatze zerfleischt? Oder wollte mich jemand loswerden? Vielleicht war ich irgendein Verbrecherboss und wurde weggepackt – nur um als rachsüchtige Assassinin zurückzukommen. Könnte glatt ein Schauerschinken sein! ›Die Abenteuer von Eveen, der Ausweiderin‹!«

Die Trippelvögel sperrten ihre kurzen schwarzen Schnäbel auf und zwitscherten ungerührt.

»Ach, was wisst ihr schon? Husch!«

Sie schnipste einen an. Er kippte vom Sims – und plumpste wie ein Stein hinab.

»Oha! Ihr könnt ja ums Verrecken nicht fliegen.« Der gelbe Federball verschwand in der Finsternis. »Tut mir leid. Das war unnötig.« Der verbliebene Trippelvogel blickte seinem Gefährten nach und schaute dann wieder sie an. »Ich hab doch gesagt, es tut mir leid! Hier.« Sie legte eine von Fennis' Visitenkarten ab. »Falls du mal jemanden loswerden willst, melde dich bei mir. Wobei mir einfällt, dass ich mich so langsam an die Arbeit machen muss.«

Sie griff nach oben und zog sich die Maske vors Gesicht: eine knochenweiße Katze mit einem wilden Grinsen. Der Trippelvogel piepste alarmiert, hüpfte und rutschte vom Sims – ein weiterer gelber Ball, der ins Dunkel purzelte.

Sie seufzte. »So ist das Leben: kurz und blöde.« Sie schüttelte den Kopf, steckte die Karte wieder ein und sprang dann selbst vom Sims. Ein Augenblick der Schwerelosigkeit, ihr Umhang flatterte hinter ihr durch die Luft, dann setzten ihre weichen Stiefel auf Terrakottaziegeln auf. Die Landung hätte ihr die Beine zertrümmern müssen. Eine untote Sklavin zu sein, hatte seine Vorzüge. Besser als das Schicksal, das die unglückseligen Trippelvögel ereilt hatte.

Geräuschlos sprintete sie über die Schräge. Auf den Straßen feierten die Maskierten, doch niemand schaute hoch. Und so sah auch niemand die kleine Gestalt von Dach zu Dach springen. Hier oben hätte sie ebenso gut ein Geist sein können. Ein süßer Duft stieg ihr in die Nase; ohne zu zögern, schlug sie einen Haken, schwang sich durch ein offenes Fenster und strich wie eine lautlose Brise durch ein dunkles Zimmer. Eine Frau lag verschlungen mit ihren beiden maskierten Liebhabern da und erhaschte nicht einmal einen Blick auf die schemenhafte Gestalt, die sich rasch ein Gebäckstück schnappte, hinausschlüpfte und schon wieder draußen auf dem Balkon hockte.

Schimmerküchlein. Eveen schob die Maske hoch und biss hinein. Weiße Glasur, bestäubt mit goldenem Zucker, blieb an ihren Lippen kleben. Mit den Fingern zog sie das Figürchen heraus: die Piratenprinzessin. Also hielt die heutige Nacht entweder Chaos oder Glück bereit. Vielleicht beides. Es hing von der Laune des Schimmers ab.

Ihr Kostüm hatte sie gegen Arbeitskleidung eingetauscht: weiche Stiefel, eine schwarze Lederhose und ein passendes Oberteil, dazu der schwarze Umhang mit Kapuze, der sie zum Schatten werden ließ. Die Blicke der meisten Leute glitten davon ab. Beim Essen blickte Eveen auf den anwachsenden Festzug hinab – eine ganze Reihe Teilnehmer trug Piratenprinzessinnenkostüme. Sie spielten den Zug zum alten Schmugglerdistrikt nach, gegen den Räderwerkkönig. Fast alle hielten ein brennendes Zuckerrohr in der Hand. Eine Musikantentruppe spielte und viele Leute tanzten.

Natürlich würden sie nicht wirklich zum unbewohnbaren Ostufer gehen. Stattdessen zogen sie auf gewundenen Weg zu den Hafenanlagen, um ihre Fackeln im Meer zu löschen. Vorausgesetzt, sie begegneten unterwegs keiner anderen Gruppe. Dann würde es feurige Wortgefechte in Form eines Rezitationswettbewerbs geben sowie möglicherweise etwas handfestere Gewalt. Alle waren übermütig: Einerseits lag das am Trinken, andererseits daran, dass der Schimmer zu dieser Zeit des Jahres auf dem Höhepunkt seiner Kraft war und Wirbel verirrter Magie durch die Stadt zogen. »Schimmerfieber« wurden die Exzesse dieser Nächte genannt. Bevor das Festival vorbei war, würde es noch zu vielen spontanen Schäferstündchen und daraus resultierenden Schwangerschaften kommen – und ebenso zu Prügeleien und tödlichen Entermesserkämpfen.

»Die Menschen haben halt eine merkwürdige Art, mit traumatischen Erinnerungen umzugehen«, wiederholte sie leise Fennis' Worte.

Vielleicht sollte sie das auch einmal ausprobieren? Nicht die Entermesserkämpfe. Aber wenn sie mit der Arbeit fertig war, würde sie wieder die Piratin spielen und versuchen, sich selbst in den Feierlichkeiten der Nacht zu verlieren. Vielleicht kostete sie sogar Fennis' fermentierte Himmelsbisonmilch.

Sie schnitt ein Gesicht. Das ging vielleicht doch zu weit.

Als das Küchlein verspeist war, steckte sie die Piratenprinzessinnenfigur ins Band eines Dolchs, den sie am Oberarm trug, und machte sich wieder auf. Sie kannte den Weg. Nicht nur hatte sie die Adresse – die Münze, die in ihrem Gürtel steckte, zog wie magnetisches Erz. Daher war sie nicht überrascht, als gewundene Straßen Grün wichen und an die Stelle der Terrakottadächer steingedeckte Türme traten. Dies war eins der wohlhabenden Viertel. Keins, in dem Verbrecher und emporgekommene Handelsmagnaten Adel spielten. Nein, dies war alter Reichtum – gut gereift wie süßer dunkler Rum.

Sie landete in den gewundenen Ästen eines Baums, behangen mit knolligen blutroten Früchten. In Tal Abisi waren die nicht heimisch – also importiert. Wie offenbar das meiste in diesem Garten. Er gehörte zu einem großen Anwesen voller Steinbögen und Säulen. Das Dach war flach und hatte Zinnen wie ein kleiner Palast. Aus jeder Ecke wuchs ein Turm mit einer weißen Spitze. Und zu einem von ihnen wurde die Münze hingezogen.

Das erklärte dann wohl die kleine Armee.

Sie ließ sich kopfüber von einem Ast hängen. Mindestens zwölf Wächter zählte sie, die am Fuß des Turms auf und ab gingen, zu dem sie wollte. Sie trugen rote Turbane und burgunderrote Uniformen. An allen Hüften hingen Schwerter und aus breiten Goldschärpen lugten die Elfenbeingriffe langer Messer und Pistolen hervor. Angeheuerte Krieger. Diesem Haufen war sie schon einmal begegnet: die Eiserne Bruderschaft oder der Stolz der Dame, irgend so was. Sie hatten immer dumme Namen. Andererseits ... Sie als Toter Katzenschwanz sollte wohl lieber still sein. Eins stand fest: Dies war kein Allerweltsschutztrupp. Söldner waren das, vorwiegend ehemalige Soldaten mit dem üblichen Anteil Beinebrecher und so weiter, um die Reihe zu vervollständigen. Sie hätte Aerils rechte Feuertitte verwettet, dass diese Leute ihr Ziel beschützten. Wahrscheinlich hätte sie sich dorthin vorkämpfen können – auf unschöne Weise –, aber Assassinenregel Nr. 240 besagte, dass kein Assassine, der etwas taugte, es auf einen unnötigen Kampf anlegte.

»Wo ist das Glück, das ich bestellt hab?«, flüsterte sie und rieb über ihr Piratenprinzessinnenfigürchen.

Die Worte waren ihr kaum von den Lippen, da sah sie, dass dicke Ranken vom Fuß des Turms ganz bis zur Spitze hochwuchsen. Genau das, was sie brauchte! Sie zog sich wieder auf ihren Ast, sprang vom Baum und huschte geduckt hinüber. Einmal strich sie direkt an einer Patrouille vorbei und einer der Wächter wirbelte herum und sah sie direkt an. Der Umhang tat jedoch seine Wirkung und der forschende Blick des Wachmanns fand nicht, wonach er suchte. Als ein ungeduldiger Kamerad ihn zurechtwies, wandte er sich ab.

Sie erreichte den Turm, drückte sich flach gegen den kühlen Stein und hielt sich im Dunkeln, während weitere Wachen vorbeigingen. Dann ließ sie den Blick hinaufwandern, an vier Fenstern vorbei, bis sie bei einem nahe der Spitze ankam – und ebenda zuckte die Münze an ihrer Taille. Selbstredend. Wieso lebten die Wegzupackenden bloß nie im Erdgeschoss? Oder wenigstens auf einer mittleren Etage. Es war ganz so, als hätte das Schicksal beschlossen, dass Mord immer ein Gutteil Klettern erfordern sollte.

Sie packte die Ranken und testete ihre Stärke. Es war eine faserige Art, verbreitet in Tal Abisi; oft wurden diese Pflanzen mit Harz behandelt und dann zu Netzen verarbeitet. Doch selbst naturbelassen trug sie Eveens Gewicht. Sie setzte die Füße gegen die Mauer und kletterte los. Dabei maulte sie fortwährend vor sich hin. All diese Wachen. Ihr Opfer in einem Turm. Wie in einem schlechten Märchen. Doch wahrscheinlicher war, dass es sich hierbei um ein Machtspiel handelte. Bestimmt würde sie einen röchelnden alten Knacker auf dem Sterbebett vorfinden – dessen ungeduldige Erben nach seinem Tod aufeinander losgehen würden. Bloß dran denken, eine Karte liegen zu lassen!

Als sie das Fenster erreichte, fand sie es offen. Kein Wunder, denn die Tage waren warm und die Nächte noch wunderbar kühl. Trotzdem nahm sie es als weiteren Glücksfall und spähte in das runde Zimmer. Ihre untoten Augen mussten sich nicht an die Dunkelheit gewöhnen, auch ohne Licht sah sie gut. Eine Tür gab es. Und das Beste: keine Wachen.

Sie schwang sich hinein und landete auf dem Marmorboden. Der Raum war spärlich dekoriert. Eine riesige Vase in einer Ecke. Eine schwarz lackierte Kiste, goldverbrämt, an der Wand. Gegenüber ein Diwan mit roten und grünen Kissen. Ihr Blick hing jedoch an dem Bett aus schwarzem Labanholz, das weiter hinten stand. Es hatte vier Messingpfosten, über die sich ein Baldachin spannte. Hinter den hauchdünnen Vorhängen lag eine Silhouette, deren Brust sich hob und senkte.

Sie hatte es doch gewusst. Öffnete sie die Vorhänge des Baldachins, würde sie einen verschrumpelten kleinen Mann vorfinden mit einer Haut, die wie Pergament knisterte. Sie zog eins ihrer Zwillingsmesser mit dem schwarzen Griff und der dunklen geschwungenen Klinge, so lang wie ihr Unterarm. Beide Waffen summten in Erwartung des Mordes. Blutrünstige kleine Biester. Sie würde das rasch erledigen: erst das Herz durchstoßen, dann die Kehle durchschneiden. Wenn ihr Glück anhielt, käme sie unbemerkt davon. Sie warf die Kapuze zurück und entblößte ihre Maske, stets der letzte Anblick, ehe man weggepackt wurde. So was wie ein Abschiedsgeschenk. Am Fuß des Bettes trat sie zur Seite, um dem Nachttopf auszuweichen – allerorts die Geißel der Assassinen. Mit einer Hand zog sie den Vorhang beiseite, das Messer erhoben.

Und erstarrte.

Sie blickte in ein friedliches Gesicht, eingerahmt von einer Flut dicker langer Braids, so azurblau wie die Morgendämmerung. Ein Mädchen. Unter der dunklen Haut zeichneten sich zarte Wangenknochen ab. Die geschlossenen Augen bewegten sich im Schlaf und die vollen Lippen waren leicht geöffnet. Eveen runzelte die Stirn. Dieses Gesicht kannte sie. Sie erkannte es wieder. Hatte es schon einmal gesehen. Aber wo ...

Dann klingelte in ihrem Kopf die lauteste Glocke der Welt.

Das hier war eine Erinnerung!

Nur hatte sie gar keine Erinnerungen. Nicht mehr.

Tja, drauf geschissen, denn das hier ist ganz sicher eine!

Und sie sagte ihr …

Nein. Das war unmöglich. In dieses Gesicht zu sehen, war unmöglich!

Ein Sturm der Gefühle brach über sie herein: Verwirrung, Zweifel und – dieses hatte sie beinahe vergessen – Furcht. Sie ließ den Vorhang zurückfallen, wankte rückwärts, stolperte über etwas. Natürlich war der blöde Nachttopf doch noch umgekippt. Gnädigerweise war er leer, aber er kullerte klappernd über den Marmorboden. Das Mädchen, das ganz unmöglich *dieses Gesicht* haben konnte, fuhr auf und blickte sich mit weit aufgerissenen Augen um, bis sein Blick an Eveen hängen blieb.

Und dann schrie es.

Eveen fluchte innerlich.

Bei Aerils verdammten *Feuertitten!*

KAPITEL

2

Das Mädchen mit dem unmöglichen Gesicht hatte eine starke Lunge.

Mit diesem Kreischen konnte sie sicher die Toten aufwecken, Anwesende eingeschlossen. Auf jeden Fall würde es den halben Turm alarmieren. Wie aufs Stichwort flog die Tür auf. Sechs Wachen standen davor, erhellt vom Schein einer Glimmglaslaterne. Sie kniffen die Augen zusammen, rissen sie dann auf und griffen nach der Waffe. Zu spät fiel Eveen wieder ein, dass ihre Kapuze noch auf ihrem Rücken hing. So viel dazu, die Sache unbemerkt über die Bühne zu bringen.

Sie hob den Nachttopf auf, schleuderte ihn nach dem Laternenhalter – und erwischte ihn mit einem satten *Klonk!* an der Stirn. Der Mann fiel um wie ein Sack. Das Glimmglas zerbarst und es herrschte wieder Dunkelheit. Jemand rief nach einem anderen Licht. Aber so viel Zeit ließ sie ihnen nicht.

Der zweite unverletzbare Assassinenschwur? Ohne Vertrag keinen Mord. Es gab allerdings reichlich Spielraum.

Dem ersten Wächter drosch Eveen mit dem Knauf ihres Messers gegen die Schläfe und stieß ihn dann mit dem Kopf voran gegen die riesige Vase. Dem nächsten versetzte sie einen

Hieb gegen die Kehle, und während er noch röchelte, knallte sie ihm mit voller Wucht den rasch aufgesammelten Nachttopf ins Gesicht. Einer zumindest hatte genug Verstand, seine Pistole auf sie zu richten. Sie hörte den Hahn klicken, packte seine Hand und drückte die Mündung gerade noch rechtzeitig nach unten, als er abdrückte. Grelle Funken schlugen aus dem Steinschlossmechanismus und eine Kugel schlug in den Fuß eines seiner Kameraden ein – der heulte auf und hüpfte auf einem Bein herum.

Sie entriss ihrem Gegner die Pistole und hatte sie gerade beiseitegeworfen, da traf sie ein wuchtiger Schlag. Wankend schaute sie an sich hinab und sah, dass in ihrem Bauch ein silberner Säbel steckte. Sein Träger lachte bellend – bis sie den Blick hob und ihn fixierte. Dümmlich sah er sie an. Dann legte sie ihre Hand auf seine und brach sie an drei Stellen zugleich. Er hörte erst auf zu kreischen, als sie ihm ein paar mit dem Nachttopf donnerte. *Klonk-klonkiklonk!* Als sie sich umschaute, war der letzte unversehrte Wächter geflohen – und hatte seine Pistole zurückgelassen. Sein jaulender Kamerad hinkte ihm hinterher. Eveen warf die Tür zu und wollte gerade die lackierte Kiste davorzerren, da hörte sie eine Stimme.

»Das war ja der Wahnsinn!«

Das Mädchen starrte sie an, das unmögliche Gesicht voller Ehrfurcht.

»Es macht dir nichts aus, dass ich deine Wachen vermöble?«

Das Mädchen runzelte auf allzu vertraute Weise die Stirn. »Wachen? Entführer wohl eher!«

Mit der Antwort hatte Eveen nicht gerechnet. »Du wohnst hier gar nicht?«

»In einer Kemenate hoch oben in einem Turm? Wir sind doch hier nicht in einem ...«

»Märchen«, beendete Eveen den Satz. »Warum hast du dann geschrien?«

»Vielleicht weil ich beim Aufwachen das da gesehen hab?« Das Mädchen zeigte auf Eveens Maske.

Oh! Eveen berührte sie und schob sie dann ohne einen weiteren Gedanken hoch. Einen Moment lang starrten sie einander an. Das Mädchen betrachtete ihr Gesicht und in seiner Miene zeigte sich eine Spur von etwas, bei dem Eveens Herz schneller geschlagen hätte – wenn es überhaupt noch geschlagen hätte –, und erlosch dann wieder.

»Was?«, fragte sie.

Das Mädchen schüttelte den Kopf, wobei die langen blauen Zöpfe hin und her schwangen. »Nichts. Ich dachte nur …« Ihre Augen weiteten sich. »Haben meine Eltern dich geschickt? Bist du hier, um mich zu befreien?«

Befreien? Eveen unterdrückte ein Lachen.

Das Mädchen verzog das Gesicht und deutete auf ihren Bauch. »Willst du deswegen nicht mal …«

Eveen blickte an sich hinunter. Ach, da steckte ja immer noch der Säbel! Sie packte ihn am Griff und zog ihn mit einem Knurren heraus. Das Mädchen sah mit offenem Mund zu, wie die blutlose Klinge klirrend auf dem Boden landete, es erholte sich jedoch schnell.

»Also, was ist der Plan?«

»Plan?«

»Du hast einen Plan, wie du mich hier rausbringst, oder? Ich meine, die Wachen hast du jetzt verhauen. Wie geht's weiter?«

Eveen presste die Lippen aufeinander. Einen Plan hatte sie allerdings. Eine Klinge ins Herz. Oder durchs Kinn aufwärts in den Schädel. Ein Schnitt durch die Halsschlagader, und diese weißen Laken würden rot durchtränkt. Ein Dutzend Wege, die Arbeit dieses Abends zu erledigen, gingen ihr durch den Kopf. War es getan, konnte sie verschwinden. Vergessen, was sie gesehen hatte. Das Mädchen wäre bloß noch ein weiterer erledigter Auftrag.

Nur ist das hier kein beliebiges Ziel.

Diese Wahrheit nagte an ihr. Das unmögliche Gesicht war Beweis genug.

Ein Hämmern an die Tür rief sie wieder in die Gegenwart. Sie bekamen Gesellschaft.

»Du musst doch wissen, was aus mir werden soll.« Gnädigerweise hatte das Mädchen keine Ahnung, was es da sagte.

Eveen umfasste beide Messergriffe. Der Lärm an der Tür, die erwartungsvollen Blicke des Mädchens ... Die Zeit schien sich auszudehnen, nur um dann zurückzuschnappen. Eveen fluchte und ließ die Griffe los. Die Entscheidung war getroffen.

»Du kommst mit mir.«

Das Mädchen nickte. »Na ja, klar, hab ich mir gedacht. Aber wie?«

Eveen lief zum Fenster, spähte hinaus – und zog eilig den Kopf zurück, als ihr ein Kugelhagel entgegenpfiff. Das hübsche Rautenfenster zersprang und von den Bettpfosten flogen Holzsplitter. Das Mädchen kreischte und warf sich zu Boden.

»Die hätten mich umbringen können!«, schrie sie, als das Feuer nachließ.

»Macht denen offenbar nichts«, sagte Eveen. Das war allerdings merkwürdig! Sollten sie das Mädchen nicht bewachen?

Durchs Fenster ging es also nicht. Dann blieb nur ... Sie blickte zur Tür. Von draußen wurde nun so heftig dagegen gehämmert, dass das Holz knarrte und ächzte.

»Sag, du *hast* doch einen Plan, oder?«, fragte das Mädchen.

»Ja«, murmelte Eveen. »Aber glücklich macht er mich nicht.« Sie nahm ihren Umhang ab. »Wirf dir den über.«

Das Mädchen blickte zum Fenster, fürchtete wohl eine weitere Salve. Aber schließlich stand sie auf, kam herübergerannt und hüllte sich in den Umhang. Was sie darunter trug, war kaum mehr als ein Nachthemd.

Eveen nickte zu der verrammelten Tür. »Die wird sie nicht lange aufhalten. Wenn sie nachgibt, kommt hier ein Haufen zorniger Kerle und Weiber reingestürzt. Sobald die drin sind, haust du ab.«

Das Mädchen runzelte die Stirn und steckte die blauen Zöpfe unter die Kapuze des Umhangs. »Einfach so?«

»Einfach so. Der Umhang beschützt dich.«

Die Augen des Mädchens weiteten sich. »Ein magischer Umhang! Macht der mich etwa unsichtbar?«

»Nein, bloß schwer zu entdecken. Die meisten Leute finden unbewusst Gründe, dich nicht anzusehen.«

»Und wie funktioniert das?«

»Keine Ahnung. Hab ich von jemand anderem, den ich … befreit habe. Halte dich immer schön im Dunkeln und sieh zu, dass du keine Aufmerksamkeit erregst. Dürfte nicht schwer werden: Die Wachen werden abgelenkt sein.«

»Und was ist mit dir?«

Eveen bückte sich, um den weggeworfenen Säbel aufzuheben. »Ich bin die Ablenkung.« Und damit jagte sie sich den Säbel wieder in den Bauch. Das Mädchen zuckte zusammen. Man musste ihr allerdings zugutehalten, dass sie weder schrie noch etwas anderes Törichtes tat. Ohnmächtig werden beispielsweise.

»Tut das weh?«, fragte sie sachlich – als erkundigte es sich nach dem Preis von Kaf.

Eveen knurrte bloß. Man sollte meinen, als Untoter stünde man über solch weltlichen Dingen – doch weit gefehlt. Klar tat es *weniger* weh. Ihre Schmerzschwelle hätte einen Masochisten erröten lassen. Doch untotes Fleisch war immer noch Fleisch – und sie spürte durchaus, wie der kalte Stahl tief in ihren Bauch schnitt. Nur war die Empfindung gedämpft, wie alles andere auch.

Ein heftiges BUMM! Beinahe gab die Tür nach.

»Tritt zurück!«, warnte Eveen. »Und wenn du wegrennst, bleib nicht stehen. Wir treffen uns im Garten!«

BUMM! BUMM! Die Tür brach aus einer Angel. Hatten die einen Rammbock?

»Und wie schaffst du's raus?«, fragte das Mädchen, an die Wand gedrückt.

»Ich spiel das Manicou.« Eveen griff nach ihrer Maske, um sie herunterzuziehen.

»Warte! Ich weiß nicht mal, wie du heißt. Für den Fall, dass wir getrennt werden.«

Es entstand eine Pause. »Eveen«, sagte sie schließlich. Dann runzelte sie die Stirn. »Was ist?« Erneut war ein merkwürdiger Ausdruck über jenes Gesicht gehuscht, in das sie unmöglich blicken konnte. Aber das Mädchen sagte nur:

»Ich bin Cyanna. Wie du ja vermutlich längst weißt. Aber alle nennen mich Himmel.« Sie fasste sich ans blaue Haar.

Si-anna. Still drehte und wendete Eveen den Namen im Geist, versuchte ein wenig Leben herauszuwringen. Aber da war nichts. Sie gab auf, zog die Maske herunter, legte sich mit der Klinge im Leib zusammengekrümmt auf den Marmorboden und wartete.

BUMM! Ihr Blick fand das Mädchen, das jetzt fast mit der Dunkelheit verschmolz. BUMM! Sie konzentrierte sich auf das Gesicht im Schatten der Kapuze und die Erinnerung, die es heraufbeschwor. BUMM! Sie konnte nur auf einem Weg herausfinden, was hier geschah: Sie mussten beide hier raus. Vielleicht könnte sie dann …

BUMM! Die Tür gab nach und Leute drängten herein. Eveen hörte, wie die Kiste über den Boden schabte, dann Schritte, und im nächsten Moment war sie von Beinen und Stiefeln umgeben. Sie bekam einen kräftigen Tritt in den Rücken, rührte sich aber nicht. Ein Befehl wurde gebellt und eine Glimmlaterne entzündet. Jemand beugte sich herab und hielt sie ihr ins Gesicht. Sie wusste: Ihre starren Augen reflektierten das darin herumwirbelnde leuchtende Gas. Eine Hand an ihrem Hals tastete nach dem Puls, dann erklärten sie sie für tot – natürlich. Wieder wurde geredet, aber sie hörte nicht zu. Ihr Blick war auf den Schemen fixiert, der nun auf Zehenspitzen die beschäftigten Wachen umrundete.

Gut so, Mädchen. Bleib in Bewegung. Vertrau auf den Umhang!

An der Tür hielt der Schemen kurz inne und entging so knapp dem Zusammenstoß mit einer eintretenden Wache. Dann war er vorbei und außer Sicht. Eveen begann zu zählen. Wenn das Mädchen schnell war, müsste es bei hundert im Freien sein. Danach könnte sie …

Sie kam nur bis zwanzig. Nun beobachtete sie wieder die Wachen. Und sah, wie einer dem Mädchen suchend nachschaute, als hätte er aus den Augenwinkeln einen Schatten erspäht. Eveen seufzte innerlich. Einer musste ja immer dabei sein, der sich nicht um seinen eigenen götterverdammten Kram kümmerte. Na, dann mussten zwanzig reichen. Sie ließ einen Dolch an ihrer Taille herausgleiten, zielte – und rammte ihn dem neugierigen Wächter durch den Schaft seines Stiefels tief in die Fessel. Jetzt hatte sie seine Aufmerksamkeit.

Der Spaß konnte beginnen!

Eveen zog sich den Säbel aus dem Bauch und sprang auf. Der Wächter lag nun kreischend zu ihren Füßen und seine Kameraden starrten sie fassungslos an. Bis sie sich besonnen hatten, hatte sie einem schon mit dem Säbelknauf den Kiefer gebrochen, dem nächsten das Knie in den Bauch gerammt und dem mit der Glimmlaterne so hart in den Schritt getreten, dass er wimmernd zu Boden sackte. Blieben noch drei. Eine Frau mit einem Säbel, und die war gar nicht so übel. Eveen blockte drei gut gezielte Schwinger, ging nah heran, wobei sie einen Hieb in die Seite in Kauf nahm, und brachte die Sache mit einem mächtigen Kinnhaken zu Ende – Zähne flogen wie rotfleckige Perlen durch die Luft. Den letzten Wächter ließ sie keuchend und zappelnd zurück, die Hand mit dem Säbel an die lackierte Kiste genagelt.

Der Weg war frei.

Sie schoss durch die Tür, die nur noch an einem Scharnier hing – und prallte prompt gegen eine Wand. Der Wand wuchsen Hände, die sie packten und hochhoben. Also doch keine Wand – ein Mann, groß und breit. Der Rammbock! Fleischige Arme schlossen sie in eine zermalmende Umarmung, wollten ihr die Luft aus der Lunge pressen. Zeitverschwendung, da sie ja nicht atmete. Sie bog sich zurück, schwang wieder vorwärts und verpasste ihrem Gegner in rascher Folge drei Kopfstöße. Zack! Zack! Zack! Ein roter Geysir schoss ihm aus der zermanschten Nase. Er torkelte wie ein Säufer und ließ sie los.

Noch ehe er auf dem Boden aufschlug, war Eveen schon über ihn hinweggesprungen. Natürlich war er nicht allein … Sie trat dem Erstbesten ins Gesicht. Jemand packte sie, aber sie riss sich frei und drehte dem Angreifer den Arm herum, bis sie das Gelenk aus der Pfanne springen hörte. Sie tauchte unter einem Schwertstreich hindurch, der auf ihren Hals abzielte, packte die Klinge, um den Mann zu sich zu ziehen, und rammte ihm den Ellenbogen gegen den Wangenknochen. Dann war sie frei und lief den dunklen Gang hinunter, in dem die Schreie der Gefällten widerhallten. Die Treppe kam in Sicht, die gewendelt an der Wand des Turms nach unten führte – und darauf wimmelte es von Wachen.

Reflexhaft griff sie nach einem Messer, zog die Hand jedoch zurück. Niemanden umbringen. Also auf die harte Tour.

Sie rannte in vollem Tempo auf den ersten Wächter zu. Er riss die Pistole hoch, aber Eveen packte sie und schwang sie herum, sodass er auf einen anderen Wächter feuerte. Die Eisenkugel durchschlug einem Mann das Knie, prallte irgendwo ab und zertrümmerte einem anderen das Handgelenk. Beide stürzten rücklings gegen ihre Hintermänner und brachten die zu Fall. Eveen warf den, den sie im Griff hatte, der Bande hinterher, behielt jedoch die Pistole. Sie huschte an dem verkeilten, purzelnden Knäuel aus Leibern vorbei und schwang dabei die geklaute Waffe wie einen Knüppel. Der Elfenbeingriff brach Schienbeine, zertrümmerte Unterarme und knackste Rippen an, während sie sich einen Weg durch dieses Durcheinander bahnte.

Dann war sie unten an der Tür und flog praktisch hindurch. Im Handumdrehen schaltete sie eine vereinzelte Wache aus und nutzte den Stürzenden dann als Trittbrett, um sich in den Garten zu katapultieren. Sie spähte ins Dunkel, auf der Suche nach dem Mädchen. *Was, wenn sie's nicht raus geschafft hat...*

Neben einem Baum bewegte sich ein Schatten und winkte ihr. Als sie dort ankam, blickte das vertraute Gesicht mit großen Augen unter der Kapuze hervor. Das unmögliche Gesicht.

»Du hast es geschafft!« Das Mädchen musterte sie. »Ist das dein Blut?«

Eveen wollte gerade erklären, dass sie nicht blutete, da zischte eine Kugel heiß an ihrem Ohr vorbei. Eine zweite ließ eine der knolligen roten Früchte zerplatzen. Eveen packte das Mädchen an der Hand. Sie liefen los und wichen Salven aus, um ihren Köpfen das Schicksal der Frucht zu ersparen. Eveen floh wie ein Dieb mit gestohlenem Gut.

◆

Der Suq war nicht der einzige Nachtmarkt in Tal Abisi. Die Stadt rühmte sich mindestens fünfen, von denen der größte auf dem fuchsienfarbenen Wasser eines Binnensees trieb. Doch Eveen lief über den im Zentrum der Alten Stadt, wo Händler bis Tagesanbruch ihre Waren verhökerten.

In dieser Nacht gehörte er allerdings dem Reisenden Volk.

Erst vor wenigen Tagen waren sie in ihren bunten Heißluftballons herbeigeschwebt, behängt mit klingenden Glöckchen. Den schallenden Gruß aus den großen messingnen Langhörnern der Stadt hatten ihre Herden blaufelliger Himmelsbisons mit melodiösem Muhen erwidert. Das Reisende Volk hatte einen gewissen Ruf, zum Großteil unverdient. In manche Länder durften sie keinen Fuß setzen. In Tal Abisi hingegen galten die unerschrockenen Nomaden, die in alle Fernen flogen, um mit seltenen Gütern zurückzukehren, als Seelenverwandte. Ihre Anwesenheit beim Festival erachtete man als gutes Omen für den Handel der kommenden Saison – und als Gelegenheit, von den Meisterfeilschern noch zu lernen.

Zum Feilschen war Eveen jedoch nicht hier. Sie versuchte, einen Mann abzuwimmeln, der ihr rotfleckige Pilze andrehen wollte, angeblich ein Aphrodisiakum. Er trug die gleiche Kleidung wie die meisten vom Reisenden Volk: einen kurzen

Kaftan und eine Hose in knallbunten Farben, mit Feuerperlen und Amuletten an Hand- und Fußgelenken. Er gab sich große Mühe, auf bloßen Füßen mit ihr Schritt zu halten. Die ganze Zeit plapperte er über seine Pilze und schwor auf ihre Wirksamkeit, beim heiligen Namen seiner zweiten Mutter: eine Wortfolge, die wie Ayeeti Monddrache Uvesh Ul-Bathraki klang. Irgendwann reichte es ihr; sie packte ihn an den Schultern, hob ihn hoch und stellte ihn kurzerhand beiseite.

Genau darum vermisste sie ihren Umhang.

Ihr Blick wanderte zu dem Mädchen, eine in Schatten gehüllte Gestalt, an der die Leute vorbeigingen, ohne Notiz von ihr zu nehmen. Nicht ein Schacherer näherte sich ihr. Eveen musste sich unterdessen mit einer burgunderroten Jacke behelfen, die sie der letzten Wache abgenommen hatte. Darunter verbarg sie ihre Arbeitskleidung – und ihre Messer. Himmel und sie hatten nicht viel miteinander gesprochen, seit sie dem Turm entronnen waren. Ein, zwei Mal hatte das Mädchen gesagt, es wolle zu seiner Familie, aber Eveen war nicht darauf eingegangen und da hatte Himmel es gut sein lassen. Nun blickte sie mit großen Augen zu den runden Zelten, wo es Trommler, Banjospieler, Feuerkünstler und vieles mehr zu bestaunen gab. Das Reisende Volk wusste, wie man die Leute unterhielt.

Doch auch deswegen war Eveen nicht hier. Sie suchte nach einem kleinen Mann mit Babygesicht und fuchsrotem Haarschopf. Gewöhnlich stach er heraus mit seiner deutlich helleren Haut: Bei den meisten in Tal Abisi reichte der Ton von Sandbraun bis zu Eveens eigener Hautfarbe, einem schimmernden Schwarz. Inmitten all der Musik, des ausgelassenen Feierns und des knallenden, funkelnden Feuerwerks war es das Heulen der Himmelsbisons, das sie zu ihm führte. Und das kräftige Aroma der Gewürze, das ihr in die Nase stach.

Ziemlich weit hinten auf dem Markt dümpelten die Tiere mit den vier Hörnern in der Luft, am Boden festgebunden – während unter ihnen in Holzbuden in einem fort Gerichte verschiedenster Küchen geröstet und gebraten wurden. Sie achtete nicht weiter auf ihren knurrenden Magen und suchte, bis ihr Blick auf mehrere Frauen vom Reisenden Volk fiel, die Kleider in strahlenden Farben trugen und in großen schwarzen Kesseln rührten. Andere gossen eine suppige Flüssigkeit in kleine Lederschläuche, die Blasen glichen – und ihnen von wartenden Kunden geradezu aus den Händen gerissen wurden.

Fennis stand in der Menge und neigte gerade einen dieser Schläuche, um sich den Inhalt in den Mund zu spritzen. Ein Ausdruck tiefer Zufriedenheit lag auf seinem Gesicht. Die Augen hatte er geschlossen. Als er sie öffnete und Eveen vor sich sah, erschrak er.

»Da bist du ja!« Er tupfte sich den Mund ab. »Etwas Oosha zum Feiern? Es ist wirklich gut. Ich hatte erwartet, dass es sauer sein würde, aber es hat einen süßen, beinahe nussigen Geschmack ...«

»Wir müssen reden«, unterbrach sie ihn. »Heute Abend ... hat's Komplikationen gegeben.«

Fennis sah sie fragend an, während er bizarrerweise schon wieder Milch aus diesem Schlauch saugte – ein erwachsener Mann mit Babygesicht. Bei Aerils Feuertitten! Das Bild würde sie nie wieder los.

»Komplikationen? Inwiefern?«

Eveen wandte sich zu dem Mädchen um.

Fennis folgte ihrem Blick mit verständnisloser Miene.

Ach, der Umhang. Sie zog dem Mädchen die Kapuze vom Kopf.

Diesmal zuckte Fennis richtig zusammen. Er schluckte, kam näher und flüsterte: »Wer ist das?«

Eveen sah ihn bedeutungsvoll an. Er blinzelte verwirrt. Sie zog die Augenbrauen hoch. Kurz runzelte er die Stirn, doch dann wurden seine Augen groß.

»Das ist doch nicht etwa ...«

»Oh doch!«

Jetzt wurde er bleich. Und ein bisschen grün. Sie fasste ihn am Arm und zog ihn zwischen ein paar Zelte. Er beugte sich vor, die freie Hand aufs Knie gestützt. Sein Blick wanderte immer wieder zu Himmel – die sie beide betrachtete, als wartete sie darauf, dass man ihr den wichtigsten Teil einer Geschichte erzählte.

»Weißt du eigentlich, was du getan hast?«, fragte Fennis heiser.

Wieder nickte Eveen. »Ich hab den dritten unverletzbaren Schwur gebrochen.«

Nicht bloß den dritten, sondern den mit Abstand wichtigsten.

»Entschuldigung.« Das war das Mädchen. »Ist meine Familie hier? Wann darf ich wieder nach Hause?«

Die beiden sahen zu ihr hinüber, dann steckten sie wieder die Köpfe zusammen und flüsterten.

»Du musst deinen Schwur halten!«, mahnte Fennis. »Es ist noch nicht zu spät!«

»Hier kann ich sie ja wohl kaum wegpacken. Vor allen Leuten.«

»Dann such dir einen stillen Platz. In einem dieser Zelte?«

»Wenn ich das tun wollte, hätte ich mich nicht durch einen ganzen Turm voller Wachen gekämpft, um sie da rauszuschaffen.«

»Du solltest sie aber nicht rausschaffen!«

»Das weiß ich selbst! Mein Auftrag ist, sie umzubringen, nicht zu retten ... Aber es wurde eben kompliziert!«

»Moment mal, was?« Wieder das Mädchen.

Sie hoben den Blick und sahen, dass sich in ihrer Miene nun Entsetzen malte.

Eveen biss sich auf die Zunge. »Das hab ich wohl nicht geflüstert?«

»Hast du nicht!«, rief das Mädchen.

»Du flüsterst nicht sehr leise«, stimmte Fennis zu.

»Richtig. Ich kann das erklären.« Als Eveen vortrat, wich das Mädchen eilig ein paar Schritte zurück. »Warte! Ja, ich wurde angeheuert, um dich wegzupacken – dich umzubringen, meine ich –, aber ich hab's nicht getan. Siehst du?« Sie setzte ein Lächeln auf und hoffte, dass es beruhigend wirkte. Das Mädchen nahm Reißaus. Zum Glück hatte Eveen gute Reflexe. Blitzschnell hatte sie Himmel eingeholt, ihr eine Hand über den Mund gelegt und sie zwischen die Zelte gezerrt.

»Lass das!«, befahl sie, während das Mädchen austrat und sich aufbäumte. »Wenn ich dir den Hals umdrehen wollte, hätte ich's längst gemacht! Ich hab gegen eine kleine Armee gekämpft, um dich zu befreien, weißt du noch? Hör mich wenigstens an!«

Der Blick des Mädchens zuckte umher und es lag Todesangst darin. Aber sie hielt still und nickte. Eveen entspannte sich, zog die Hand weg – und prompt kreischte das Mädchen. Fluchend hielt Eveen ihr wieder den Mund zu.

»Wie ist denn das bloß passiert?«, fragte Fennis und blickte sich nervös nach Passanten um.

Eveen hielt das Mädchen fest im Griff und schaute ihm ins unmögliche Gesicht.

»Ich wollte sie ja wegpacken, sofort. Ganz wie immer. Ein Kinderspiel. Aber dann hab ich sie erkannt.«

»Du kennst sie von irgendwoher?«

»Nicht von irgendwoher. Von *vorher.*«

»Vorher?«, wiederholte Fennis verwirrt. »Willst du sagen, du hast dich ...«

»Erinnert«, beendete sie den Satz. »Ich weiß schon: Tote haben eigentlich keine Erinnerungen. Aber ich hatte eine.«

Das Mädchen schaute sie jetzt an. Die Angst war etwas Undeutbarem gewichen. Eveen ging ein Risiko ein und zog erneut die Hand weg. Diesmal gab es weder Geschrei noch Gerenne.

Das Mädchen schluckte. »Was meinst du mit tot?«

Oh, das! Sie nahm die Hand des Mädchens und drückte sie sich gegen die Brust. Kein Herzschlag. Das Mädchen machte ein ehrfürchtiges Gesicht.

»Dieses Schwert hat dich durchbohrt. Ich dachte, das sei irgendein Trick! Aber ... Bist du ein Zombie oder so was?«

Eveen stupste sie tadelnd mit dem Finger an. »Ich bin *kein* Zombie. Das ist rassistisch. Aber tot bin ich schon. Na ja, untot. Und deswegen macht diese Erinnerung, die ich hatte, dein Gesicht so unmöglich.«

Das Mädchen zögerte. »Was für eine Erinnerung war das?«

»Ich hab dich angesehen. Dir ins Gesicht geschaut.«

Das Mädchen schüttelte den Kopf. »Ich erinnere mich nicht, dir je zuvor begegnet zu sein.«

»Das kannst du auch nicht. Denn das Gesicht habe ich«, sie unterbrach sich kurz, »im Spiegel gesehen.«

Die Erinnerung war noch lebendig. Wie sie dastand und ein Spiegelbild anstarrte. Ihr eigenes Spiegelbild. Sich eine Hand an die Wange legte, um ihre Haut zu fühlen. Sich selbst anblickte.

»Was?«, flüsterte das Mädchen.

»Du bist ich«, sagte Eveen und konnte es selbst noch immer kaum glauben. »Bei Aerils Feuertitten, erklären kann ich's nicht – aber *du* bist *ich*!«

KAPITEL

3

»Das ist unmöglich«, sagte das Mädchen atemlos.

»Ja«, erwiderte Eveen. »Aber hier stehen wir nun.«

»Unmöglich!«, wiederholte das Mädchen. »Im Sinne von verrückt! Ist es das, was du bist? Eine Verrückte?«

»Ich hab doch gesagt, dass ich's nicht erklären kann.«

»*Ich* bin ich!« Das Mädchen schlug sich auf die Brust.

Eveen schlug sich auf die eigene. »Damit sind wir schon zwei!«

Fennis, der bis jetzt geschwiegen hatte, sah sie beide aus zusammengekniffenen Augen abwechselnd an. »Eine Ähnlichkeit ist da, aber … Bist du sicher?«

Eveen musterte das Mädchen. Das war nicht bloß eine Ähnlichkeit. Das Gesicht war ihr bis ins Kleinste vertraut – vom Schwung der Lippen bis hin zu den dunkelbraunen Augen. Himmel hatte die gleichen langen Gliedmaßen, den gleichen schlanken Hals, die gleichen engen Korkenzieherlocken, wenn sie auch unterschiedliche Frisuren hatten. Sogar gleich groß waren sie. Nur vom Alter her unterschieden sie sich. Das Mädchen sah zehn bis fünfzehn Jahre jünger aus. Und weich.

Na ja, weicher. Außerdem war da noch der Umstand, dass das Mädchen quicklebendig war, Eveen hingegen mausetot.

»Ich bin sicher. Was ich gesehen hab, war eine Erinnerung. Eine echte, von den Göttern verfluchte Erinnerung!«

Fennis schüttelte den Kopf. »Du solltest aber keine Erinnerungen haben.«

»Erzähl mir was Neues«, fauchte sie ihn an. In dieser Frage war die Wiedererweckungsmagie eindeutig: Keine Spur ihrer Vergangenheit hätte zurückbleiben sollen. Sie könnte ihrer eigenen götterverdammten Mutter über den Weg laufen und würde sie nicht erkennen. Es war machtvolle Hexerei, dazu gedacht, alle Bindungen aus ihrer Zeit unter den Lebenden zu kappen. Mit diesem Fall hatte vermutlich niemand gerechnet.

»Und was hat diese ... Erinnerung ausgelöst?«, fragte Fennis.

»Ihr Gesicht. Ein Blick, und mir war, als öffnete sich eine verschlossene Tür in mir.«

»Und du hast sie als dein Spiegelbild gesehen, ja?«

»Jupp. Sag mal, meinst du, sie ist eine Art Doppler?«

»Doppelgänger meinst du?«

»Ja, das! So ein Nachäffer. Von denen hab ich in ›Schrecken der Dämonenlande‹ gelesen.«

Fennis sah unsicher aus. »Selbst wenn es so wäre, warum sollte der eine jüngere Version deiner selbst nachahmen?«

»Da fragst du mich was. Wer weiß, was diese Nachäffer so ausbrüten?«

»Das ändert alles nichts an unserem Kernproblem«, befand er.

»Jaja.« Der dritte unverletzbare Schwur. »Aber ich konnte es nicht einfach ... umbringen.«

»Also hast du beschlossen, es zu stehlen und hierherzubringen? Zu mir?«

Eveen zuckte mit den Schultern. »Ich dachte, du könntest mir vielleicht helfen.«

»Hallo?« Das Mädchen. Himmel hatte nicht noch einmal versucht, wegzulaufen – auch weil Eveen ihr den Weg versperrte. Nun starrte sie sie beide an. »Euch ist schon klar, dass ich euch hören kann? Ich bin nicht irgendein *Es*. Ich bin ein Mensch! Und ich habe einen Namen. Cyanna Darnsha Abeg!«

Eveen sprach alle drei Namen im Geist nach. Sagte sie mehrmals innerlich her. Nichts.

»Ich hab keine Ahnung, wovon ihr redet. Man hat mich entführt und ich bin in diesem Turm aufgewacht, umringt von Wachen. Und dann ist sie«, eine vage Geste, »gekommen, um mich zu retten. Erst jetzt finde ich raus, dass sie in Wahrheit vorhatte, mich umzubringen! Will mir mal einer erklären, was hier los ist? Was seid ihr bloß für Leute?«

Eveen reichte ihr prompt eine der Visitenkarten.

Das Mädchen las sie und legte die Stirn in Falten. »Katzenschwanz-Assassinen? Was soll das denn bitte heißen?«

»Wüsste ich auch gern«, stimmte Eveen zu. »Sind das Assassinen, die mit Katzenschwänzen morden?«

Das Mädchen guckte groß. »Wie soll das überhaupt gehen?«

»Vielleicht wurden die Katzenschwänze verzaubert, so wie die Hände dieses Mörders in einer der Geschichten über Asheel, den Irrenjäger …«

»Ich glaub, wir schweifen hier gerade ab«, unterbrach Fennis. »Cyanna, sagst du?«

»Die Leute nennen mich Himmel.« Sie berührte wie aus Gewohnheit ihre blauen Braids.

»Gut, also Himmel. Es lässt sich nicht beschönigen: Jemand hat eine Attentäterin auf dich angesetzt. Mit Vertrag und allem. Meine Kollegin bezeichnet das als wegpacken ... Du hast sie ja gehört.«

»Hab ich mir selbst ausgedacht«, ergänzte Eveen. »Mittlerweile benutzen das alle. Aber gibt auch nur einer zu, dass es von mir ist?«

Die Miene des Mädchens erstarrte. »Aber wer würde mich denn ermorden lassen wollen?«

Fennis schüttelte den Kopf. »Der Auftraggeber ist anonym.«

Das Mädchen sah sie beide an, als wären sie Ungeheuer. »Ihr lasst euch für Geld anheuern, um andere umzubringen?«

»*Viel* Geld«, verbesserte Eveen. »Und wir tun es für eine Göttin: Aeril.«

»Nie von ihr gehört.«

Kein Wunder. In Tal Abisi kannte man zahlreiche Götter und Götterwelten. Welcher gewöhnliche Bürger interessierte sich schon für die Herrin der Assassinen?

»Es gibt aber Regeln«, sagte Fennis. »Darf ich fragen, wie alt du bist?«

»Neunzehn«, antwortete sie zögerlich. »Spielt das eine Rolle?«

»Es bedeutet, dass du alt genug bist, um weggepackt zu werden«, erklärte Eveen. So einfach kam sie also nicht aus der Sache raus. »Du behauptest, du bist kein Nachäffer ...«

»Ich bin kein Doppelgänger!«, schäumte das Mädchen.

»Richtig.« Ganz schön reizbar. »Bist du dann die Tochter eines Verbrecherbosses? Die Erbin eines Vermögens? Spielball in irgendeiner Fehde?«

Das Mädchen lachte. »Meine Familie färbt Tuchwaren. Ihr und eure Göttin habt da was verwechselt.«

Fennis sah skeptisch aus. »Unmöglich.«

»Er meint: Wer den Vertrag auch geschlossen hat, muss irgendwie durch dich geschädigt worden sein.«

»Einfach irgendwie geschädigt? Und das reicht, um mich *umbringen* zu lassen?«

»Nur wenn es angemessen ist. Das darf nicht bloß sein, weil du jemanden komisch angeguckt hast. Es muss genug für eine vernünftige Anklage zusammenkommen. Normalerweise heißt das, man ist in der Unterwelt zugange oder wirklich mächtig und hat nebenbei irgendjemandem was Schlimmes angetan. Ist gemeinhin nämlich wirklich schwer, reich und mächtig zu werden, ohne irgendwem was halbwegs Schlimmes anzutun.«

»Hab ich aber nicht!«, rief das Mädchen.

»Gibt auch immer Beseitigung wegen persönlichen Nachteils«, erinnerte Fennis Eveen.

Das Mädchen blinzelte. »Was?«

Eveen machte eine wegwerfende Geste. »Du weißt schon, jemand möchte im Leben einen großen Sprung nach vorn machen und du bist im Weg. Oder du kennst ein Geheimnis, das ihn zu Fall bringen könnte. Dann können sie geltend machen, dass du einen persönlichen Nachteil darstellst, und dafür plädieren, dass du weggepackt wirst. Wird in den meisten Fällen bewilligt.«

»Glaubt ihr, irgendwelche Tuchfärber mit Leichen im Keller wollen mich tot sehen?«

Eveen schnaubte. »Die könnten sich uns nicht leisten. Irgendwer weiter oben?«

»Ich sage doch, ich kenn keine solchen Leute!«

»Himmel, woran erinnerst du dich?«, versuchte Fennis es diplomatisch. »Vor dem Turm?«

Das Mädchen holte einmal Luft und schüttelte den Kopf, wie um ihr Gedächtnis in Schwung zu bringen.

»Ich war auf dem Festival ... in der ersten Nacht. Ich stand in der Menge und hab mir den Festzug der Patriarchen angesehen. Ich hab eine Münze gefangen, die einer von ihnen geworfen hat. Alle haben die Hände ausgestreckt – aber ich bin hochgesprungen, um sie zu erwischen.« Sie runzelte die Stirn. »Danach wird's verschwommen. Und als Nächstes bin ich aufgewacht und war von Leuten umgeben.«

»In dem Turm?«, fragte Fennis.

»Nein, draußen. Ich hab Wasser gehört. Es war hell. Ich weiß noch, wie mich das verwirrt hat – weil gerade vorher noch Nacht gewesen war. Ich war so müde. Bin gleich wieder eingeschlafen, und als ich das nächste Mal aufwachte, war ich im Turm. Diese Wachen kamen rein und brachten mir zu essen und zu trinken. Aber erzählen wollten sie mir nichts.«

Fennis' Babygesicht verknautschte sich, wodurch es nur noch seltsamer aussah. »Der Orter?«, fragte er Eveen. Sie kramte die Münze hervor und hielt sie hoch.

»Das ist meine!«, rief das Mädchen.

»Die haben wir benutzt, um dich zu finden«, erklärte Eveen.

Fennis nahm die Münze und begutachtete die goldene Oberfläche.

»Und die hast du auf dem Festival gefangen? Vorgestern Abend?«

»Ja. Kann ich sie wiederhaben?«

Fennis zögerte kurz, dann reichte er sie ihr. »Die Gravur. Wer ist das?«

Das Mädchen sah ihn merkwürdig an. »Pol Annasi IX.«

Eveen runzelte die Stirn. »Wer?«

»Na, Pol Annasi IX.! Der Große Patriarch von Tal Abisi?«

»Nee. Der Große Patriarch ist Pol Tala V. Oder vielmehr ist sie die große Matriarchin – wenn ich auch nicht für sie gestimmt habe. Wer bei der Spucke der Götter ist Pol Annasi IX.!« Eveen sah Fennis an, auf dessen Wonneproppengesicht ein Ausdruck des Staunens lag, als sähe er gerade zum ersten Mal Seifenblasen.

»Tal Abisis Großer Patriarch vor etwa …« Er addierte im Kopf. »… sechzig Jahren.«

Eveen starrte ihn an. »Willst du mich verarschen?«

»Was soll das heißen?«, fragte das Mädchen.

Aber Eveen ging jetzt Fennis an. »Hast du nicht gesagt, dieser anonyme Auftraggeber habe ausdrücklich nach mir verlangt? Meinen Namen für diesen Auftrag genannt? Und jetzt stellt sich raus, dass ich ein Mädchen wegpacken soll, das mir *wie aus dem Gesicht geschnitten* ist?«

Fennis starrte sie an wie ein Kleinkind, das mühsam Puzzleteile zusammensetzte. »Das hat jemand mit Absicht so gedreht.«

»Was denn gedreht?«, fragte Himmel. »Was soll das alles bedeuten?«

Eveen wandte sich ihr wieder zu. »Jemand hat dich aus der Zeit gerissen. Direkt aus meiner Vergangenheit. Dann haben die dich in einem Turm eingesperrt und dafür gesorgt, dass ich dich finde.«

»Aber das ist doch un…«

»Sag jetzt bloß nicht unmöglich«, knurrte sie. »Jemand hat mich angeheuert, um mich selbst wegzupacken, götterverdammte Scheiße noch mal!«

Irgendwo, dachte sie, lachte sich Aeril gerade die Feuertitten ab.

◆

»Warum muss ich das tragen?«

Das Mädchen blickte an sich herab: Es trug einen bauschigen weißen Rock, Matrosenstiefel und einen Mantel in Übergröße.

»Na, du bist der Goldschatz«, entgegnete Eveen und zog mit den Zähnen ein Stück gebratenes Fleisch von einem Spieß.

»Das weiß ich auch. Ich meine, warum trage ich ein Kostüm?«

Eveen erübrigte einen Blick für die beiden Gondelführer, die mit langen Rudern das Boot durchs Flusswasser trieben. Der am Bug feilschte im Licht einer hängenden Laterne mit Fennis. Der am Heck summte leise ein Lied – »Das Klagelied des Räderwerkkönigs«, glaubte sie. Unterdessen fuhren sie den gewundenen Flusslauf entlang. Niemand kümmerte sich um das Gespräch der beiden Frauen, die in der Mitte des flachen Boots saßen.

»Weil ich meinen Umhang zurückhaben wollte«, antwortete Eveen. »Und du brauchtest Anziehsachen.«

Himmel blickte zum xten Mal mürrisch ihren kurzen Rock an. »Und was Besseres war nicht drin?«

»Willst du lieber im Nachthemd rumlaufen?«

»Besser, als irgendein Aufziehmädchen zu spielen«, schmollte sie.

»Sei lieber froh, dass wir nicht noch die passende goldene Hautfarbe dazugekauft haben. Oder ein kleines mechanisches Herz zum Herumtragen. Jedenfalls fällst du so nicht auf. Heute Nacht sind bestimmt Hunderte von Goldschätzen in der Stadt unterwegs. Beliebtes Kostüm bei Mädchen in deinem Alter.«

»Ich mochte immer die Piratenprinzessin lieber.«

Eveen hörte auf zu kauen und taxierte das Mädchen.

»Was denn?«

»Nichts. Es ist … nichts.«

Sie fuhren unter einer Brücke voller Feiernder hindurch, die schimmerndes Konfetti auf sie niederregnen ließen, dann bog das Boot in einen Kanal ein, um die Alte Stadt hinter sich zurückzulassen.

»Das Festival ist anscheinend immer noch das Festival.« Himmel klopfte sich das Konfetti ab. Ein bedrückter Ausdruck huschte über ihr Gesicht. Das geschah offenbar immer dann, wenn sie sich eingestand, wo sie gerade war – oder *wann*. Es hatte einiges an Überzeugungsarbeit gekostet: Sie hatten ihr Einblattdrucke und ausgehängte Bekanntmachungen gezeigt und sie Unbekannte nach dem Tag fragen lassen – sogar die Gondelführer, die sie nur verwirrt angeblickt hatten.

»Alles andere kommt mir falsch vor. Zum Beispiel die Brücke, die wir passiert haben: In meiner Erinnerung ist sie weiter flussabwärts. Und das Gebäude da.« Sie zeigte auf einen Steinbau mit hohen zylindrischen Schornsteinen, die schwarzen Rauch ausstießen. »Das Eisenwerk, stimmt's? Das müsste am linken Ufer stehen statt am rechten.«

»In sechzig Jahren kann sich viel verändern.« Eveen und machte sich an den nächsten Spieß.

»Sechzig Jahre«, wiederholte das Mädchen ehrfürchtig. »Alle, die ich kenne, sind wahrscheinlich schon …«

Sie brachte den Satz nicht zu Ende. Sie fragte auch nicht mehr, ob sie nach Hause dürfe, denn ihr war klar geworden, dass ihre Eltern längst gestorben sein mussten. Begreifen und Akzeptieren war jedoch zweierlei und sie schwankte zwischen beidem. Ihr Blick heftete sich auf Eveen und es lag vertrauter Trotz darin.

»Woher willst du so genau wissen, dass der Thaumaturg, zu dem wir gehen, uns helfen kann?«

»Tu ich nicht. Aber Fennis hält es für einen guten Anfang.«

»Um zu bestätigen, dass ich die Wahrheit sage und aus der Vergangenheit komme.«

»Ist halt eine irre Geschichte. Wir müssen sichergehen.«

»Ich hab kein Motiv, euch zu belügen.«

Eveen zuckte mit den Schultern. »Mag sein. Aber womöglich weißt du nicht mal, dass du lügst. Irgendein Hexer könnte dich in seinem Labor erschaffen und dir die ganze Geschichte in den Kopf gesetzt haben.«

»Das ist doch lächerlich!«

»Einmal musste ich einem Ziel durch die Stadt nachjagen, nur um rauszufinden, dass der Typ ein Lakai war – aus belebtem Lehm. Ein Köder, so verhext, dass er glaubte, er sei ein echter Mensch. Dachte, er hätte eine Familie und alles. Als ich ihn erwischte, fing er an, zu heulen und nach ihnen zu rufen – und dann, zwischen zwei Schluchzern, versagte mit einem Mal die Magie und flutsch! Bloß noch ein Matschhaufen.«

»Ich bin aber kein blöder Lakai!«

Eveen machte ihrem Spieß den Garaus. »Wir werden sehen.«

»Ganz schön frech. Dabei bist du selbst ein Ghul ...«

»Ich hab's dir schon gesagt: untot, kein Ghul.«

»Und kann's nicht sein, dass *du* hier die Erschaffene bist? Die mit der eingepflanzten Erinnerung?«

»Nö. Weil man mich nicht – vermeintlich – aus meiner Zeit geholt und in einen Turm gesperrt hat.«

Das Mädchen knirschte mit den Zähnen. »Ich lüg euch aber nicht ...«

»Meinetwegen«, unterbrach Eveen. »Aber wer du auch bist. Die haben mich angeheuert, um dich wegzupacken. Was bedeutet, dass mir jemand blöd kommt. Und bei Aerils Feuertitten, das mag ich gar nicht, wenn man mir blöd kommt.«

»Warum sagst du das ständig?«

»Was?«

»Aerils Feuertitten hier, Aerils Feuertitten da.«

Eveen verzog das Gesicht. »Sagt man eben so.«

»Eure Göttin hat Feuertitten?«

»Was? Weiß ich nicht. Das ist eine *Redensart.*«

»Tja, es klingt dumm – und ungehobelt.«

»Bist du meine Mutter?«, murrte Eveen.

»Deiner *vermeintlichen* Erinnerung zufolge könnte das *unsere* Mutter sein.« Das Mädchen verschränkte die Arme und seufzte schwer. »Das wird also mal aus mir? Eine unflätige Mörderin.«

»Eine Auftragsmörderin«, verbesserte Eveen. »Ich mach das nicht umsonst.«

»Und damit hast du kein Problem? Irgendwelche Leute um die Ecke zu bringen, so mir nichts, dir nichts?«

»Ich bring niemanden um die Ecke, weder mir nichts noch dir nichts. Bei jedem Vertrag, den ich kriege, kannst du ganz beruhigt sein, dass derjenige verdammt noch mal verdient hat, was ihm widerfährt.«

»Und das macht dir nichts aus? Leute zu ermorden?«

»Jeder stirbt mal. Anwesende eingeschlossen.« Sie nahm sich des dritten Spießes an.

Das Mädchen schnaubte. »Oh, und danke fürs Anbieten. Ist ja nicht so, als hätte sonst noch jemand Hunger.«

Eveen sah hinab. Noch ein Spieß übrig. Widerwillig hielt sie ihn dem Mädchen hin.

Sie aßen schweigend. Die Geräusche vom Festival wurden langsam leiser, während sie in den Klerikerquadranten hineinfuhren, wo am Flussufer Tempel und Statuen aufragten.

»Das da ist ein Tempel Koris!« Himmel deutete auf die Statue eines lächelnden Manns mit vier schweren Brüsten, der vor einem Bauwerk mit Säulen stand. Sie tauchte den Finger in den Fluss und malte sich mit dem Wasser ein Zeichen der Hingabe aufs Kinn. »Meine Eltern haben Ikonen zu Hause. Für Glück, Gesundheit und Wohlstand.« Sie blickte Eveen in die Augen. »Du hast gesagt, du hast keine Erinnerungen. Stimmt das?«

»Keine einzige. Bis jetzt.«

»Hat das was mit deiner Göttin zu tun?«

»Wenn du unterzeichnest, dass man dich wiedererwecken soll, gibst du deine Vergangenheit auf. Du wirst praktisch neu geboren. Ich bin vor sieben Jahren so aufgewacht.«

Himmel runzelte die Stirn. »Vor sieben Jahren? Da wäre ich fast siebzig gewesen.«

»Sie erwecken dich nicht sofort wieder zum Leben. Und manchmal gibt's einen Rückstau.«

»Aber du siehst nicht einmal wie vierzig aus. Das würde heißen, dass ich ...«

Eveen las in ihrer Miene. Das war schon echt psycho, wenn man herausfand, dass man nicht einmal mehr zwanzig Jahre zu leben hatte.

»Weißt du denn, wie es mit dir«, das Mädchen schluckte, »zu Ende ging?«

»Hör auf. Lass es einfach. Bis jetzt wissen wir noch gar nichts. Finden wir erst mal raus, ob wir überhaupt ein und dieselbe Person sind. Hinterher können wir uns in Ruhe gegenseitig die Haare flechten und du erzählst mir, in wen du verknallt bist, oder was Mädchen in deinem Alter eben so reden. Vorerst halt einfach den Rand und iss.«

Himmel lehnte sich zurück. »Du hast komische Vorstellungen über Mädchen in meinem Alter.« Aber sie hörte auf zu reden.

Eveen ließ den Blick auf dem Fluss ruhen, während sie an einem martialischen Tempel vorüberfuhren, der Gottheiten mit Löwenköpfen geweiht war. Die Statuen waren mit Bögen bewaffnet. Sie verzog keine Miene, doch in ihrem Geist herrschte Aufruhr. Meinte das götterverdammte Mädchen etwa, sie hätte keine Fragen? Ihr vergangenes Leben war womöglich zum Greifen nah und nichts hätte sie lieber getan, als jeden Gedanken und jede Erinnerung aus dem Mädchen herauszuholen. Aber noch nicht. Nicht solange sie nicht wusste, ob Himmel überhaupt war, was sie zu sein schien.

»Fast da«, rief Fennis nach hinten.

Sie ließen die Tempel hinter sich zurück. Vor ihnen lag der Gelehrtenquadrant. Eveen konnte die Große Bibliothek ausmachen, auf der eine Granitstatue der Gründerin und Matriarchin thronte, eine goldene Schriftrolle in der Hand. Hier, hieß es, fand man Bücher und seltene Handschriften, die bis ins Verlorene Zeitalter zurückreichten. Fakultäten vielfältiger Disziplinen hatte man darum errichtet, darunter Philosophie, Mathematik und Alchemie. Sie kamen näher und das Boot hielt an einer Anlegestelle. Eveen und das Mädchen stiegen aus, während Fennis noch die Gondelführer bezahlte.

»Wegen des Festivals mehr zu verlangen, ist Wucher«, beschwerte er sich, als die Bootsmänner ablegten.

»Alles kostet mehr während des Festivals.« Eveen blickte an dem Gebäude vor ihnen hoch, dessen runde Kuppel im Mondlicht die Farbe wechselte.

»Fakultät der Thaumaturgie«, las das Mädchen die schmückenden Worte an der Fassade.

Eveen warf ihr einen Blick zu. »Du kannst die Schrift der Gelehrten lesen?«

»Ich bin Studentin«, erwiderte sie.

Ach ja? Neue Fragen brannten Eveen auf der Zunge, aber sie hielt den Mund.

»Hier entlang.« Fennis winkte ihnen.

Sie stiegen breite Stufen hinauf, die beleuchtet wurden, solange sie in Bewegung waren.

»Ich erinnere mich nicht, dass Thaumaturgie in diesem Gebäude gewesen wäre«, sagte das Mädchen.

»Sie ist schon da drin, solange ich zurückdenken kann«, entgegnete Fennis. »Allerdings noch keine sechzig Jahre.«

»War ja klar«, murmelte das Mädchen.

»Wer ist denn dieser Thaumaturg?«, fragte Eveen.

»Mein Bruder.«

»Moment mal, du hast einen Bruder? Der ein Thaumaturg ist?«

Fennis nickte. »Halbbruder. Er unterrichtet angewandte mechanische Thaumaturgie.«

»Du hast mir nie erzählt, dass du einen Bruder hast. Freunden gegenüber erwähnt man so was doch mal!«

Er warf ihr einen Seitenblick zu. »Nimm's mir nicht übel, aber dass wir Freunde sind, ist mir neu.«

Sie blieb stehen und starrte ihn an. »Mensch, das war aber ein Tiefschlag!«

Er blieb ebenfalls stehen. »Ich dachte, wir hätten eher ein herzliches Kollegenverhältnis. Wir treffen uns immer nur, wenn's einen Auftrag zu besprechen gibt. Du weißt ja nicht einmal, wo ich wohne.«

Das Mädchen war auch stehen geblieben. »Müsst ihr das ausgerechnet jetzt klären? Ihr macht nämlich die Treppe dunkel.« Tatsächlich: Gerade ließ die Magie nach, die die Stufen erhellte.

Eveen ging weiter. »Drehst das Messer auch noch so richtig schön in der Wunde rum, Fen.«

»Das ist nichts Persönliches«, protestierte er. »Du kommst mir bloß nicht wie jemand vor, der … Freundschaften pflegt.«

»Ist auch nicht gerade leicht, wenn man untot ist.« Das entsprach der Wahrheit. Mit ein paar seltenen Ausnahmen wurde den meisten Lebenden unwohl, wenn sie zu viel Zeit in der Gesellschaft von Toten verbrachten.

»Hast du mal versucht, Beziehungen zu den anderen Toten Katzenschwänzen aufzubauen?«

»Mit wem denn? Den vier Sadistinnen oder dem großkotzigen Skelett?«

»Rejik gäbe es noch«, meinte er.

»Rejik ist ein totaler Spinner.«

»Stimmt. Und wie sieht's mit dem Alten aus?«

»Jetzt hör aber auf. Mit dir rede ich, Fen. Du bist mein … Arbeitsfreund.«

Er überlegte. »Ein Arbeitsfreund. Ja, das kann ich mir wohl vorstellen.«

»Schön, dass ihr euch einig seid«, sagte das Mädchen. »Wissen wir, wie wir da reinkommen?«

Sie standen vor der Steinfront des Bauwerks. Und es gab keine Tür.

»Ich habe das Zugangssiegel«, sagte Fennis. »Mein Bruder erwartet mich.«

Er setzte einen Finger an den braungrauen Stein und zeichnete flüchtig ein Muster. Fast augenblicklich entstand vor ihnen ein offener Torbogen. Fennis trat hindurch, dann das Mädchen. Eveen wollte ihnen folgen – wurde jedoch sofort zurückgestoßen. Sie versuchte es noch einmal, aber etwas drückte schwer gegen sie und sie taumelte rückwärts. Aus dem Inneren sah Fennis verwirrt zu.

»Ich befürchte, das Gebäude hat nichts für Untote übrig«, sagte er entschuldigend.

»Das hier ist die Thaumaturgie«, hob das Mädchen hervor. »Natürlich schützt die Fakultät sich gegen Gefahren wie ...«

»Ich schwöre, wenn das nächste Wort aus deinem Mund Ghuls oder Zombies ist ...«

Die Demütigungen, die Eveen erdulden musste! Dabei hatten Untote angeblich Rechte in dieser Stadt! Sie zog eins ihrer Messer hervor und stieß es unter dem Torbogen in die Luft. Es gab einen knisternden lavendelblauen Funkenregen. Sie zog das Messer nach unten. Ein Spalt aus Licht entstand. Wie einen Vorhang hob sie eine Seite an und schlüpfte hindurch.

»Du hast den Schutzbann einfach durchgeschnitten!«, rief das Mädchen. »Das ist mindestens ein Zauber der fünften Stufe!«

Eveen zuckte mit den Schultern und steckte das Messer weg, während die Magie ihre Wunde selbst heilte. Sich Zutritt zu unzugänglichen Orten zu verschaffen, gehörte zu ihrem Job.

»Hier entlang«, sagte Fennis.

Sie gingen die Flure der Fakultät entlang, verwaist während der dritten Festivalnacht. Eveen konnte sich nicht erinnern, jemals jemanden an der Universität weggepackt zu haben; somit hatte sie auch noch keine Gelegenheit gehabt, sich eins der Fakultätsgebäude von innen anzusehen. Aber es war genauso langweilig wie erwartet. Statuen und Büsten von ihr vollkommen unbekannten Leuten säumten die Korridore und an den Wänden prangten Fresken von Zauberern, die Zaubererzeugs machten. Sie stiegen eine lange Treppe hinauf und blieben schließlich vor einer schwarzen Flügeltür stehen. Ein Knirschen wie von Metall drang hindurch.

»Das Labor meines Bruders.« Fennis klopfte an. »Ich sollte euch warnen ... Er kann ein wenig wunderlich sein!«

Eveen hob eine Augenbraue. »Ich bin untot, du hast einen Schnurrbart aus vergorener Himmelsbisonmilch – was ich dir nicht gesagt hab, weil ich dachte, es ist bestimmt lustig, wenn du so mit dem Gondelführer feilschst – und das Mädchen stammt womöglich aus einer anderen Zeit. Wunderlich ist also kein Problem.«

Fennis hatte gerade aufgehört zu klopfen und rieb an seiner Oberlippe herum, da flog die Tür auf. Eveen brauchte einen Augenblick, um zu begreifen, was sie vor sich sah. Dann nickte sie. »Okay. Das *ist* wunderlich.«

Das Labor befand sich in einem runden Saal mit Kuppeldach. Das Knirschen kam von einer großen mechanischen Vorrichtung in der Raummitte. Kugeln in allen möglichen Größen drehten sich daran – manche immens, andere winzig, jede auf ihrer eigenen Achse. Die kleineren umkreisten die größeren, die größeren umkreisten ihrerseits wahre Giganten. Sie waren an Stangen angebracht, die überall aus einer großen Maschine aus Messing ragten. Das Ganze erinnerte an einen metallenen Baum mit zahlreichen Ästen, behängt mit drallen Früchten, die in einem konstanten Tanz durch den Raum rotierten, chaotisch und harmonisch zugleich.

Auf einer der Kugeln lief ein Mann. Es schien ihn gar nicht zu stören, dass sie sich drehte und auf ihrem Kreispfad hob und senkte. Eveen und die anderen wichen in den Türrahmen zurück, als mehrere Kugeln mittlerer Größe gefährlich nahe vorbeifegten, gefolgt von einem Trumm, das an seiner Stange wie ein Felsbrocken polterte. Als der Mann die Neuankömmlinge erspähte, winkte er, sprang von seiner Kugel und landete leichtfüßig auf dem Boden. Er zählte lautlos, machte kalkulierte Schritte, um nicht getroffen zu werden, bis er den dicken Messingstamm erreichte, wo er dann ein paar Hebel umlegte. Mit ohrenbetäubendem Kreischen kam das ganze Ding zum Stehen.

»Fennis?« Der Mann kam herüber. »Ich hab dich erst in einer Stunde erwartet.« Er hielt inne, denn erst jetzt bemerkte er Eveen und das Mädchen. »Oh, du hast Besuch mitgebracht!«

»Entschuldige, Ennis. Es hat sich etwas Unvorhergesehenes ereignet ... Das sind Eveen und Himmel.«

Fennis und Ennis? Eveen verbarg ihr Grinsen hinter einer Hand, als sie in den Raum traten. Fennis' Halbbruder hatte ganz gewiss einen Vater aus Tal Abisi, mit seiner beigefarbenen Haut und der Welle im rötlichen Haar. Auch sein Gesicht hatte etwas Babyhaftes, wirkte dabei aber männlicher – soweit das möglich war –, und er hatte einen kurzen Bart.

»Guten Abend und ein fröhliches Festival!«, begrüßte er sie mit einem Lächeln. »Leider stecke ich noch mitten in einer Arbeit und bin noch nicht so weit, mich mit euch ins Getümmel zu stürzen.«

»Auf dem Ding da im Kreis zu fahren«, Eveen zeigte mit dem Daumen auf den mechanischen Apparat, »geht hier wohl als Arbeit durch?«

Der Mann gluckste. »So vertreibe ich mir die Zeit. Die Thaumaturgie besteht zur Hälfte aus Warten.«

»Ist das ein Orrery?« Das Mädchen beäugte die Apparatur.

Ennis nickte. »Es ist dem großen in der mechanischen Stadt Kons nachempfunden.«

»Ein Orriwas?«, fragte Eveen.

»Ein Orrery«, wiederholte das Mädchen und reckte den Hals, um sich die Kugeln genauer anzusehen. »Das in Kons ist eines der zwölf Wunder des südlichen Kontinents. Es ist eine Karte der Sterne, der vielen Welten und ihrer Bewegungen.«

»Oho! Von einer anderen Welt hab ich auch mal gelesen: in ›Schrecken der Dämonenlande‹. Da leben Leute, die bestehen komplett aus Gemüse. Karottenmenschen und Lauchmenschen und ...« Eveen hielt inne, als sie merkte, dass alle sie anstarrten. »Was denn?«

»Jedenfalls«, fuhr das Mädchen fort, »erinnere ich mich, dass die Universität eins bauen lassen wollte, aber ich wusste nicht, dass sie's tatsächlich gemacht haben. Wie lange steht das schon hier?«

»Seit Jahrzehnten ... Es ist deutlich älter als du.«

»Vielleicht auch nicht«, warf Eveen ein. Die Miene des Thaumaturgen wurde neugierig.

»Das ist die Angelegenheit, derentwegen wir ...« Fennis brach erschrocken ab, denn plötzlich erklang eine Kakofonie aus Glockengeläut.

Sein Bruder riss die Augen auf wie ein Koch, dem einfiel, dass er eine Suppe auf dem Herd stehen hatte. »Merk dir, was du sagen wolltest!«, rief er und stürmte davon.

Eveen, Fennis und Himmel sahen einander an, dann setzten sie ihm nach. Sie mussten sich durch das stehende Planetenmodell schlängeln. Auf der anderen Seite säumten den Saal Tische und Regale. Alles war vollgekramt: mit gebundenen Wälzern und Schriftrollen, Skizzen von bizarren Bestien und Plänen für noch bizarrere mechanische Schöpfungen, einer endlosen Ansammlung von Glasgefäßen voller verschiedener Pulver, getrockneter Pflanzen und toter Kreaturen, die in einer smaragdgrünen Flüssigkeit konserviert waren.

Der Thaumaturg lief an allem vorbei, um zu dem lärmenden Requisit zu gelangen: einer Art Uhr mit einem Figürchen des Goldschatzes, das gegen eine Glocke schlug. Er stellte das Gerät ab und beugte sich dann erwartungsvoll über einen der Tische. Sie gesellten sich zu ihm und blickten auf eine breite runde Glasschale hinunter, die von Glimmlampen erhellt wurde. In der Mitte befand sich ein blau-grüner durchscheinender Klumpen. Weder wackelte noch bebte er – er machte gar nichts. Eveen wollte gerade fragen, was das alles sollte, da wuchsen dem Klumpen plötzlich zwei Anhängsel wie dünne, staksige Beine, auf denen er sich ungeschickt vorwärtsbewegte.

»Also das ist ekelhaft«, merkte sie an.

Der nun gehfähige Klumpen war noch nicht weit gekommen, da nahm der Thaumaturg ein kleines Messer und hackte ihn in der Mitte durch. Beide Hälften hielten inne, zitterten, und dann wuchs beiden ein zweites Bein.

Eveen zog eine Grimasse. »Das wird ja immer schlimmer.«

Der linke Klumpen wechselte mehrfach die Farbe und schwang sich schließlich auf einen Purpurton ein. Sein Kamerad nahm ein rötliches Orange an. Dann entfernten sie sich voneinander.

»Was ist das?« Das Mädchen war sichtlich fasziniert.

»Eine Art Meeresgallert aus dem östlichen Gulat«, sagte der Thaumaturg. »Verzaubertes Leben, das auf natürliche Weise aus magieerfüllten Erzen und Mineralen entsteht und an die Meeresoberfläche steigt. Das Gallert kann an Land überleben und ist sehr anpassungsfähig: Es bildet Tentakel aus, Scheinfüßchen, sogar Flügel zum Dahingleiten.«

»Du wirst dafür bezahlt, dass du rumsitzt und magische Meeresgallerte zerschneidest?«, fragte Eveen.

Ennis lächelte. »Es ist ein Experiment. Das Wesen ist aus Magie geboren und vermehrt sich durch Teilung. Normalerweise würde es in Tal Abisi inaktiv bleiben, denn hier gibt es nicht genügend Magie, anders als in seinem natürlichen Lebensraum. Doch jetzt ist der Schimmer auf dem Höhepunkt seiner Kraft und da ist die magische Ladung der Luft stark genug, um es wach zu kitzeln.«

»Also hast du ein Meeresgallert in Wallung gebracht. Und warum ist das jetzt wichtig?«

»Überlege mal: Ein Meeresgallert wird als zwei wiedergeboren, dann entfernen sie sich voneinander.« Tatsächlich hatten sich beide Gallerte an gegenüberliegende Ränder der flachen Schale zurückgezogen und drehten an ihrem eigenen Platz kleine Runden. Identische Kreise, mit exakt den gleichen Bewegungen. »Setzt man diese Meeresgallerte nun an entgegengesetzten Seiten der Welt aus, werden sie übereinstimmenden Pfaden folgen. Suchen sich ähnlichen Unterschlupf, trachten nach ähnlichen Erfahrungen – obwohl sie gänzlich voneinander getrennt leben.«

»Wie ist das möglich?«, fragte Himmel.

»Magie. Sie imitiert das Leben und sucht im Zufälligen nach Symmetrie.«

Eveen blickte von den Gallerten auf und begegnete dem Blick des Mädchens. Dieses Gerede über Tod, Wiedergeburt und vergangene Leben passte gerade ein bisschen zu gut.

»Aber sicher seid ihr nicht hier, um mit mir zusammenzusitzen und über Theorien der Quantenthaumaturgie nachzusinnen.«

Fennis nickte. »Ja. Was das betrifft ...« Sein Bruder stand still da, während er ihm die seltsamen Ereignisse des Abends berichtete. Nur seine Augen wurden zusehends größer.

»Eveen!« Es war das erste Wort aus Ennis' Mund. »Du bist Eveen, die Ausweiderin!«

»Ausweiderin?« Dem Mädchen blieb beinahe der Mund offen stehen. »Man nennt dich die *Ausweiderin*?«

Eveen verdrehte die Augen. »Das war bloß das eine Mal.«

»Ich hab alles über dein Abenteuer in der Schubkarre gelesen.« Er wandte sich seinem Bruder zu. »Fennis, ich wusste ja gar nicht, dass du die Ausweiderin kennst!«

»Wir sind Arbeitsfreunde«, warf Eveen ein.

»Kannst du uns helfen?«, fragte Fennis.

Sein Bruder befingerte geistesabwesend ihren Beweis – die goldene Festivalmünze – und strich sich mit der anderen Hand den Bart. Er starrte die beiden Frauen auf die gleiche Weise an wie zuvor die magischen Gallerte, als überlegte er, ob man sie in ein Glas stopfen könne. Eveen begann sich gerade zu fragen, ob sein Bart vielleicht bloß juckte und sie ihm eine gute Salbe empfehlen sollte, da funkelten plötzlich seine Augen.

»Ich glaub, ich hab's!«

◆

»Hättest du dein ›Ich hab's!‹ nicht erst mal ein bisschen konkretisieren können?«

Eveen blickte zu dem eifrigen Thaumaturgen auf, der ihr gerade eine Metallkappe aufsetzte und den ledernen Kinnriemen festschnallte. Sie lag ausgestreckt auf einem der Tische. Direkt gegenüber auf einem anderen Tisch lag das Mädchen, eine ähnliche Kappe auf dem Kopf, unter der die dicken blauen Zöpfe hervorquollen. Aus den Kappen wuchsen Kupferseile, die allesamt zu einem mechanischen Dingsbums führten, flankiert von zwei rechteckigen schwarzen Glasscheiben.

»Und du bist sicher, dass das klappt?«, fragte das Mädchen mit nervöser Stimme.

»In den thaumaturgischen Wissenschaften gibt es keine Gewissheiten«, erwiderte Ennis unbekümmert. »Dieses Gerät ist dazu da, die Aura sichtbar zu machen; manche sprechen auch von der Essenz des Menschen ... Oder gar seiner Seele! Die hinterlässt dann einen bestimmten spektralen Abdruck.« Er wies auf das Glas. »Ich habe entdeckt: Wenn man zwei Lebewesen miteinander verbindet, lässt dies einen Austausch zwischen den Auren zu, also effektiv Telepathie. Ihr müsst beide herausfinden, wer die andere wirklich ist. Das sollte diese Prozedur ermöglichen.«

»Dann hast du dieses Ding schon ausprobiert?«, fragte das Mädchen.

»An mir selbst, ja. Und Katzen. Leider erlaubt man mir keine Experimente an Studenten.«

»Du hast deine Aura mit einer Katze geteilt?« Eveen rechnete beinahe damit, dass der Mann sich gleich abschlecken würde.

»Ja. Bemerkenswerte Geschöpfe. Halb von dieser Welt und halb ... wer weiß?«

»Und worüber denken Katzen so nach?«, erkundigte sich das Mädchen.

Ennis zuckte mit den Schultern. »Hauptsächlich halten sie sich für Raubtiere, die uns jagen und fressen. Allmachtsfantasien. Wie dem auch sei, das Prinzip sollte dasselbe sein. Nur was geschieht, wenn ein aus der Zeit gefallenes Mädchen dem Geist ihres untoten Selbst begegnet? Das könnte zu ein paar interessanten Resultaten führen!«

Damit ging er davon und ihnen blieb nur abzuwarten. Sie hörten, wie er Hebel umlegte, darauf folgte ein metallisches Rumpeln. Das Orrery. Dem Thaumaturgen zufolge fungierte es als großer Generator. Die Planeten drehten sich schneller und schneller, und dann begann das Getriebe des mechanischen Dingsbums zu summen. Eveens Kappe vibrierte und ihre Kopfhaut kribbelte. Das Mädchen auf dem anderen Tisch atmete schneller.

»Weißt du«, rief sie über den anschwellenden Lärm hinweg, »in einer der Geschichten über Asheel, den Irrenjäger, schnallt ihn dieser Thaumaturg an eben so einem Tisch fest und versucht, ihm das Gehirn rauszuschneiden und durch das eines anderen Irren zu ersetzen!«

Das Mädchen wandte den Kopf, die Augen groß. »Das hilft gerade überhaupt nicht!«

Eveen grinste zu den Kugeln auf, die sich über ihr drehten. »Weiß ich doch.«

Dann explodierte die Welt.

Nein. Sie explodierte nicht. Sie brach auseinander wie gesprungenes Glas oder ein rohes Ei und zerfiel zu winzigen Stücken – und Eveen fiel ebenfalls. Sie war nicht mehr im Labor. Sie war nirgendwo, hatte nicht einmal mehr einen Körper. Eher war sie ein Geist, der zwischen den Splittern jener einstmaligen Wirklichkeit hindurchstrich. In einen glitt sie hinein – und war mit einem Mal ein kleines Mädchen an der Hand einer Frau. Dann wurde sie fortgerissen, stürzte in einen anderen Splitter und war ein wenig älter. Lachend lief sie mit anderen Kindern durch Gassen. In einem Splitter weinte sie, weil sie sich das Fußgelenk verstaucht hatte, im nächsten weinte sie vor Wut: Sie rief nach einem Mädchen, das sich von ihr abgewandt hatte und wegging. Dann war sie auf einem Flussboot und ließ die Finger durchs Wasser gleiten, während ihr jemand ein Ständchen sang. So ging es weiter. Das waren Erinnerungen! Tausende, Zehntausende. Erinnerungen an das Leben des Mädchens, an Gefühle, die

Eveen vergessen hatte. Es war wie ein Rausch und sie versuchte begierig, alles an sich zu raffen, obwohl sie doch gar keine Hände hatte. Verzweifelt wollte sie sich mit der Vergangenheit verbinden, wollte sie wieder zu einem Teil von sich machen … Doch plötzlich zog etwas an ihr, zerrte sie zurück, entriss ihr die Gefühle und Erinnerungen. Kleiner und kleiner wurden sie, bis sie nur noch Lichtpartikel waren in einem schwarzen Nichts.

Sie war wieder im Labor. Über ihr verlangsamte sich das Orrery und die Metallkappe auf ihrem Kopf vibrierte nicht mehr. Eveen setzte sich auf, löste den Riemen der Kappe und nahm sie ab. Dann bemerkte sie, dass Fennis sie mit besorgter Miene ansah.

»Wie lange war ich weg?«, murmelte sie.

»Ein paar Minuten.«

»Minuten? Aber es hat sich angefühlt wie …«

»Jahre«, hauchte jemand. Himmel. Sie setzte sich ebenfalls auf, die Kappe in den zitternden Händen. Ihre Blicke trafen sich. »Ich habe deine … vergangenen sieben Jahre gesehen.« Das Mädchen schluckte. »All das Morden. Die Leere. Die Einsamkeit.«

Eveen spürte, wie ihr Gesicht starr wurde. Sie war nicht angetan davon, dass jemand in ihren innersten Gedanken herumgebohrt hatte. Andererseits hatte sie ja das Gleiche getan. Außerdem war Himmel ja nicht irgendwer.

»Ich glaube dir«, sagte sie.

Das Mädchen nickte. »Ich dir auch.«

Sie konnten es beide nicht abstreiten. Nicht nach dieser Erfahrung. Sie kannten einander, wie man nur sich selbst kennen konnte. Die Erinnerungen des Mädchens waren einst Eveens Erinnerungen gewesen. Sie war sich dessen so gewiss wie der ursprünglichen Erinnerung: ihr eigenes Gesicht im Spiegel zu sehen, das Gesicht des Mädchens. Nur war die Überzeugung nun tausendfach verstärkt. Das Mädchen war sie selbst.

»Und ich ebenso.« Das war der Thaumaturg. Er blickte auf die beiden rechteckigen Glasscheiben. Auf die schwarzen Oberflächen war je ein Muster gezeichnet – wie Kalligrafie sah es aus, geschrieben mit Licht.

»Sind das unsere Auren?«, fragte Himmel. »Sie sehen ...«

»Identisch aus«, beendete er den Satz. »Das sollte unmöglich sein! Keine zwei Menschen haben die gleiche Aura. Das wäre, als trüge man dieselbe Seele in sich. Und das ist noch nicht alles.« Er zeigte auf die Innenkanten des Glases, wo die Muster sich bogen und nacheinander reckten.

»Sie haben versucht, miteinander zu verschmelzen«, erklärte Fennis mit ehrfurchtsvoller Stimme. »Ennis musste das Gerät abstellen: Er hatte Angst, dass ihr beide im selben Körper landet und der andere leer zurückbleibt.«

Da fiel Eveen wieder ein, wie sie versucht hatte, alle Erinnerungen aufzusammeln und sich einzuverleiben.

Der Thaumaturg schüttelte staunend den Kopf. »So etwas habe ich noch nie gesehen. Aber es besteht kein Zweifel: Ihr seid ein und dieselbe.«

»Dann stimmt es also«, sagte Fennis und jetzt erfüllte die Ehrfurcht auch seine Augen. »Himmel ist dein jüngeres Selbst, herausgerissen aus der Zeit und vertraglich zum Wegpacken bestimmt – durch dich. Das ist nicht gut.«

»Ach, meinst du?« Eveen schwang die Beine auf den Boden, stand auf und blickte das Mädchen an – *Himmel, sie heißt Himmel. Du heißt Himmel.* »Ich erinnere mich an nichts in deinem Leben, was einen Vertrag gerechtfertigt hätte. Bist nicht direkt auf Messers Schneide gewandelt.«

»Wie gesagt: Meine – unsere – Eltern waren bloß Tuchfärber.«

Unsere Eltern, dachte Eveen. Sie hatte Eltern!

»Ich glaube, wir sind womöglich auf der falschen Fährte.« Fennis war anzusehen, dass seine Gedanken ebenso kreisten wie das Orrery. »Es könnte um eine Tat gehen, die du noch gar nicht begangen hast, Himmel. Aber jetzt bist du hier, in dieser Zeit – und das bedeutet, du kannst theoretisch dafür verantwortlich gemacht werden. Könnte natürlich sein, dass du kurz vor deinem Tod noch was Schlimmes angestellt hast ... Daran könntet ihr euch beide nicht erinnern. Da nun aber jemand so lange gewartet hat, um den Auftrag zu erteilen ...«

»Wahrscheinlich war ich's.« Eveen biss die Zähne zusammen. Natürlich. Wie viele Leute hatte sie weggepackt? Wie viele wütende Hinterbliebene gab es – Bosse, Freunde und Verwandte? »Aber ich habe doch Immunität. Assassinenregel Nr. 130: Wer Rache will, knöpft sich den vor, der den Auftrag erteilt hat. Mich aber dürfen sie nicht angreifen. Das ist das Gesetz der Göttin!«

Fennis bis sich auf die Unterlippe und dachte wieder nach. »Ja. Aber genau genommen sind sie nicht hinter *dir* her.« Sein Blick wanderte zu Himmel.

»Jemand hat ein Schlupfloch im Gesetz der Göttin gefunden«, sagte das Mädchen resigniert. »Und das bin ich.«

»Bei Aerils Feuertitten, das stimmt!«, knurrte Eveen. »He, Schlaufuchs! Wie schicken wir sie zurück?«

Der Thaumaturg hatte nur dagestanden und zugehört, als machte er sich mentale Notizen.

»Ich wüsste nicht einmal, wo anfangen. Magie, die dazu imstande ist, jemanden durch die Zeit zu ziehen? Mit dem Ziel, einen Göttervertrag zu untergraben? Hast du eine Ahnung, welche Gefahr das mit sich bringt? Keine Universität würde einen Studenten derartigen Leichtsinn lehren! Ganz zu schweigen davon, dass dafür eine astronomische Menge thaumaturgischer Energie nötig wäre! Zwanzig dieser Orrerys würden nicht ausreichen. Theoretisch sollte es unmöglich sein.«

»Das ist nicht gut«, jammerte Fennis erneut. »Wegen des dritten …«

»Ich weiß«, fuhr Eveen ihn an. »Der götterverdammte dritte unverletzbare Schwur. Ich weiß.«

»Wenn ich ein paar Wochen hätte, um diese unorthodoxe Magie zu studieren …«, meinte Ennis.

Eveen winkte ab. »Haben wir nicht.«

»Was ist dieser dritte Schwur?«, fragte Himmel und klang dabei ganz so, als wollte sie es nicht wissen.

»Ein unterschriebener Vertrag, über den sich die Parteien einig sind, muss erfüllt werden«, antwortete Eveen. Dies war praktisch ein ehernes Gesetz. Die anderen beiden Schwüre konnte man beugen. Sie musste es wissen. Man verärgerte damit zwar womöglich die Göttin. Musste sie beschwichtigen. Aber dieser Schwur …

»Was passiert, wenn man ihn nicht ausführt?«

»Was Furchtbares.« Eveen begegnete Fennis' wissendem Blick. »Ich muss mit Baseema sprechen.«

Er schüttelte den Kopf. »Nein, lass das erst mal. Gib mir Zeit, das Göttervertragsrecht durchzusehen. Eine solche Situation ist noch nie da gewesen. Vielleicht findet sich in den Büchern etwas, auf das wir uns berufen können. Was du auch tust, triff dich *nicht* mit Baseema.«

Eveen sah ihm direkt in die Augen, als sie ihm ins Babygesicht log.

»In Ordnung.«

KAPITEL

4

»Fennis meinte doch, du solltest lieber *nicht* zu Baseema gehen …«

Eveen scheuchte betrunkene Feiernde aus dem Weg, die für Himmel Literatur rezitieren wollten. Vielleicht war es doch nicht die beste Idee gewesen, sie als Goldschatz auszustaffieren.

»Das meinte er«, erwiderte sie und schritt schneller aus. »Aber ich verlasse mich in dieser Sache nicht auf obskure Passagen im Göttervertragsrecht. Asheel, der Irrenjäger, würde das bestimmt nicht machen.«

»Ist diese Baseema das Oberhaupt deiner Gilde?«

Eveen sah Himmel an. Bestimmt zum zehnten Mal, seit sie die Fakultät der Thaumaturgie verlassen hatten, hypnotisierte sie jenes Gesicht, dessen Existenz ihr so unmöglich erschienen war – ihr Ebenbild. Himmel ging es offenkundig ebenso. Sie schauten einander stets einen Moment zu lange an und rissen sich dann hastig los. Es war ein bisschen so, als merkte man, dass man schon eine Weile in den Spiegel starrte.

»Ja, sie ist unser Boss.«

»Und sie ist die, die dich … zurückgebracht hat?«, fragte Himmel.

»Wiedererweckt. Ist leichter, wenn du's einfach ausprichst. Aber nein. Aeril hat Priesterinnen und die machen die Wiederbelebung. Die Herrin von und zu Feuertitte entscheidet dann, wo man eingesetzt wird.«

»Als Attentäter«, sagte Himmel. Sie versuchte, Abscheu in ihre Stimme zu legen – und scheiterte.

»Tatsächlich werden viele Wiedergänger Köche.«

Himmel hob eine Augenbraue. »Köche?«

»Köche.« Sie ließen die Feiernden hinter sich zurück, überquerten eine Steinbrücke und wanderten an einer Ladenzeile entlang. Die Geschäfte waren geschlossen, Türen und Fenster verrammelt. »Der Name Aeril stammt aus irgendeiner muffigen alten Sprache und bedeutet Dame der Messer. Vielleicht weil man Messer auch zum Kochen verwendet? Angeblich hat sie noch eine ganz andere Persona: als Gottheit der feurigen Küchen, die glücklose Seelen zwingt, Knochen für ihr Brot zu mahlen. In Aruth gibt es einen Gott namens Cerin; das ist sie wahrscheinlich auch, in Verkleidung.«

»Aruth? Das ist doch diese Stadt auf dem südlichen Kontinent mit den unendlich vielen Göttern, oder?«

»Ja, die Leute da sind echte Eiferer, heißt es. Jedenfalls gehen viele, die Aerils Priesterinnen wiederauferstehen lassen, ins kulinarische Geschäft. Die besten Chefköche in Tal Abisi sind zum Großteil ihre untoten Sklaven. Haben sogar ihre eigene Gilde. Sie waren diejenigen, die auf Rechte für die Untoten gedrängt haben.«

»Und haben sie – habt ihr – sie durchgesetzt?«

»Jupp. Jeder hält gern die Köche bei Laune. Darum ist Fennis wohl auch bei den Toten Katzenschwänzen gelandet. Hat versucht, sich in der Gesellschaft nach oben zu mogeln und Gastronomiekritiker zu werden.«

»Oder nach unten«, murmelte Himmel.

Eveen schnaubte. »Richtig. Gastronomiekritiker! Wer braucht die schon?«

Einen Augenblick herrschte Schweigen. Schließlich fragte Himmel: »Und warum bist du eine Assassinin? Fand deine Ausbildung vor deinem ... vorher statt?«

Eveen schüttelte den Kopf. »Nö. Bin direkt so aufgewacht, den Kopf voll Meuchelmord. Nichts mit schmackhaften Aufläufen und Desserts! Allein Aeril weiß, wer wohin kommt.«

»Ich kann mich nicht daran erinnern, davon was gesehen zu haben, als ...« Himmel tippte sich an die Schläfe. »Es verblasst.«

Sie meinte die Erinnerungen. Eveen erging es genauso. Nur flüchtige Eindrücke waren ihr geblieben von dem, was sie gesehen hatte, als Himmel und sie beinahe miteinander verschmolzen waren. Als blätterte man so rasch durch ein Buch, dass alles verschwamm.

»Hier ist es«, sagte sie.

Sie blieben am Ende einer Gasse stehen, von der aus man auf eine Gruppe weißer Steingebäude blickte. Jedes war zwei Stockwerke hoch, mit roten Terrakottaziegeln gedeckt und von einem schön geschmiedeten schwarzen Eisenzaun mit goldenen Spitzen umgeben. Der Hort Glücklicher Witwen war nicht die reichste Gegend in Tal Abisi. Bei Weitem nicht. Aber sie war beliebt bei denen, die den überfüllten Vierteln der Alten Stadt entkommen wollten – wenn sie es sich leisten konnten.

»Hübsch«, bemerkte Himmel.

»Baseema hat es gern ein wenig feiner«, erwiderte Eveen.

»Und du glaubst, sie hilft uns?«

»Das wäre zu viel gesagt. Aber sie könnte etwas wissen.«

»Darüber, wer mir das hier angetan hat? Oder ... uns?«

Eveen blickte in Himmels dunkle Augen – die Fragen darin waren ihre eigenen. Zum zweiten Mal in dieser Nacht legte sie ihren Umhang ab. »Nimm den.«

»Brauchst du ihn nicht selbst?«

»Wird nichts bringen. Baseemas Haus ist besser geschützt als eine Bank. Wenn ich in einer Stunde nicht zurück bin ...«

»Du glaubst, du kommst nicht zurück?«, fragte Himmel alarmiert.

»Ich will nur nichts außer Acht lassen. Wenn ich in einer Stunde nicht zurück bin, wende dich an Fennis. Er wird in der Großen Bibliothek sein. Meinst du, du findest allein dahin?« Das war natürlich Unsinn. Wenn Eveen es nicht wieder aus Baseemas Haus heraus schaffte, wäre das Mädchen tot, bevor es die Brücke überquert hätte – mit oder ohne Umhang. Aber was hätte es gebracht, ihr das zu sagen?

»Vielleicht.« Himmel sah sich um. »Alles ist am falschen Platz.«

»Na ja, geh einfach zurück, wie wir gekommen sind. Lauf zum Fluss.« *Falls du es überhaupt bis dahin schaffst.*

Sie wandte sich zum Gehen, doch Himmel hielt sie am Arm fest. Ernst sah sie Eveen an, während sie mit dem Zeigefinger segnend ihr Kinn und ihre Wangen berührte. »Pass auf dich auf. Koris Glück sei mit dir!«

Eveen nickte unsicher. Sie rief keine anderen Götter als Aeril an. Unsterbliche verlangten einem immer gleich so viel ab. Entzünde eine Kerze für mich. Verbrenne diesen Weihrauch in meinem Namen. Opfere drei Ziegen. Bla, bla, bla. Einer Gottheit zu dienen, war mehr als genug. Aber sie ließ die Berührung des Mädchens zu, wenn auch nur für das berauschend-verstörende Gefühl, gesegnet zu werden – und zwar von sich selbst.

»Danke, aber ich hab meinen eigenen Glücksbringer.« Sie zog das Piratenprinzessinnenfigürchen hervor – sie hatte gut darauf aufgepasst – und küsste es. Dann lief sie zum Zaun, kletterte mühelos daran hoch und schwang sich über die vergoldeten Spitzen hinweg auf die andere Seite.

Zum Glück gab es keine Wachen. Der Zaun war eine deutliche Warnung, dass Eindringlinge gejagt und vor einen Magistrat gezerrt würden. Natürlich war Eveen nicht irgendwer. Schatten begünstigten die Toten und hafteten an ihr, selbst ohne ihren Umhang. Während sie um eins der Gebäude und eine Hintertreppe hinaufhuschte, überlegte sie, was sie sagen würde.

»He, Baseema, was für eine Nacht!«

»He, Baseema, gerade ist alles ein bisschen verrückt!«

»He, Baseema, willst du erst die schrägen Neuigkeiten hören oder gleich die *richtig* schrägen?«

Sie probierte noch immer Varianten durch, als sie das richtige Fenster erreichte. Es stand ein Stück weit offen. Rasch zwängte sie sich hindurch. Dabei durchdrang sie die Schutzzauber und das fühlte sich an, als würde man in feuriges Eiswasser getaucht – bitterkalt und wie sengend heiße Nadelstiche zugleich. Aber sie verbrannte nicht zu Asche und es wurde auch nicht ihr Inneres nach außen gekehrt – so weit also schon mal Glück gehabt.

Sie war in der Küche gelandet, wo halb volle Platten herumstanden. Ihr ging auf, dass sie seit der Bootsfahrt nichts mehr gegessen hatte, also schlürfte sie ein paar Austern mit scharfen Zwiebeln aus der Schale und riss sich dann Streifen gebratenen Schweines in Aspik ab. Während sie in einen gerösteten Hühnchenschenkel biss, ging sie leise zu einem Perlenvorhang – manche Perlen aus Holz, andere aus buntem Stein oder Glas. Auf der anderen Seite lag ein großes – nein, *absurd* großes – Zimmer, das von schwach leuchtenden Glimmlaternen an der gewölbten Decke nur spärlich erhellt wurde. Von dort waren zwei Stimmen zu hören.

Ein Mann sprach mit einem Akzent, der entschieden nicht aus Tal Abisi stammte. »Bassie. Erzähl mir die Geschichte.«

Eine vertraute rauchige Frauenstimme antwortete. »Du kennst sie doch.«

»Ich will sie noch mal hören.«

»Haben nicht junge Lippen sie dir bereits ins Ohr geflüstert?«

»Kein Lippenpaar flüstert süßer als deins!«

»Was hast du für eine silberne Zunge! Na schön. Der Räderwerkkönig …«

»Nein, nein! Du musst mit der Piratenprinzessin anfangen.«

»Wer erzählt hier die Geschichte, du oder ich?«

»Aber du warst selbst mal eine Piratin, ja?«

»Das, mein schöner Junge, ist schon eine Ewigkeit her.«

Tick-Tick.

Eveen spähte zwischen den Perlen hindurch zu der Frau: Baseema, Gildenchefin der Toten Katzenschwänze. Sie saß zurückgelehnt auf einem Stuhl aus lackiertem Schwarzholz mit Elfenbeinintarsien. Auf einem dazu passenden Schreibtisch stand ein Haus aus großen Spielkarten. Eine drehte sie gerade in einer tätowierten Hand herum und legte dabei wehmütig die Stirn in Falten, sodass die Sommersprossen auf ihrer hellbraunen Haut sich dichter zusammendrängten.

»Die Piratenprinzessin war nicht dem wahren Adel zuzurechnen«, begann sie, »doch sie hatte sich den Ehrentitel verdient, durch ihre Taten und ihre Unerschrockenheit. Was hatte sie nicht alles gesehen! Unzählige Kuriositäten. Denn sie war zu allen fünf bekannten Kontinenten gesegelt und weiter … Manche sagen, sogar über die Sturmsee hinaus.«

»Niemand ist je über die Sturmsee hinausgekommen«, unterbrach sie der Mann. Eveen erspähte ihn am Rand des Zimmers, ausgestreckt auf einem Bett aus türkisen und orangeroten Kissen. Seine entblößte Brust hob sich, als er an einer langen Mahagonipfeife zog, die beinahe so dunkel war wie seine Haut. Dann blies er stechenden Rauch aus, der sich kräuselte und durchs Zimmer schwebte. »Die Winde dort schlagen alles in Stücke. In jenen verfluchten Wassern leben Ungeheuer, die Männer ganz verschlingen und eine Flotte von Schatzschiffen versenken könnten.«

Baseema zuckte unter ihrem mit goldenen Blättern bestickten roten Kaftan mit den runden Schultern. Dann fügte sie die Karte in ihrer Hand dem wackligen Haus hinzu, grinste, als es nicht einstürzte, und nahm eine weitere vom Stapel. »Entweder die Piratenprinzessin hat alles getan, wovon ihre Legende berichtet, oder eben nicht, und dann gäbe es keinen Grund, ihr Loblied zu singen. Was ziehst du vor?«

Der Mann lachte und blies wieder Rauch aus.

Tick-Tick.

Baseema fuhr fort. »Wie ich gerade sagte, segelte die Piratenprinzessin mit ihrem Schiff überallhin und wurde für ihre waghalsigen Taten gepriesen. Viele beteuern: Würden Piraten jemals einen Thron schreinern, sie würde zu ihrer Prinzessin gekrönt.«

»Warum nicht zur Königin?«

Baseemas volle, karmesinrot bemalten Lippen verzogen sich zu einem schiefen Lächeln. »Diese Welt hat nur eine einzige Piratenkönigin geschaut: Xasha-Ro von der Goldenen Flotte, mit der ich über das Meer der Seeherren gesegelt bin. Jemanden wie sie wird es nie wieder geben.« Eine weitere Karte wurde dem Haus hinzugefügt. »Lässt du mich jetzt die Geschichte erzählen?«

Der Mann winkte elegant mit seiner schlanken Hand, entschuldigend und zustimmend.

»Die Piratenprinzessin hatte begonnen, sich zu langweilen«, fuhr Baseema fort. »Sie klagte darüber, dass es keine großen Abenteuer mehr zu erleben gab. Doch dann erfuhr sie vom Räderwerkkönig. Ein Erfinder aus Kons – entweder verstoßen oder im selbst gewählten Exil – lebte auf einer entlegenen Insel, wo er große Wunder erbaute. Und keines war so fantastisch wie der Goldschatz.«

»Ah!«, hauchte der Mann. »Die goldene Jungfer!«

»Sie war im wahrsten Sinne des Wortes golden«, dozierte Baseema und wedelte mit einer Karte zwischen zwei Fingern. »Eine Räderwerkjungfer, ganz aus Gold. Alles an ihr, bis hin zum kleinsten Rädchen, samt dem ewig tickenden Herzen, dem mithilfe von Magie der Lebensfunke eingehaucht ward. Man behauptete, selbst ihre Stimme sei golden: Wenn sie summte, kamen Vögel geflogen, um ihr zu lauschen; wenn sie vorlas, hockten ringsum Tiere und hörten zu; und wenn sie sang, dann öffnete sich der Himmel, um zu weinen.«

»Was Männer nicht geben würden, um so eine Stimme zu hören«, bemerkte der Mann.

»Das dachte sich auch die Piratenprinzessin. Es hatten schon viele versucht, den Goldschatz zu stehlen. Doch der

Räderwerkkönig hatte Wächter auf seiner Insel, die jedes sich nähernde Schiff versenkten.«

»Aber sie fand einen Weg, ja?«

Baseema setzte behutsam eine Karte auf das Haus. »Natürlich. Sie war schließlich die Piratenprinzessin.«

Tick-Tick.

»Und so stahl sie dem Räderwerkkönig seine Schöpfung – von der es heißt, er habe sie sich als Gattin geschmiedet.«

Wieder zuckte sie mit den Schultern. »Gattin. Gefährtin. Tochter. Jedenfalls hielt er sie wie einen Vogel im Käfig.«

»Über den Verlust geriet er in Zorn, ja?«

»Wie ein Mann, der sich für einen Gott hält. Er schwor, Jagd auf seinen Schatz zu machen. Jedoch …«

»Oh! Den Teil mag ich!«

»Die Piratenprinzessin hatte getan, was sie sich vorgenommen hatte. Der Goldschatz hätte sich Herrschern am anderen Ende der Welt verkaufen lassen. Doch mit einem hatte sie nicht gerechnet: dass sie sich verlieben könnte; und dass die goldene Jungfer ihre Liebe erwidern könnte.«

Der Mann setzte sich träge auf und sein gertenschlanker Leib schimmerte unter den Glimmlichtern. Eveen betrachtete sein junges, hübsches Gesicht, verschleiert von einer Kaskade lockigen Haars. Ihr Blick wanderte zu seiner Taille hinab, wo in seiner lockeren weißen Hose ein mit roten Juwelen besetztes Messer steckte. Dass Baseema mit Männern tändelte, die halb so alt waren wie sie, war nun kaum eine Neuigkeit. Doch ein Banari mit einem Hochzeitsmesser? So beschwor man Ärger herauf, mit einer Reihe von Ehemännern und Ehefrauen – die alle ihrerseits Messer trugen.

»Deshalb rezitiert und singt man in Tal Abisi während des Festivals Poesie füreinander, ja?«, fragte er.

»Oder Literatur. Die davon handelt, wie die Jungfer das Herz einer Piratin erobert hat.«

»Aber wie liebt man eine Maschine?«

»Liebe ist Liebe, Dummerchen. Als nun jedenfalls der Räderwerkkönig erfuhr, dass seine Jungfer hierhergebracht worden war, da nahm er die Stadt unter Belagerung, um sie sich zurückzuholen – mithilfe seiner schrecklichen Maschinen.«

»Und das Ergebnis war der Verlust eines ganzen Viertels«, bemerkte der Banari. »Den Schimmer nennt ihr das, ja? Ich kann spüren, wie seine Magie auf mich wirkt. Weißt du, dass ich heute Abend fast drei Duelle ausgetragen hätte?«

Baseema schnaubte. »Ihr Banari braucht kein Schimmerfieber, um euch in einen Messerkampf zu stürzen.«

»Stimmt.« Er lachte in sich hinein. »Aber ich bleibe dabei. Eure Stadt sah der Vernichtung entgegen wegen dieses mechanischen Mädchens. Warum habt ihr es nicht einfach zurückgegeben?«

Baseema setzte die Karte in ihrer Hand an die beabsichtigte Stelle und hob dann einen Finger. »Erstens war dies die Heimat der Piratenprinzessin – die sehr verehrt wurde.« Ein weiterer Finger. »Zweitens einte die Städter ihre Empörung darüber, dass der Räderwerkkönig seine Armee hierhergeführt hatte.« Ein dritter Finger und dazu ein Lächeln. »Und drittens mögen hier zwar alle durchtriebene Kaufleute, Händler und Schurken sein, aber die unwahrscheinliche Liebe zwischen einer Piratin und einer goldenen Jungfer hat dennoch Tal Abisis Herz für sich gewonnen.«

Tick-Tick.

Der Banari grinste. »Um der Liebe willen also. Liest du mir vor wie die goldene Jungfer?«

»Wolltest du nicht diese Geschichte hören?«

»Doch. Aber jetzt hast du mich in eine andere Stimmung versetzt.«

»Du musst das verwöhnteste Mitglied deines Haushalts sein«, sagte Baseema missfällig.

Er lachte und stieß dabei einen Kranz aus Rauch aus. »Verwöhne mich jetzt und ich verspreche, dich später zu verwöhnen.«

»Ich werde dich beim Wort nehmen. Wähle nur ein Buch aus, während ich mich meines Besuchs annehme.« Sie fügte noch eine Karte zu ihrem sorgsam konstruierten Haus hinzu, dann richtete sie sich auf und hob den Blick, um durch den Perlenvorhang zu spähen. »Willst du die ganze Nacht da stehen wie ein perverser Spanner oder kommst du rein?«

Eveen zuckte zusammen. Die Frau hatte die ganze Zeit gewusst, dass sie da war? Der Vorhang rasselte, als sie hindurchtrat, und sie kam sich eher wie ein pflichtvergessenes Kind vor als wie eine gewandte Attentäterin. »Ich wollte nicht spannen. Bloß ... auf einen guten Moment warten.«

Baseema musterte sie mit ihren dunklen Augen, das runde Gesicht so unnachgiebig wie Stein. »Der Schutzzauber, durch den du geschlüpft bist – der verrät mir nicht nur, wenn jemand mein Haus betritt, sondern auch, um wen genau es sich handelt.« Sie klopfte sich auf einen der vielen Ringe an ihren Fingern: manche aus Gold, andere aus Messing oder Kupfer, einfach oder mit Edelstein, einige graviert – ein jeder ein Amulett. Das Gleiche galt für die vier Ringe in jedem Ohr und den kleinen aus Jade in ihrer Nase. Mutmaßlich war auch der silberne Haarkamm, der ihre ergrauenden Locken hochhielt, ein Talisman, der einem das Gehirn schmelzen konnte oder irgend so was.

»Ist das wieder eins deiner toten Geschöpfe?«, fragte der Banari. Er stand jetzt auf den Zehenspitzen und suchte ein Bücherregal ab.

»Eine meiner Beschäftigten. Sie steht im Dienst derer Göttin. Und sie ist mir eine Erklärung schuldig.« Sie deutete auf einen Stuhl auf der anderen Seite des Schreibtischs, eine gebieterische Geste.

Eveen hatte sich bereits von ihrer Überraschung erholt. Natürlich hatte Baseema von ihrer Anwesenheit gewusst. Man stieg nicht zur Gildenchefin auf, ohne über alles auf dem Laufenden zu sein. Darauf baute Eveen; so würde Baseema ihr vielleicht helfen können, herauszubekommen, was bei allen Höllen hier vor sich ging. Sie kam der Einladung nach – oder der Vorladung –, straffte sich und gesellte sich zu dem einen Menschen, der ihr womöglich ein paar Antworten liefern konnte.

Baseema war in Tal Abisi zur Welt gekommen, dann jedoch fortgegangen, bloß ein dürres Straßenkind, wie sie gern erzählte, um auf einer Handelsdau zu dienen. Jahrzehnte später war sie zurückgekehrt, und zwar – auch dies erzählte sie gern auf die immer gleiche Art und Weise – mit Fleisch auf den Knochen und prallvollen Taschen. Ihr Vermögen war groß genug gewesen, um in mehrere Unternehmen zu investieren, zu denen auch die Toten Katzenschwänze zählten. Machte man sie betrunken, so gab sie erschütternde Geschichten zum Besten: wie sie die Kampfarenen von Mura überlebt hatte (wo das auch sein mochte) oder blöckeweise Feuersalz (was das auch sein mochte) durch tückische Meerengen geschifft hatte. Jetzt verlebte sie ruhigere Tage und sie hatte geschworen, niemals zur See zurückzukehren. Doch zahllose Andenken an ihre Großtaten schmückten ihr geräumiges Heim; jedes erzählte seine eigene Geschichte und war angeblich ein Vermögen wert unter jenen, die sich wie Baseema nebenbei mit dem Sammeln von Raritäten befassten. Mit der stachelbewehrten Harpune an der Wand, behauptete sie, hatte man einst gewaltige Sandkalmare gejagt, die in einem Wüstenmeer lebten. Der schwarze gefiederte Helm und das Kettenhemd, einer gesichtslosen Anziehpuppe übergezogen, hatten vorgeblich einem Kriegermönch gehört, der auf einer Quest umgekommen war, ein Paladin zu werden: Er hatte gehofft, an der Seite seiner Götter in einem Krieg um den Dritten Himmel zu kämpfen. Oder war es der Vierte Himmel gewesen? Einer der Himmel jedenfalls.

Und dann war da ihr größter Schatz: Tick-Tick.

Eveen beäugte argwöhnisch die hoch aufragende Konstruktion aus Knochen, die von Nägeln und Drähten zusammengehalten wurde: das ausgeblichene Gerippe eines Titanenschrecks, ein entfernter Verwandter des flugunfähigen Tripplers, mit einem Schnabel so breit, dass er eine Ziege in einem Stück verschlingen konnte. Baseema prahlte damit, am Kampf gegen dieses Ungeheuer beteiligt gewesen zu sein. Zweien aus ihrer Mannschaft hatte es den Garaus gemacht! Dennoch hatten sie es bezwungen und heute zierten seine Überreste Baseemas Heim.

Nun, sie taten mehr als das.

Der leere Blick des Schreckensvogels folgte Eveen und der knöcherne Hals knarrte, als sich der gewaltige Schädel darauf langsam drehte. War es überraschend, dass das Oberhaupt einer Gilde untoter Assassinen das wiederbelebte Skelett eines Menschenfresservogels hielt wie ein Haustier? Oder einen Wachhund? Wahrscheinlich nicht. Aber das Biest machte sie nervös und sie hielt sich von der übergroßen geschwungenen Klaue fern, die aus einer Knochenzehe ragte – scharf genug, um sie in Stücke zu schneiden. Ruhelos klopfte sie auf den Steinboden und erzeugte dabei das Geräusch, dem das Ungeheuer seinen Namen verdankte: *Tick-Tick*.

Eveen riss die Augen von dem riesigen Vogel los und versuchte, einzuschätzen, wie schnell sie wohl rennen müsste, um einen der drei Balkone zu erreichen, ehe Tick-Tick über sie herfiel. Assassinenregel Nr. 480: Gildenbosse sind grundsätzlich dubios. Assassinenregel Nr. 481: Betritt niemals ein Zimmer, aus dem du nicht wieder herauskommst. Sie erreichte den Schreibtisch und ließ sich auf den bereitstehenden Stuhl sinken – der niedriger war, selbstredend. Baseema blickte wie eine Königin auf sie herab. Wenn man bedachte, dass sie einen Schlafkaftan und Haussandalen trug, war das recht beeindruckend.

»Als mir zu Ohren kam, eine der Meinen sei daran gescheitert, einen Auftrag zu erledigen, glaubte ich zuerst an einen Irrtum. Dem Botschafter wollte ich die lügnerische Zunge herausschneiden! Doch wie sich herausgestellt hat, entspricht es der Wahrheit.«

»Dann durfte er seine Zunge wohl behalten«, sagte Eveen. »Seine Frau wird sich freuen.«

Der Scherz glitt an Baseema ab wie Wasser an einem Kanalaal.

»Statt deinen Vertrag zu erfüllen, hast du dich mit deinem Ziel davongemacht.«

»So war das überhaupt nicht! Na gut. Es war so, aber …«

»Dutzende von Wachen wurden dabei verletzt.«

»Pfft. Das ist doch übertrieben! Es waren eher … viele …«

»Sechsundzwanzig.«

»Na schön, *zwei* Dutzend. Seit wann scheren uns verletzte Wachen?«

Baseema schlug so hart auf den Tisch, dass ihr Kartenhaus einstürzte.

»Du hast sie verletzt, um dem Ziel zur Flucht zu verhelfen!«, brüllte sie.

Ihre Contenance war dahin, die Wut ein tosender Sturm. Eveen hatte diese Wirkung auf andere. Irgendwo hinter ihr klapperten Tick-Ticks Knochen unbehaglich. Eveen wählte ihre nächsten Worte bedachtsam.

»Ich weiß, wie es aussieht. Aber ich kann es erklären.«

Baseema verschränkte die Arme und ihre Miene wurde wieder zu Stein. Und Eveen erklärte.

Sie berichtete, wie sie den Turm infiltriert hatte; von ihrer ersten Erinnerung; sogar von dem Abstecher zu dem Thaumaturgen. Sie ließ lediglich aus, dass das fragliche Mädchen in einer nahen Gasse wartete. Als sie fertig war, herrschte Stille, die erst durchbrochen wurde, als der Banari herübergeschlendert kam, einen Arm über Eveens Schulter reckte und ein Buch auf den Schreibtisch fallen ließ.

»Das ist ja eine wilde Geschichte, totes Geschöpf.«

Sie blickte an seinem strammen Oberkörper hoch und in sein hübsches Gesicht. Rot geränderte Augen starrten auf sie herunter. Völlig zugedröhnt, der Vogel. Sie blickte zu Tick-Tick hinüber. Nichts für ungut.

»Ich glaube ihr«, verkündete er, dann wanderte er wieder zu den Kissen und seiner Pfeife zurück.

Baseema blieb still und blickte an Eveen vorbei zu einem Balkon. Sie war dabei, ihre Karten zusammenzusammeln, und zeichnete nun mit einem gepflegten Fingernagel gedankenverloren Linien auf eine von ihnen. Sie gehörte zur Farbe der

Raben und zeigte einen kahlen, bebrillten, bärtigen Räderwerkkönig, mit Umhang und allem Drum und Dran, dem seine Eisenriesen hinterherstapften.

»Verdammt!«, knurrte sie schließlich.

»Dann glaubst du mir?«

Ihre dunklen Augen wurden schmal. »Niemand würde es wagen, mir eine derart dicke Lüge aufzutischen.«

»Ich verzettel mich nicht gern mit meinen Lügen. Aber wie haben die das angestellt? Ich dachte, der Erweckungszauber würde so was verhindern.«

»Das sollte er auch, götterverdammt noch mal! Keine Erinnerungen. Keine Vergangenheit. Kein Leben.«

Eveen kannte die heilige Lehre. Das alles hatte man ihr eingedrillt – vom Augenblick der Erweckung an, als sie die Untotenaugen geöffnet hatte, alle Bande an ihre Vergangenheit zerschnitten wie Fäden. Man befolgte akribische Schritte, um sicherzugehen, dass die Trennung vollständig war. Manches davon lag auf der Hand: Man wurde erst erweckt, wenn alle Nahestehenden schon längst gestorben waren oder kaum noch an einen dachten. Aber es war auch Magie im Spiel: Sie machte einen unkenntlich gegenüber allen, die sich noch an einen erinnern mochten. *Eine Person ohne Vergangenheit hat keine Schwächen*, hatte die Priesterin gewispert, die bei ihrer Erweckung assistiert hatte. *Aerils Wille.*

»Jemand muss einen Weg gefunden haben, gegen Aerils Willen zu handeln.«

Baseema schnaubte. Ihr Gesicht legte sich in nachdenkliche Falten und wieder kollidierten ihre Sommersprossen. So blieb sie eine Weile sitzen. Schließlich entspannte sich ihre Miene: Eine Entscheidung war gefällt.

»Wo ist das Mädchen?«, fragte sie. Schweigen. »Nun, wo du sie auch abgesetzt hast, geh sie suchen. Und dann schneide ihr die Kehle durch. Es ist der einzige Weg, das Ganze aus der Welt zu schaffen.«

Eveen erschrak. »Hast du nicht gehört, was ich gerade erzählt hab? Dieses Mädchen …«

»Doch, ich habe alles gehört. Irgendjemand hat es irgendwie geschafft, die Anonymitätsmagie zu durchdringen, und herausgefunden, wer du einmal warst. Sodann hat er dein jüngeres Selbst aus der Vergangenheit geholt und dich vertraglich verpflichtet, es zu erledigen.«

»Und das besorgt dich nicht?«

»Bei allen Höllen, natürlich! Es ist ein götterverdammtes Desaster! Aber es wäre schlimmer, wenn das Mädchen am Leben bliebe.«

»Jemand hat mir eine Falle gestellt!«

»Sag bloß!«, blaffte Baseema. »Die wollen dich dazu bringen, dass du den Vertrag brichst – und du fällst auch noch drauf rein. Wirfst einen Blick in ihr Gesicht, dein totes Hirn furzt 'ne Erinnerung aus und dann kriegst du deine Arbeit nicht erledigt. Genau das war deren Absicht. Ist dir der Gedanke mal gekommen?«

Eveen hätte erstaunt geblinzelt, wenn sie blinzeln würde. »Die wussten, dass ich es nicht tun würde«, murmelte sie.

»Sie haben drauf gesetzt.« Baseema stach mit dem Finger in die Luft. »Dass du den dritten unverletzbaren Schwur brichst. Meinst du, diese Falle galt nur dir? Wir alle sind in Gefahr. Oder begreifst du das nicht?«

Eveen strich über den tätowierten Hund mit den Schakalohren in ihrem Nacken. Der dritte unverletzbare Schwur eines untoten Assassinen war der einfachste und bedeutendste:

Hatte man den Auftrag angenommen, so führte man ihn auch aus. Punkt. Aus. Ende. Tat man es nicht, betrog man nicht nur den Tod, sondern auch Aeril. Und die machte einem dann die Hölle heiß. Und das war wortwörtlich zu verstehen.

»Früher einmal gab es fünf Gilden für untote Assassinen in Tal Abisi.« Baseema schlüpfte wieder in die Rolle der Geschichtenerzählerin. »Ein Assassine der fünften verfiel seinem Opfer. Behauptete, ihretwegen fühle er sich wieder lebendig. Er versuchte es mit Vertuschung, täuschte ihren Tod vor. Aber Aeril lässt sich nicht zum Narren halten. Es heißt, in der Nacht, als ihre Hunde kamen, blies ein Wind durch die Stadt, der nach Schwefel und Asche stank. Die Leute verschanzten sich, wagten sich nicht mehr ins Freie. Und in jener Nacht gingen die Hunde auf die Jagd. Sie fanden die beiden Liebenden. Rissen sie in Stücke. Dann spürten sie die anderen Gildenmitglieder auf, allesamt – einschließlich des Chefs. Und danach die Investoren, Buchhalter, Kreditgeber und Schuldner. Ihre Seelen wurden vor Aeril geschleift. Und die Gilde: aufgelöst.«

Der Banari pfiff leise durch die Zähne.

Tick-Tick.

Baseema beugte sich vor. »Das steht uns auch bevor, wenn du deinen Auftrag nicht erledigst.«

Eveen kannte die Geschichte. Jeder untote Assassine bekam sie erzählt, als wären sie Kinder, denen man mit dem schwarzen Mann unterm Bett Angst machen wollte. *Murks dein Opfer ab, sonst kommen Aerils Hunde und holen dich.* Niemand nahm den dritten unverletzbaren Schwur auf die leichte Schulter. Aber es war auch niemand in der gleichen Lage wie sie.

»Wir sind ein und dieselbe Person! Was, wenn ich sie wegpacke und dann selbst … verpuffe?«

Darüber hatte sie nämlich nachgedacht. Wenn sie ihr jüngeres Selbst umbrachte, wäre das nicht ihr Ende? Wie konnte sie sich überhaupt selbst meucheln, wenn sie dann nie Gelegenheit bekäme, sie selbst zu werden? Da verknotete sich einem doch das Gehirn.

»Tust du's nicht, kommen die Hunde«, erwiderte Baseema. »Ich weiß, du brichst gern Regeln ...«

»Das war nur das eine Mal.«

»Und was hat es dich gekostet! Sollen jetzt etwa wir alle für deinen Leichtsinn bezahlen?«

Eveen schwieg einen Moment, dann wagte sie einen vorsichtigen Vorstoß. »Wer hat den Auftrag erteilt?«

Baseema schüttelte den Kopf. »Das ist anonym geschehen.«

Diesmal schnaubte Eveen. »Als würdest du nicht in die Verträge linsen. Das glaubst du doch selbst nicht!«

Der Banari lachte und beide Frauen wandten sich ihm zu. »Da hat sie dich erwischt!«

»Jetzt reden die Erwachsenen, Schätzchen«, tadelte Baseema ihn zuckersüß. »Ums Geschäft kümmere ich mich selbst.«

»Verrat mir den Namen«, drängte Eveen.

»Nein.«

Sie machte ein finsteres Gesicht. »Wäre ich der hübsche Junge da drüben, würdest du zu allem Ja sagen.«

Baseema hob eine Augenbraue. »Ach, wir beide treiben's wohl miteinander?«

Eveen hob ihrerseits eine Augenbraue. »Würde das helfen? Auf groß und stark steh ich ja.«

Das entlockte der Frau tatsächlich ein Lächeln und Eveen sah, dass ihre Zähne mit Silber und weißen Brillanten besetzt waren. Die Backenzähne schmückten Feuerjuwelen – ein verdammtes Vermögen trug sie da im Mund herum.

»Gib mir den Namen«, drängte Eveen. »Dann finde ich den, der mir das angetan hat. Uns, meine ich!« Baseema starrte sie lange und durchdringend an. Dann ließ sie sich mit einem schweren Seufzer auf ihrem Stuhl zurücksinken.

»Du begreifst doch: Wenn du dich weigerst, deinen Auftrag zu erledigen, kann ich dich nicht gehen lassen.«

Eveen lehnte sich auch zurück. »Ja. Hab ich mir gedacht. Was schwebt dir also vor? Tick-Tick?«

Baseema hob eine Hand und drehte einen dicken Goldring am Daumen.

Eveens Haut kribbelte – ihr erstes Indiz, dass weitere Untote ins Zimmer gekommen waren. Dann traten vier Frauen aus einem Fleck zusammengeballter Finsternis hervor, von Kopf bis Fuß ins schwarze Leder der Assassinen gekleidet. Netter Trick.

Der Banari klatschte. »Noch mehr tote Kreaturen!«

Eveen stöhnte. »Die Vierlinge? Du hetzt die Vierlinge auf mich?«

Wie zur Antwort drehte Baseema einen anderen Ring und da glitten Eveens Messer aus der Scheide und flogen in Baseemas wartende Hände.

»Und du nimmst mir die Messer weg?«

»Was gegeben wurde, kann wieder zurückgefordert werden.«

»Ach, so soll's also laufen?«

Baseema legte die Messer auf den Schreibtisch. »Das hast du dir selbst eingehandelt.«

»He, Mädchen!«, rief eine der Frauen. »Wir stören euch doch nicht, oder?«

Eveen bedachte Baseema mit ihrem besten »Du machst einen Fehler«-Blick, dann stand sie auf und wandte sich den vier Frauen zu. Sie hatten einen Halbkreis gebildet und wirkten mit ihrer bedrohlichen Haltung und dem durchtriebenen Lächeln wie verwilderte Straßenkatzen – was nicht weit von der Wahrheit entfernt war.

»Wie man hört, hast du ein paar Probleme«, sagte dieselbe Frau. Schwarz bemalte Lippen schürzten sich spöttisch unter einer schwarzen Katzenmaske, die die obere Hälfte des Gesichts bedeckte. »Willst du drüber reden? Unter uns Frauen?« Sie balancierte einen schiefergrauen Kriegshammer auf einer Schulter und drehte müßig den Eisengriff.

»Ooni«, sagte Eveen. »Oder bist du ... Mimi?«

»Das da ist Mimi«, antwortete eine andere und nickte zu einer Dritten hinüber. »Ooni bin ich.«

»Tut mir leid. Dann musst du Ini sein?«

»Ipi«, verbesserte die Hammerträgerin. Sie zeigte auf die kleinste Frau. »Ini haben wir hier.«

»Richtig. Ich bring euch vier immer durcheinander.« Tatsächlich tat Eveen das nicht. Aber sie wusste, dass es die Frauen ärgerte.

»Sie hält sich für witzig«, bemerkte Ooni und spannte die breiten Schultern an.

»Sei nachsichtig mit ihr«, schnurrte Ipi. »Hast du nicht gehört? Das arme Ding hat 'ne anstrengende Nacht.«

»Leistest dir einfach 'ne Erinnerung«, sagte Mimi und fuhr mit dem Daumen über die sägezahnbewehrte Schneide eines riesigen Hackmessers.

Ipi schüttelte übertrieben mitleidig den Kopf. »Deshalb ist sie jetzt ganz verstört.«

»Ah ja«, sagte Ooni gedehnt. »Bricht mir das Scheißherz.«

Mimi mimte die Erschrockene und riss die Augen weit auf. »Was, wenn ich verpuffe?«

Die vier gackerten los. Nein, nur drei von ihnen. Ini, die niemals sprach, sah bloß ausdruckslos zu.

»Reden die immer so viel vor dem Kampf?«, seufzte der Banari.

»Sie ziehen es gern in die Länge«, sagte Eveen.

Die Vierlinge waren Schwestern. Wie es kam, dass sie alle zusammen in Aerils Dienste getreten waren, wusste niemand. Eveen malte sich gern aus, wie ihre unglückseligen Eltern die Quälgeister verschachert hatten. Baseema ließ sie die Drecksarbeit der Gilde erledigen – Massaker und dergleichen. Und sie weideten sich daran.

Ipi grinste. »Wenn man's in die Länge zieht, steigert das den Genuss. Solltest du mal ausprobieren.«

»Und Fleischwürmern zusehen, wie sie Augäpfel ausgraben?«, fragte Eveen. »Da passe ich.«

Ooni schnaubte. »Hält sich wohl für was Besseres.«

»Als würden ihre Fürze nach Rosen riechen«, höhnte Mimi.

»Oh, wir wissen, dass die stinken«, fügte Ipi hinzu und neigte den Kriegshammer zurück. »Ausweiderin.«

Ooni gluckste. »Stimmt. Fast vergessen.«

»Hab gehört, du hättest den Kerl aufgeschnitten wie einen Fisch«, sagte Mimi grinsend und streckte die Zunge heraus.

»Hat dir bestimmt ein bisschen Spaß gemacht, oder?« Ipi zwinkerte. »Unter uns Frauen?«

»Es war nur das eine Mal«, erwiderte Eveen ruhig.

»So ein zartes Seelchen.« Mimi hievte das große Schlachtermesser hoch. »Vielleicht sollten wir die Technik mal an dir ausprobieren.«

Ooni nickte eifrig. »Ob wir dir die Eingeweide schneller rausreißen können, als du wieder zuheilst?«

»Nein.« Ipi grinste boshaft. »Die da machen wir richtig kaputt. Und die Reste stopfen wir in einen Sarg.«

»Wer steckt untot und hungrig in einer Kiste?«, höhnte Ooni. »Da kannste bloß deine eigene Zunge essen.«

Mimi kicherte. »Hab gehört, das treibt einen in den Wahnsinn. Wirst noch zu einem richtigen Zombie.«

»Aber keine Sorge«, sagte Ipi. »Wir lassen dich hin und wieder raus – dann kannst du Jagd auf unsere Opfer machen, um mal was Gutes zwischen die Zähne zu kriegen. Was das Mädchen angeht, wenn wir das erst gefunden haben …«

Eveen unterbrach sie mit einem großen und lauten Gähnen. »Tut mir leid. Bin kurz weggedriftet. Wollt ihr so lange auf mich einquatschen, bis ich ein zweites Mal sterbe? Ist das eure Vorstellung von Folter? Ich meine, ist es schon losgegangen?«

Der Banari lachte schallend irgendwo hinter ihr. »Bassie, ich glaub, ich würde jetzt gern die Geschichte hören.«

Baseema, die ungerührt an ihrem Schreibtisch saß, nahm das Buch auf, das er ihr gebracht hatte. »Die sieben Söhne des Golemgrafen?«

»Ich mag Märchen. Und es wird einen reizvollen Kontrast zur bevorstehenden Gewalt bilden.«

»Verwöhnter Junge«, tadelte sie und schlug das Buch auf. »Man haute den ersten Sohn des Golemgrafen aus einem Felsbrocken, der aus dem Gebirge herabgerollt war. Durch seine Adern strömte Regenwasser und er wurde von eingefangenen Windböen zusammengehalten. In die steinerne Haut meißelte man ihm den heiligen Namen des Wanderers …«

Ooni, die bulligste der vier, ging als Erste auf Eveen los.

Wie schnell sie war! Waffen benutzte sie keine, nur brachiale Gewalt und zwei fiese Totenkopfschlagringe aus

Messing. Eveen wich zurück und griff nach den Messern, doch dann fiel ihr wieder ein, dass Baseema sie ihr fortgenommen hatte. Sie tauchte unter einem Schwinger hindurch, der ihrem Kopf galt, entging dem darauffolgenden Hieb nach ihrem Brustbein – doch dann traf Ooni sie mit der Wucht einer Kanonenkugel in den Bauch. Sie wurde zurückgeschleudert, rutschte über den Boden und blieb zusammengekrümmt liegen, die Arme um sich selbst geschlungen. Schmerzen mochte sie nur gedämpft empfinden, aber das hier tat *höllisch* weh. Sie wollte sich wieder aufrappeln, Ooni schickte sie jedoch mit einem kraftvollen Tritt gleich wieder zu Boden. Dann packte die kräftige Frau sie am Haar, hob sie daran in die Luft und schmetterte sie mit so viel Kraft auf den Boden, dass es eine Lebende ausgeschaltet hätte. Eveen war, als wäre sie unter die Hufe einer fliehenden Rinderherde geraten. Nahebei lachten die anderen drei Vierlinge.

»Wirst ja nicht viel für uns übrig lassen, Ooni!«, beschwerte sich Mimi.

»Mach sie nicht ganz hin!«, rief Ipi. »Wir müssen sie doch noch nach dem Mädchen fragen!«

Ooni schnaubte. »So viel zur Ausweiderin.«

Eveen kämpfte sich hoch und zog sich humpelnd ein Stück zurück. Sie blickte an Ooni vorbei zu dem Balkon, der auf die Gasse hinausging, in der sie das Mädchen zurückgelassen hatte, versteckt in den Schatten.

»He, hier bin ich!«, rief Ooni. »Recht so. Bleib schön bei mir. Ich dachte, du seist so sauhart. Ich bin echt nicht beeindruckt.«

Wie ein Bulle schoss sie auf Eveen zu. Die packte jedoch eins ihrer Handgelenke, grub die Finger der anderen Hand unter die Ledermaske und packte fest zu. Sie wirbelte Ooni im

Kreis herum und nutzte den Schwung, um die größere Frau durch die Vorhänge auf den Balkon zu befördern. Ooni packte das Steingeländer und hätte sich vielleicht auch vor dem Sturz bewahrt – hätte Eveen sie nicht an den Beinen gepackt und über die Kante gewuchtet.

Dann drehte sie sich um und richtete sich auf. Mit dem Humpeln ließ sie es nun gut sein. Draußen war Oonis erschrockener Schrei durch ein jähes Ratschen unterbrochen worden – und nun folgte eine Salve geheulter Flüche. Wahrscheinlich hing sie aufgespießt über dem Tor. Das musste äußerst unangenehm sein.

»Meint ihr, jetzt ist sie beeindruckt?«, fragte Eveen.

»Ich bin's jedenfalls!«, rief der Banari.

Baseema hielt kurz im Lesen inne und fuhr dann fort. »Man formte den zweiten Sohn des Golemgrafen aus Erde, unter dem Licht eines zunehmenden Mondes ...«

Die anderen drei Vierlinge glotzten kurz. Dann schrie Ipi: »Verfluchte Schlampe!«

»Schon besser«, murmelte Eveen. Nun war es vorbei mit dem falschen Lächeln und den schlauen Sticheleien – explosiver Zorn beherrschte Ipi. Sie kam angerannt und ihr Kriegshammer pfiff durch die Luft. Nein, das Ding schrie! Eveen beugte sich zurück und knapp vor ihrem Gesicht schwang der schiefergraue Hammerkopf vorbei, dessen Mund offen stand und vor Wut kreischte. Sie hatte sich schon gedacht, dass die Waffe verzaubert war. Wie sonst hätte Ipi das Ding heben können? Aber wozu war das Gelärme gut?

»Woher hast du *das* denn?« Sie wich einem weiteren mächtigen Schlag aus. »Bist du in irgendein Geschäft spaziert und hast gesagt: ›Zeigt mir mal eure besten schreienden Kriegshämmer – aber die extrakreischigen bitte‹?«

Ipi knurrte und zielte mit dem Hammer nach Eveens Bauch. Die sprang zur Seite und wäre fast in Mimis riesiges Hackmesser gerannt. Die scharfkantigen Zähne vibrierten vor Magie und summten laut. Eveen wich der breiten Klinge aus und entging nur knapp dem nächsten Hammerschlag – der eine hübsch gemusterte Vase zertrümmerte.

Stille senkte sich herab und alle merkten, dass Baseema sich unterbrochen hatte. Sie sah erst ihre zerbrochene Vase an und dann die Kämpfenden. »Entschuldigung«, murmelten sie. Einen Moment ruhte Baseemas tadelnder Blick noch auf ihnen, dann las sie weiter vor.

»Man schmiedete den dritten Sohn des Golemgrafen im Feuer, mit Hammer und Amboss, sein Leib aus Bronze, das Blut geschmolzenes Silber und das Herz aus Gold …«

Weiter ging's! Ein Hammer zum Zermalmen, ein Messer zum In-Stücke-Hacken und Eveen mittendrin. Tatsächlich umbringen konnten die Schwestern sie nicht, immerhin waren alle Kämpferinnen bereits tot. Sie konnten sie jedoch außer Gefecht setzen. Und dann würden sie sie wie angekündigt in eine Kiste sperren und qualvoll darin verrotten lassen. Das kam überhaupt nicht infrage. Sie musste für Ausgleich sorgen!

Sie täuschte ein Stolpern an und verleitete Mimi so zu einem übereifrigen Hieb. Das Hackmesser kam herabgefahren, Eveen tanzte aus dem Weg, und es traf wuchtig den Boden. Mimi wollte die Waffe hochreißen, doch die scharfkantigen Zähne hatten sich in den Stein gegraben und steckten fest.

Endlich eine Atempause! Ipi kam mit dem Hammer angestürmt. Eveen griff in den Stiefel, zog den Dolch, der ihr geblieben war, und warf ihn. Ipi schrie und geriet ins Straucheln – aus ihrem Auge ragte der Griff. Sie packte ihn, zog die Klinge heraus und schleuderte den Dolch fort. Eine leere Höhle blieb zurück.

»Du verfluchte Schlampe! Du verfluchte, verfluchte ...!«

»So hast du mich schon genannt«, erinnerte Eveen sie.

Ipi starrte sie einäugig an und knurrte entmenscht. »Ich schlag dir deine verdammte Fresse ein! Dann lass ich sie heilen und schlag sie wieder ein!«

Sie schwang ihren Hammer. Das Ding kreischte so knapp an Eveens Gesicht vorbei, dass sie sich fragte, ob es beißen würde. Aus dem Augenwinkel sah sie Mimi, die ihr Hackmesser befreit hatte und nun angerannt kam. »Wenn du was suchst, auf das du einschlagen kannst ...« Gerade als die beiden Schwestern sie erreicht hatten, sprang sie in die Luft – sie stellte sich vor, wie sie über die Dächer Tal Abisis hinwegsetzte – und rettete sich mit einem Salto, während der Hammer kreischend durch die leere Luft sauste, auf ein Ziel zu, das damit wirklich nicht gerechnet hatte.

»Warte!«, schrie Mimi.

Zu spät. Mit Wucht traf der Stahlkopf untotes Fleisch und Mimi stürzte und überschlug sich dabei. Ihr Hackmesser rutschte klirrend über den Boden davon. Sie schlug mit dem Gesicht voran auf, beide Beine falsch abgeknickt.

Eveen erhob sich aus der Hocke, sah Ipi an und deutete auf ihr eigenes gesundes Auge. »Na, Tiefenwahrnehmung im Arsch?«

Da rastete die Frau komplett aus. In schäumender Raserei stürmte sie heran, und Mund und Hammer kreischten. Eveen wich den wilden Schwingern mühelos aus, lockte ihre Gegnerin hinter sich her. Noch ein bisschen weiter. Weiter ...

»Man blies den vierten Sohn des Golemgrafen aus braunem Glas«, las Baseema vor, »und füllte seinen Leib mit dem gestohlenen Glanz von Sternjuwelen, die der geheime Name des Herrn des Lichts zum Erstrahlen bringt. Seine Schönheit …« Sie hielt inne und ihre Augen weiteten sich, als sie begriff, was Eveen vorhatte.

Tick-Tick.

Ipis Hammer versetzte einem von Tick-Ticks Beinknochen einen dröhnenden Schlag. Risse liefen hindurch und Splitter flogen umher. Der Titanenschreck wankte und richtete sich dann wieder auf, den leeren Blick auf Ipi geheftet. Sie schaffte es gerade noch aufzuschauen, dann schnappte der massive Schnabel wie ein Schraubstock zu und riss sie von den Füßen. Der Hammer entglitt ihr, aber sein schwerer Aufschlag ging in ihrem Kreischen unter, als Tick-Tick sie bestialisch schüttelte.

Assassinenregel Nr. 183: Piss nie den Wachhund an.

Eveen wandte sich Baseema zu. »Ich muss schon zugeben, das war …«

Weiter kam sie nicht, denn etwas sprang ihr auf den Rücken, zischend und beißend. Nein, nicht beißend, sondern stechend – Ini! Eveen hatte die vierte Schwester vergessen. Die kleine Frau hackte mit ihren schmalen Messern auf sie ein, übersäte sie mit Wunden. Es war, als würde man von einem durchgeknallten Kolibri attackiert.

»Jetzt reicht's aber echt!«, knurrte Eveen.

Sie warf Ini zu Boden, hievte den verwaisten Hammer hoch und ließ ihn zweimal in rascher Folge niederfahren, um der kleinen Frau beide Hände zu zertrümmern. Dann schleifte sie sie am Bein hinter sich her über den Marmorboden – sie hielt nur inne, um die Harpune von der Wand zu reißen. Als sie Baseemas Schreibtisch erreichte, schleuderte sie Ini obendrauf, trieb ihr den Jagdspeer durch den Leib und nagelte sie ans Holz. Der Banari klatschte.

»Sind wir hier fertig?«, fragte Eveen barsch.

Baseema antwortete nicht gleich. Sie blickte an Eveen vorbei zu Tick-Tick und pfiff. »Lass sie fallen.« Prompt ließ der Titanenschreck Ipi los, die wie ein nasser Sack zu Boden plumpste. Wie eine geschändete einäugige Leiche sah sie aus – hier und da hing die Haut in Streifen herab. Dennoch hob sie fluchend und schreiend ihren Hammer wieder auf: Sie wollte ganz offensichtlich da weitermachen, wo sie aufgehört hatte. Baseema gebot ihr jedoch mit einer Geste Einhalt.

»Genug damit.« Ipi machte zunächst keine Anstalten, ihr zu gehorchen, und da wurde der Ton der Gildenchefin scharf. »Jetzt ist Schluss, hab ich gesagt! Du hattest deine Chance. Lauf und hol Ooni von meinem Zaun, ehe die Nachbarn sich noch über die Katzenmusik beschweren. Anschließend kommt ihr beide zurück und«, sie machte eine weit ausholende Geste, »schafft hier wieder Ordnung.« Ipi biss die Zähne zusammen. Vor Wut zitterte sie am ganzen Leib. Aber sie widersprach nicht, sondern wandte sich ab und humpelte aus dem Zimmer. Den Hammer zog sie hinter sich her.

Baseema schüttelte den Kopf. Dann schob sie etwas über den Schreibtisch – um Ini herum, die sich wie befohlen nicht mehr rührte. Eveen senkte den Blick und sah ihre Messer und ein gefaltetes Blatt Papier.

»Was ist das?«

»Deine Waffen. Die wirst du brauchen.«

»Aber du hast doch gerade …«

»Ich habe lediglich versucht, dich festnehmen zu lassen«, fiel Baseema ihr ins Wort. »Ohne Erfolg. Dann hast du mich gezwungen, den Namen des Auftraggebers für dich herauszusuchen, der den Vertrag über das heutige Attentat geschlossen hat. Unter außerordentlichem Zwang habe ich nachgegeben.«

Eveen machte schmale Augen. »Du wusstest, dass die Vierlinge mich nicht besiegen würden.«

»Ich wäre enttäuscht gewesen, falls doch.«

»Und du lässt das alles hier geschehen?« Sie deutete auf die aufgespießte Ini.

»Körperteile sind ersetzbar. Außerdem sind das Beweise.«

»Dass du versucht hast, mich aufzuhalten.«

Baseema verschränkte die Arme. »Beweise, dass ich meiner Sorgfaltspflicht nachgekommen bin.«

»Aber warum hilfst du mir überhaupt?« Eveen schnaubte. »Für besonders gefühlsduselig halt ich dich nun wirklich nicht.«

Baseema schnaubte zurück. »Solltest du auch nicht. Wie bereits gesagt: Hier geht's nicht nur um dich. Es besteht die Gefahr, dass diese Geschichte meiner Gilde den Garaus macht, die ich mit eigenen Händen aufgebaut hab. Und das gefällt mir gar nicht. Also gebe ich dir die Chance, diesen Schlamassel zu bereinigen.« Ihr Blick zuckte wieder zum Tisch. »Willst du das nicht mal aufmachen?«

Eveen hatte schon die Hand auf das Papier gelegt. Zögerlich entfaltete sie es und starrte darauf. Dann starrte sie noch ein bisschen länger. Ihr Blick wanderte wieder zu Baseema, die unbeteiligt zurückblickte. »Das kann doch nicht sein.« Sie las den Namen auf dem Bogen noch einmal: Pol Oranus. »Aber das ist doch …«

»Ein Patriarch«, beendete Baseema den Satz.

Eveens Gedanken rasten. Ein Patriarch hatte den Auftrag erteilt? In der Gesellschaft Tal Abisis war niemand höherrangig. »Bei Aerils Feuertitten!«, krächzte sie.

Baseema nickte. »Du sagst es.«

»Und was soll ich damit anfangen?«

»Mehr kann ich dir nicht anbieten.« Sie unterbrach sich. »Dir ist klar, dass er dem Vertrag nach unberührbar ist? Krümmst du ihm auch nur ein Haar, kommt Aeril vielleicht selbst und treibt die Schulden ein.«

Eveen nickte verärgert. Sie war doch nicht blöd. »Also was jetzt?«

»Jetzt bleibt dir die Nacht. Oder was davon übrig ist. Bis zum Morgen hast du Zeit, dieses Durcheinander aus der Welt zu schaffen. Aber sobald eine Vertragsverletzung droht, ist es meine Aufgabe, *dich* aus der Welt zu schaffen.«

»Du schickst mir die anderen hinterher«, decodierte Eveen.

»Sorgfaltspflicht«, wiederholte Baseema.

Eveen überlegte, wer nach den Vierlingen noch übrig war, und erstarrte. »Der Alte. Ist er etwa …?«

»Wäre der Alte hier, dann wär's für dich schon gelaufen.« Baseema stand auf.

Wohl wahr, dachte Eveen. Dennoch blickte sie sich unwillkürlich um.

»Erachte dies als meinen letzten Gefallen. Ein Vorsprung. Du solltest ihn nutzen. Und schaff bloß das Mädchen aus der Gasse.«

Eveen erschrak. Das wusste sie auch? »Du bist gruselig.«

Glitzernde Zähne blitzten auf. »Wie Sau.«

Sie hatte sich schon zum Gehen gewandt, da rief Baseema sie noch einmal zurück.

»Eine Sache noch. Ich lasse einen Mann kommen von außerhalb der Stadt. Als Ultima Ratio. Du verstehst?«

Eveen verzog das Gesicht. Sie verstand durchaus. Sie wollte los, nahm sich jedoch noch einen Moment, um eine Visitenkarte zu zücken und sie Ini hinters Ohr zu stecken. Mit den Messern wieder an ihrem angestammten Platz verließ sie das

Zimmer – diesmal durch die Vordertür. Der Banari stand auf seinem Kissenlager, das eigene Messer zum Salut erhoben.

»Mögen die Götter dich heute Nacht begünstigen, totes Geschöpf!«

Eveen antwortete mit einem Nicken. Das wollte sie doch stark hoffen.

KAPITEL 5

»Ein Patriarch?«

»Wie ich bestimmt schon zehn Mal gesagt hab.«

Eveen schob sich durch die kostümierte Menge aus Piratenprinzessinnen, Räderwerkkönigen und Goldschätzen, die sich um die kleine gelbe und grüne Holzbude gebildet hatte. Die meisten Leute waren gerade von einer der vielen Paraden zurückgekommen, die durch Tal Abisis Straßen zogen. Alle rochen sie nach Schweiß, Spirituosen und Begierde, waren hungrig vom Trinken und brauchten etwas zwischen die Zähne, um die Nacht durchzuhalten. Eveen ging es ebenso. Nach der Rauferei mit den Vierlingen hing ihr schon der Magen schief.

»Ein Patriarch«, murmelte Himmel noch einmal. »Hast du je … mit denen zusammengearbeitet?« Sie folgte Eveen, während die Leute unbewusst einen Bogen um sie schlugen – dem Umhang zum Dank.

»So weit oben in der Nahrungskette bin ich sonst nicht unterwegs.« Sie hatte noch nicht einmal davon gehört, dass Patriarchen Assassinen anheuerten. Ihre Hände waren zwar nicht sauber – ganz im Gegenteil. Sie dünkten sich bloß so erhaben über den ganzen Abschaum, dass sie noch Leute dafür hatten, die Leute anzuheuern, die ihre Auftragsmörder anheuerten.

Eveen blieb vor einer verrauchten Bude stehen, wo Trippelvögel, eingerieben mit pfeffrigen Gewürzen, über Feuerfässern vor sich hin brutzelten. Ein paar, hier und da köstlich verkohlt, wurden von der Hitze genommen und rasch zerhackt – mit Knochen und allem.

Sie bestellte vier Portionen. Dann noch eine fünfte. Sie hatte *wirklich* Hunger.

»Was ist da oben passiert?«, fragte Himmel, nicht zum ersten Mal.

»Hab ich doch gesagt: eine kleine Zankerei.«

»Ich hab eine Frau aus einem Fenster stürzen sehen – sie hat sich auf den Spitzen des Zauns aufgespießt. Aber gestorben ist sie nicht. Stattdessen hat sie nur furchtbar geflucht und daher geh ich davon aus, dass sie wie du ist. Darüber hinaus haben deine Sachen überall Einstichlöcher.«

»Vier Zankereien. Alles geklärt.«

»Deine Gildenchefin hat vier andere Assassinen auf dich gehetzt? Deine Kollegen?«

»Kollegen? Wir sind doch keine Anwälte! Und das werden nicht die Letzten gewesen sein.«

Himmel erschrak. »Wie meinst du das?«

Eveen bezahlte für das Essen und arbeitete sich aus der Menge heraus – während sie schon das rauchige Fleisch aus dem gewachsten Pergament wickelte und abbiss. Heißer Saft lief ihr übers Kinn.

»Ich hab dich was gefragt.« Himmel beeilte sich, um Schritt zu halten. »Hat es jemand auf mich abgesehen?«

Eveen führte sie unter eine geschwungene Steinbrücke. Sie zerbiss noch einen Knochen und saugte etwas Mark heraus, bevor sie antwortete. »Baseema hat mir ein Ultimatum gestellt: dich wegpacken oder es mit meinen … Kollegen zu tun kriegen.«

Himmel wich einen Schritt zurück. »Und du hast ihr gesagt …?«

Eveen warf einen Knochen in den Fluss und sah zu, wie schwarz schimmernde Kanalaale an die Oberfläche kamen und sich darum stritten. Sie sah wieder zu dem Mädchen. »Ich hab ihr gesagt, dass sie mich mal kann. Ich werde mich doch nicht selbst ins Jenseits befördern!«

Himmel entspannte sich sichtlich und lockerte den Griff um einen ihrer blauen Zöpfe.

»Das löst unser Problem aber nicht«, warnte Eveen. »Die anderen Toten Katzenschwänze werden uns jagen. Dich bringen sie um. Ich komme in eine Kiste und werde vergraben.«

»Was machen wir dann hier draußen?« Himmel blickte sich nervös um. »Sollten wir uns nicht verstecken?«

»Bleib mal locker.« Eveen warf einen weiteren Knochen. »Untote … spüren die Nähe anderer Untoter. Und die meisten Assassinen schlagen nicht auf offener Straße zu. Na ja, der Alte vielleicht. Der ist ausgekocht.«

Himmel hob die Augenbrauen. »Ihr habt einen alten Mann in eurer Mördergilde?«

»Unter anderem. Jedenfalls sind wir hier draußen, weil ich einen Mordshunger hab. Und um *ihn* zu treffen.«

Himmel legte den Kopf schief. »Wen?«

Eveen deutete auf den Mann, der gerade unter die Brücke trat und unruhig hin und her blickte. Er wäre wohl direkt in sie hineingelaufen, hätte sie nicht die Hand ausgestreckt und ihn zu sich gezogen. Er fiepte und suchte fahrig nach dem kleinen Küchenmesser, von dem sie wusste, dass er es immer in der Tasche seines übergroßen Mantels hatte. Sie rollte mit den Augen. Bis er das Ding hervorgeholt hatte, könnte sie ihm viermal die Arme brechen.

»Ich bin's, Fennis.«

Der kleine Mann beruhigte sich und sah sie aus zusammengekniffenen Augen an. »Oh! Ich hab dich nicht gesehen.«

»So bin ich eben.« Sie nickte zu dem Ranzen auf seinem Rücken. »Irgendwas Gutes gelesen?«

»Bücher über Göttervertragsrecht, die sich mit Aeril befassen. Ich hatte gehofft ...«

Er hielt inne und musterte sie. »Du siehst aus, als hättest du gegen jemanden gekämpft.«

»Gegen vier. Gewisse sadistische Schwestern, weißt du?«

Seine Augen wurden groß. »Du bist *doch* zu Baseema gegangen!«

»Schuldig. Sie war nun mal die Einzige, die was wissen könnte.«

Er schüttelte den Kopf. »Ich hab's dir ja gesagt: keine gute Idee!«

»Ich war auch dagegen«, mischte Himmel sich ein.

Fennis fiepte wieder und blinzelte. Er hatte sie jetzt erst bemerkt.

»Tut mir leid.« Sie zog die Kapuze des Umhangs herunter.

»Ich bin da nicht mit leeren Händen raus.« Eveen hielt das gefaltete Papier hoch.

Fennis nahm es und las den Namen. »Pol Oranus? Ist das ...?«

»Der Auftraggeber.«

Das Blut wich ihm aus dem Gesicht. »Ein Patriarch?«

»Da guckst du, was?«

Schweigend stand er da, musste die Neuigkeit erst mal verarbeiten.

»Pol Oranus«, sagte er schließlich. »Er hätte für das Amt des Großen Patriarchen kandidieren sollen, hat sich aber aus dem Rennen zurückgezogen.«

»Tja, jetzt vertreibt er sich mit Attentaten die Zeit«, witzelte Eveen.

Himmel sah verdattert aus. »Erst versucht eure Gildenchefin, dich zu erledigen. Und dann gibt sie dir den Namen, den du brauchst? Auf wessen Seite steht sie eigentlich?«

Eveen schnaubte. »Auf ihrer eigenen. Es mag ihr nicht gefallen, dass jemand sie an Fäden herumschwenken will, aber wenn sie zwischen mir oder ihrer Investition wählen muss – dann steckt sie mich höchstselbst in die Kiste.«

»Du hast ja schon gesagt, dass deine ganze Gilde da mit drinhängt«, sagte Himmel. »Aber wie kann das sein?«

Eveen schmiss noch einen Knochen ins Wasser. »Bei unserer Arbeit gibt es drei unverletzbare Schwüre.« Sie hielt drei Finger hoch. »Erstens muss der Vertrag gerecht sein. Zweitens darf man nur die dort aufgeführte Person wegpacken. Und drittens …«

»Sobald man einen Vertrag unterschreibt, muss er eingehalten werden«, beendete Himmel die Aufzählung. »Ich weiß es noch. Du hast gesagt, wenn du dich weigerst, passiert was Furchtbares. Was denn genau?«

Eveen nahm die Finger herunter und überließ Fennis die Erklärung.

»Hunde?«, hauchte Himmel, als er fertig war.

»Von der monströsen, dämonischen Sorte«, fügte Eveen hinzu.

Himmel malte sich hastig mit dem Finger Koris Schutzzeichen auf Stirn und Kinn.

Eveen schüttelte den Kopf. »Das wird nicht helfen. Aeril kommt immer zu ihrem Recht.«

Himmel schluckte. »Dann müssen wir was tun. Vielleicht diesen Patriarchen aufsuchen?«

»Auf keinen Fall!« Fennis warf Eveen einen warnenden Blick zu.

»Ich weiß das!« Warum hielten sie bloß alle für leichtsinnig?

»Solange ein Vertrag Gültigkeit hat, steht der Auftraggeber unter Schutz«, erklärte Fennis. »Nach den eigenen Gesetzen der Göttin. Geht man gegen ihn vor ...«

»Kommt Aeril vielleicht selbst, um die Schulden einzutreiben«, beendete Eveen den Satz in Erinnerung an Baseemas Warnung. »Es gibt da diese eine Geschichte über Asheel, den Irrenjäger, in der ein Irrer ihm was anhängt – und dann machen all die anderen Irrenjäger Jagd auf ihn. Er kann seinen Namen nur reinwaschen, indem er rauskriegt, warum er angeschwärzt wurde, und sich *darum* kümmert. Er muss sozusagen das Problem an der Wurzel ausreißen! Ich wünschte, ich wüsste, wie ich diesen Patriarchen angepisst hab.«

Fennis strahlte plötzlich übers ganze Babygesicht. Er sank auf die Knie und durchsuchte seinen Ranzen. Himmel sah Eveen an, doch die zuckte nur mit den Schultern. Als der kleine Mann wieder aufstand, hielt er ein ledergebundenes Buch in der Hand. »Was du über gerade über die Wurzel des Problems gesagt hast. Ich erinnere mich ... Ah, da!« Er fuhr mit dem Finger über eine Seite voller Juristenjargon. »Sollte sich der Vertragsgegenstand bereits in einem Zustand des Todes befinden oder es ihm auf andere Art und Weise an Körperlichkeit oder materieller Existenz mangeln, ist der Vertrag für null und nichtig zu erklären.«

»Das heißt ...«, überlegte Himmel, »wenn ich schon tot wäre, könnte man keinen Mord an mir in Auftrag geben.«

»Tote kann man nicht meucheln«, stimmte Eveen zu.

»Nur bin ich noch am Leben.«

»Ja«, sagte Fennis, »aber es geht um den anderen Teil. Der Vertrag ist gültig, weil du existierst – bei uns, in dieser Zeit. Aber du gehörst nicht hierher. Sollten wir dich in deine eigene Zeit zurückschicken, wärst du außerhalb unserer Reichweite – und es würde dir demnach ›auf andere Art und Weise an Körperlichkeit oder materieller Existenz mangeln‹.«

»Wenn sie nicht mehr da ist, gibt's auch niemanden wegzupacken«, murmelte Eveen.

»Ist das denn hieb- und stichfest?«, fragte Himmel.

»Beschwören kann ich's nicht«, gab Fennis zu. »Aber Aerils Vertrag ist ein lebendiges Dokument. Er konnte erst aufgesetzt werden, als du schon in unserer Zeit angekommen warst. Wenn du nun in deine eigene zurückkehrtest, würde der Vertrag zu einem Paradox – und müsste theoretisch von sich aus nichtig werden.«

»Ich muss also bloß in meine eigene Zeit zurück!« Kurz leuchtete Hoffnung in Himmels Gesicht auf, erlosch jedoch sofort wieder. »Aber dein Bruder hat gesagt, das sei unmöglich.«

Eveen schnalzte tadelnd mit der Zunge. »Allein dass du hier stehst, spricht dagegen.«

»Jemandem ist das Unmögliche bereits gelungen«, stimmte Fennis zu. »Und wir wissen auch, wem.«

»Pol Oranus«, sagte Himmel. »Aber ihr habt gesagt, er sei unantastbar.«

»Das ist er auch«, antwortete Eveen. »Aber bringt ein verhätschelter Patriarch, der sich zehnmal täglich den Arsch abwischen lässt, so einen Zauber zustande? Das bezweifle ich! Der hat jemanden angeheuert. Und den finde ich und schneide Streifen von ihm ab, bis er rückgängig macht, was er angestellt hat.«

»So lebendig hab ich's nicht vor mir gesehen«, sagte Fennis. »Aber ja.«

Himmel nickte langsam, erwärmte sich offenbar für die Idee. »Wo fangen wir an?«

◆

»Sollten wir wirklich zu dir nach Hause zu gehen?«

Eveen hatte sie tiefer ins Herz der Alten Stadt geführt. Hier war die Architektur nicht ganz so verschnörkelt, dafür aber gedrängter: Gebäude aus verblasstem Stein drückten sich aneinander wie klobige Zähne. Die Straßen waren enger und wanden sich zwischen Wohnhäusern und Geschäften hindurch, die miteinander um den Platz wetteiferten.

»Das wäre ausgesprochen dumm«, sagte sie. »Wir gehen nicht zu mir, sondern zu einem meiner Verstecke.«

Assassinenregel Nr. 303: Hab immer ein Versteck parat. Assassinenregel Nr. 304: Hab immer noch ein *zweites* Versteck parat. Man konnte einfach nie wissen.

Feiernde tollten auf den Straßen herum, die goldgesprenkelten Leiber von Glimmglaskugeln erhellt, die an Seilen zwischen den Gebäuden aufgespannt waren. Die meisten zogen die lokalen Feiern den edlen Maskeraden in anderen Stadtteilen vor. Also machten sie sich selbst Kostüme aus knallbunten Stoffen, perlenbesetzten Schärpen und kupfernen Pailletten, schmückten ihre Haut mit glitzerndem Metallstaub und hielten kleine Feiern zu dröhnender Musik. Eveen wich den Gegenden aus, wo junge Männer buntes Pulver, Farbe, sogar Matsch auf Fremde warfen. Alles harmloser Spaß, aber sie war nicht in Stimmung.

»Das erinnert mich an zu Hause.« Himmel sah zu, wie zwei Gruppen sich mit Pulverbomben beschmissen, die wie mechanische Herzen aussahen. Spottgesänge und Gelächter erklangen, während Blau und Rot sich in der Luft vermischten. Violetter Nebel sank auf sie alle nieder.

»Du warst nicht bei irgendeiner Nachbarschaftsfeier, als man dich ... mitgenommen hat«, stellte Eveen fest. Das Mädchen hatte erzählt, dass es der Prozession der Patriarchen zugeschaut hatte. Und dann hatte sie diese Münze gefangen. Kein Patriarch hatte je einen Seidenpantoffel auf solch plebejisches Pflaster gesetzt.

»Nein«, erwiderte Himmel. »Ich bin in die Stadt gegangen. Wollte die verschwenderische Seite des Festivals sehen.«

»Allein?« Tal Abisi war nicht direkt unsicher. Aber das Karnevaleske ging immer mit einer Spur Gefahr einher. Am besten nahm man ein, zwei Freunde mit. Die Straße fiel ab und Eveen führte Himmel eine Treppe hinunter. Hier ging es ruhiger zu: Die Feiernden tanzten unter schummrigen Lichtern eng zu sinnlichen Rhythmen.

»Ich wollte eigentlich mit jemandem hingehen. Ist aber nichts draus geworden, weil der nämlich leider ein von den Aalen gefickter, verlogener Betrügersack ist.«

Eveen hob die Augenbrauen. Das Mädchen hatte ja ein ganz schönes Mundwerk. Beeindruckend.

»Davon wollte ich mir meine Pläne nicht verderben lassen. Also bin ich allein hin. Und guck, was mir das eingebracht hat!«

»Was passieren sollte, wäre eh passiert. Ich bezweifle, dass es irgendwas geändert hätte, wenn du einen ›von den Aalen gefickten, verlogenen Betrügersack‹ mitgeschleift hättest.«

Himmel brachte ein Lächeln zustande. »So hätte ich es auch ausgedrückt.«

Eveen lachte. »Genau genommen hast du das gerade.«

In einer Gasse schlugen sie einen Bogen um ein Paar: Die Frau in einem skandalös kurzen Goldschatzkostüm stützte sich an einer Hauswand ab, während der Mann, der wie eine Kreuzung zwischen Piratenprinzessin und Räderwerkkönig gekleidet war, im Takt mit ihrem wippenden Hinterteil die Hüften bewegte. Offenbar ging das Schimmerfieber um.

Himmel riss den Blick von den beiden los, gerade als sie auf die nächste Straße hinaustraten – und blieb stocksteif stehen. Sie starrte an dem Wirrwarr aus Gebäuden vorbei auf ein Bauwerk mit Türmen, um das ein hoch aufragender Würgebaum wuchs. Die dicken holzigen Wurzeln wickelten sich ums Dach, fielen auf beiden Seiten wie gewelltes Haar herab und schlängelten sich durch Ritzen, um moosbedeckte Ziegelsteine auseinanderzustemmen, die mit abgenutzten Motiven verziert waren.

»Was?«, fragte Eveen, die Sinne plötzlich hellwach. »Siehst du was?«

Himmel runzelte so heftig die Stirn, dass sich tiefe Furchen in ihr jugendliches Gesicht gruben. »Das hier kenne ich.« Sie ging weiter und übernahm die Führung, während sie den Blick über die Häuser wandern ließ. »In einem dieser Gebäude lebt eine Glasbläserfamilie. Alles Einwanderer.« Sie nickte zu dem Türmchenbau. »Sie sind wegen der Kapelle eingezogen. Die wurde vor Jahrhunderten erbaut, aber sie haben sie einem Triumvirat aus Göttinnen geweiht, das sie mitgebracht haben.«

Jetzt war Eveen an der Reihe, die Stirn zu runzeln. »Das stimmt. Die wohnen jetzt überall hier in der Nachbarschaft – ganze Generationen weitläufiger Verwandtschaft. Woher weißt du das?«

»Ich hab selbst mal hier gewohnt. Mit meiner Familie. Als ich jünger war. Es sieht noch fast genauso aus.« Himmels Blick verweilte erneut auf dem Würgebaum. »Abgesehen von dem da. Ich hätte schwören können, dass die den gefällt haben, damit die Wurzeln nicht die Kapelle auseinanderreißen. Ich weiß noch, wie die Familie wochenlang deswegen stritt – bis ihre Göttinnen ihnen ein Zeichen gaben.«

»Ich kenne die Geschichte anders. Ja, die Familie hatte Streit und die Göttinnen sandten auch ein Zeichen – aber das besagte, dass sie den Baum *bewahren* sollten, als Teil der Kapelle.«

Himmel kniff verwirrt die Augen zusammen. »Dann erinnere ich mich wohl falsch. Aber wo ich gelebt hab, das weiß ich noch genau.« Ihr Blick wanderte direkt zu einer Tür unter einem Steinbogen in einem zweistöckigen Gebäude. »Ist das dein Versteck? Oberste Etage?«

Eveen starrte die Tür an. »Es ist in dem Haus. Aber ganz unten.«

»Oh! Zumindest ein Unterschied. Warum hast du dich dafür entschieden?«

»Ich hab mich nicht …« Eveen wusste nicht weiter. »Es hat sich einfach richtig angefühlt.«

Und das hatte es tatsächlich. Sobald sie das Haus gesehen hatte, hatte sie es gewusst. Es hatte einfach … gepasst. In ganz Tal Abisi hatte sie sich für ein Versteck in dem Haus entschieden, in dem sie früher einmal gelebt hatte. Wie groß war die Wahrscheinlichkeit? *Gleich null, verfluchte Scheiße noch mal!* Sie versuchte, das merkwürdige Gefühl abzuschütteln (vergeblich) und ging auf das Gebäude zu. Es dauerte einen Moment, aber schließlich hörte sie, wie Himmel ihr nacheilte.

Sie traten durch die rostbraune Tür, durchquerten einen Flur, der von flackernden Glimmlampen erhellt wurde, und landeten wieder im Freien. Auf einer Veranda, wo Kleider zum Trocknen hingen, schaute Eveen sich nach einer Rille zwischen den Fliesen um, erspähte sie und zog eine dicke Steinplatte zurück. Sie gab den Blick auf eine Wendeltreppe frei. Himmel beugte sich vor und spähte ins Dunkel.

»Du hast es ernst gemeint, als du ›ganz unten‹ gesagt hast!«

»Es ist ein Versteck. Klar häng ich draußen keine Reklame auf.«

»Auch wieder wahr.« Das Mädchen machte sich an den Abstieg.

Rasch blickte Eveen sich um, dann folgte sie ihr und zog hinter sich die Steinplatte wieder über das Loch.

»Ayii!« Himmel war gegen etwas gestoßen. »So seh ich gar nichts!«

»Tut mir leid«, murmelte Eveen. An Besuch war sie nicht gewöhnt. Sie kam unten an, griff nach dem kleinen Schießpulverfeuerzeug – sie hatte es aus einer Pistole gebastelt – und ging in dem kleinen Zimmer herum, um mehrere Kerzen anzuzünden. Himmel blinzelte, bis sich ihre Augen an das Licht gewöhnt hatten.

»Gemütlich«, bemerkte sie.

Eveen legte bereits ab. Zuerst schleuderte sie die burgunderfarbene Jacke von sich, dann löste sie die Schnallen ihres Lederoberteils und schlüpfte heraus. Zuerst warf sie einen prüfenden Blick auf die Einstichlöcher, dann begutachtete sie sich selbst. Sie war mit violetten Blutergüssen übersät, die auf heilende Wunden hinwiesen. Was für eine von den Göttern verdammte Scheißnacht! Sie zog die Hose aus und strich an ihren Beinen hinunter, um sie auf weitere Verletzungen hin zu untersuchen. Dann drehte sie sich um, um ihren Rücken im Spiegel zu betrachten – und stellte fest, dass Himmel sie unverhohlen anstarrte.

Ertappt sah sie zu Boden. Ihr Blick hatte nichts Lüsternes gehabt – das wäre auch zu seltsam gewesen –, sondern war wieder ganz sachlich gewesen. Vermutlich spielte auch die Neugier mit hinein, wie ihr Körper wohl in fast zwanzig Jahren aussehen würde. Peinlich war das Ganze dennoch. Eveen war erleichtert, als das Mädchen die gegenseitige Befangenheit mit einer Frage minderte.

»Du hast nicht zufällig welchen da?« Sie hielt eine silberne Kafmühle in der Hand. »Ich hatte bloß ein paar Stunden Schlaf und könnte den Kick vertragen ...«

Eveen nickte in Richtung eines Regals voller Gläser und Flaschen. Himmel arbeitete sich durch ein Sortiment von Gewürzen, fermentierten Pfeffern, Tees und Spirituosen, bis sie ein Gefäß mit dunklen Bohnen fand.

»Da steht eine Kanne auf dem Tisch.« Eveen hievte einen schweren Keramikkrug hoch und goss Wasser in eine graue Steinwanne, die mit Mosaikfliesen ausgekleidet war. »Ich bezahle einen von den Glasbläserjungs oben, damit sie die für mich jeden Abend auffüllen. Er lässt auch eine kleine kupferne mit heißem Wasser da, das normalerweise bis zum Morgen reicht. Müsste da an der Wand stehen, neben dem Diwan.«

Als die Wanne voll war, fügte Eveen ein Fläschchen Öl hinzu, stieg dann hinein und tauchte im kühlen Wasser unter. Das hier war kein Luxus. Nicht direkt. Das Öl war eine alchemistische Lösung: Sie bewahrte die Heilfähigkeit ihres untoten Fleisches und hydrierte ihre Haut. Der aschfarbene Teint der Untoten war einfach grässlich. Außerdem war es keine vertane Zeit, denn im Geist ging sie ihre nächsten Schritte durch. Sie würde denjenigen finden, der für diesen Patriarchen das Mädchen hierhergeholt hatte. Ihn triezen, bis er sie zurückschickte.

Sie konnte es schaffen. Die Nacht überleben. Ihre Gedanken wurden unterbrochen, als jemand ihren Namen rief, gedämpft durch das Wasser, aber dringlich. Sie schoss hoch, in jeder Hand eins ihrer Messer – die sie natürlich mit hineingenommen hatte. Himmel stand mit großen Augen da, eine kleine weiße Tasse in der Hand.

»Was ist los?« Eveen sah sich nach der Bedrohung um.

»Nichts! Ich dachte bloß ... Du warst lange da unten! Ich hab mir Sorgen gemacht.«

Eveen seufzte, entspannte sich wieder und lehnte den Kopf zurück. »Ich atme nicht.«

»Oh!« Himmel bot ihr die Tasse Kaf an. Dann nahm sie einen Schluck von ihrem eigenen und verschluckte sich prompt. »Der ist aber stark!«

Eveen leerte ihre Tasse in einem Zug und winkte damit: Mehr!

»Kaf hat dann auf Tote wohl auch keine Wirkung«, murmelte Himmel und füllte sie wieder auf.

»Doch. Aber sie ist abgeschwächt, und deshalb brauch ich eine Menge davon. Je stärker, desto besser. Fürs Essen und Trinken gilt das Gleiche.«

»Das erklärt die ganzen feurigen Pfeffer und die bitteren Tees. Ich wollte erst einen Schuss von einer deiner Spirituosen reintun.« Sie hob eine dunkle Flasche mit einem dicken Korken hoch. »Aber ich verzichte wohl lieber?«

»Das Zeug brennt Rankenfußkrebse von Schiffsrümpfen – du würdest wahrscheinlich in Flammen aufgehen.«

»Dann lass ich's wirklich besser.« Sie stellte die Flasche zurück und spazierte dann durchs Zimmer, um den leeren Messinghalter einer Glimmlampe und einen Satz Spielkarten zu inspizieren.

Eveen sah zu, wie sich das Mädchen in ihrem Untotenleben umschaute – mit einem Unbehagen, das sie sich nicht ganz erklären konnte. Um sich davon abzulenken, leerte sie eine dritte Tasse Kaf und stieg dann aus der Wanne. Sie wickelte sich in ein blaues Tuch, bestickt mit gelben Kolibris, wrang sich die Locs auf der unrasierten Kopfseite aus, strich sie zurück und ging zu einer großen Truhe aus rotbraunem Holz und mit verzierten goldenen Nietnägeln. Sie hockte sich davor, drehte die Scheibe eines Schlosses mehrere Male im Uhrzeigersinn, dann zurück, und lauschte dabei auf das vernehmliche Klicken vor dem Öffnen.

»Du magst diese Schauerschinken ja wirklich.« Eveen blickte auf und sah das Mädchen vor einem Regal voller Bücher stehen. Sie las die bildhaften Titel auf den Deckeln vor. »*Asheel, der Irrenjäger, und der mechanische Schrecken von Kons. Asheel, der Irrenjäger, und die mordende Teufelin. Asheel, der Irrenjäger, und der Augendieb in den Dämonenlanden.*«

»Der letzte Band führt zwei Reihen zusammen«, merkte Eveen an. Sie wandte sich wieder der Kiste zu und holte saubere Assassinenkleidung daraus hervor. »Asheel muss sich in die Dämonenlande vorwagen, um diesen Mörder zu verfolgen, der seinen Opfern die Augen rausreißt und sie sich an den eigenen Körper zaubert – sodass seine Haut voller Augen ist!«

Himmel lachte. »Die hab ich auch gelesen, als ich jünger war.«

Eveen stutzte, eine Hand auf einem frischen Satz Wurfdolche. »Ach ja?«

»Ich kann kaum glauben, dass es die immer noch gibt. Am liebsten mochte ich die mit dem abtrünnigen Irrenjäger.«

»Asheels Erzfeind. Ein Irrenjäger, der dem Bösen verfallen ist. Ja, die mochte ich auch am liebsten.« Eveen runzelte die Stirn. Warum beunruhigte sie das so?

»Was haben wir denn da!«

Eveen drehte sich um und sah, dass Himmel jetzt staunend vor einem Regal stand, auf dem sich beinahe drei Dutzend Glasfiguren reihten. Ehe Eveen das Mädchen warnen konnte, nahm es einen goldenen Löwen in die Hand und schrie überrascht auf, als er von ihrer Hand sprang, mit hauchzarten blauen Flügeln schlug und wieder auf dem Regal landete.

»Benimm dich, Bati!«, schalt ihn Eveen und zog sich die Hose an. »Ihr anderen auch!«

Die anderen Figuren – eine bunte Menagerie fantastischer Bestien – regten sich alle zugleich.

Himmel, die den ersten Schreck schon vergessen hatte, klatschte entzückt in die Hände und bestaunte einen schlangenartigen orangeroten Drachen und einen galoppierenden grünen Hippokamp. »Wo hast du die denn aufgetrieben?«

»Hab ich selbst gemacht.«

»Nein!«

»Ehrlich. Hat mir der Glasbläser beigebracht. Man hat viel Zeit rumzukriegen, wenn man nicht schläft.«

Das Mädchen blickte umher, als suchte es nach dem Bett, dessen Fehlen ihm bisher nicht aufgefallen war. Dann wandte sie sich wieder den Figuren zu und streckte eine Hand aus. Der Löwe mit den hauchdünnen Flügeln landete darauf.

»Bati war mein erster Erfolg. Der Glasbläser hat die Beseelungsmagie hinzugefügt. Eine Gabe von deren Göttinnen, sagt er. Haben in seiner Familie alle. Er macht das jetzt jedes Mal, wenn ich eine fertig hab.«

»Sie sind schön.« Himmel kam herüber und bewunderte dabei Bati, der noch immer auf ihren Fingern saß. Dann flog der Löwe auf Eveens Schulter und beschnupperte die kleine Piratenprinzessin, die in einem Lederriemen steckte. Himmel kam dazu und aus Staunen wurde Neugier, als sie in die Kiste schaute. Sie kniete sich hin und griff nach einem schwarzen Bündel.

»Lass das …«

Eveen brach ab, denn Himmel hob das Tuch bereits heraus und entfaltete es auf dem Boden. Behutsam strich sie über silberne Metallwerkzeuge, manche gebogen, löffelartig, zackig oder nadeldünn – andere mit breiten sägeartigen Klingen.

»Chirurgische Instrumente«, wisperte das Mädchen und sah mit dunklem Blick zu ihr auf. »Ausweiderin. So nennt man dich, stimmt's? Du gehst damit auf *Leute* los?«

Eveen ließ ihre Messer in die Scheide gleiten. »Nur auf einen Kerl. Bei einem Auftrag.«

Ein Moment des Schweigens dehnte sich so lang aus, dass sie ihn am liebsten abgestochen hätte. Endlich lehnte sich Himmel zurück.

»Ich studiere, um Chirurgin zu werden. An der medizinischen Fakultät.«

Jetzt fiel Eveen auch wieder ein, dass das Mädchen sich als Studentin bezeichnet hatte.

»War es bei den Instrumenten genauso wie bei diesem Haus? Hast du dich zu ihnen hingezogen gefühlt?« Als Eveen nicht antwortete, nickte Himmel. »Als ich dich zum ersten Mal sah, hatte ich einen höchst merkwürdigen Gedanken: dass du eine Verwandte seist. Aber ich hab ihn verworfen. Dann hast du mir deinen Namen genannt. Selbst nachdem ich rausgefunden hatte, wer du bist, hab ich's nicht über mich gebracht, es dir zu sagen.«

»Was denn zu sagen?« Eveen schaffte es nicht, ihre Beklommenheit zu verhehlen.

Forschend begegnete Himmel ihrem Blick. »Eveen war der erste Name meiner … unserer Mutter.«

Eveen verschlug es die Sprache. Die ersten Namen, die mit dem Erreichen des zwölften Lebensjahrs abgelegt wurden, waren eine sterbende Tradition in Tal Abisi. Aber vor einem halben Jahrhundert musste sie noch verbreitet gewesen sein. »Du nimmst den ersten Namen unserer Mutter an«, fuhr Himmel fort. »Ziehst hier ein, wo wir einmal gelebt haben. Liest dieselben Bücher wie ich früher. Sogar medizinische Instrumente beschaffst du dir – nur benutzt du sie nicht zum Heilen. Ich will mich mit einem Eid verpflichten, Menschen zu retten. Du bringst sie um. Wenn ich dich ansehe, begreife ich nicht, wie mein Leben sich so entwickeln kann. Wie das alles so schiefgeht.«

Jedes Wort traf Eveen wie ein Pfeil und sie musste sich beherrschen, um nicht zusammenzuzucken.

»Glaubst du, für mich ist es leicht, dich um mich zu haben?« Es gelang ihr nicht, die Gereiztheit aus ihrer Stimme herauszuhalten. »Zu sehen, wer ich war, wer ich hätte sein können? Zu erfahren, dass ich so was wie ein Echo deines Lebens bin? Alle Entscheidungen, die ich für meine gehalten hab … Bloß verlorene Erinnerungen. Ich habe mich immer losgelöst gefühlt. Nicht zu wissen, wer ich bin und wie ich so geworden bin. Jetzt fühle ich mich wie ein Geist. Ein Schatten.« Das war es, was sie die ganze Zeit beunruhigt hatte. Was sie nicht in Worte hatte fassen können.

Nach einer weiteren langen Pause sagte Himmel: »Zumindest wäre das jetzt ausgesprochen. Es heißt ja, es geht einem besser, wenn man drüber redet.«

Eveen hob eine Augenbraue. »Geht's dir denn besser?«

»Nein, verdammt!«

Da musste Eveen unwillkürlich lächeln.

Himmel lächelte zurück. »Ich glaub, wir haben den gleichen kranken Sinn für Humor.«

»Hab ich von dir«, erinnerte sie Eveen.

Das Mädchen wurde ernst. »Du hast mir nicht viele Fragen gestellt. Vorhin auf dem Boot hast du gesagt, du willst erst rausfinden, ob wir wirklich dieselbe Person sind. Das wissen wir nun, seit wir bei dem Thaumaturgen waren. Aber du hast immer noch nichts gefragt.«

»Wir haben jetzt keine Zeit ...«

»Wir haben *nur* jetzt. Ich weiß nichts über dein Leben: Wie ist es so denn so? Und wann hast du mit dem Glasblasen angefangen?«

»Moment mal, das hast du wohl nicht gemacht?«

»Nein! Ist mir nie in den Sinn gekommen.«

Aus irgendeinem Grund half Eveen dieses Wissen. Sie fühlte sich besser – wirklicher als ein Schatten. Ein bisschen jedenfalls.

»Wir müssen wieder da raus, und wer weiß, was noch passiert ... Also lass uns reden, solange wir können!« Himmel deutete auf ihre Aufmachung. »Und bitte sag mir, dass du in deiner Kiste was anderes für mich anzuziehen hast als dieses von den Göttern verdammte Kostüm!«

Eveen grinste. »Na schön. Hoffentlich magst du Leder.« Und dann redeten sie.

◆

»Ein Vertrag über einhundert Jahre?«

Himmel wandte den Kopf nach ihr und die Vielzahl blauer Zöpfe schwang mit der Bewegung. Sie hatte eine steile Falte zwischen den Augenbrauen.

Eveen nickte. Sie stand hinter Himmel und schloss gerade die Schnallen des Lederoberteils, das sie für sie herausgesucht hatte. Assassinenkleidung, mitsamt Hose und weichen Stiefeln. Die besten Reservesachen, die sie hatte. Und es passte sogar alles – halbwegs.

»Standardmäßige Todesknechtschaft.«

Beim Vorbereiten hatten sie ihr Gespräch geführt. Eveen hatte, so viel sie konnte, über ihr Untotenleben berichtet, abzüglich der grausamen Details des Mordens. Im Gegenzug hatte Himmel von ihrer Kindheit und Jugend in Tal Abisi erzählt, von ihrem Wunsch, Chirurgin zu werden, und von ihren Träumen.

»Was haben wir uns wohl gedacht, als wir uns dafür gemeldet haben?«, murmelte Himmel. Sie hängte sich eine kleine Tasche um, die sie aus Eveens Kiste geholt hatte.

»Das frage ich mich ein Dutzend Mal am Tag. Leute enden aus vielen Gründen in Aerils Diensten: weil sie einen persönlichen Gefallen brauchen; um jemand anderen zu schützen; vielleicht sogar, um zu erreichen, dass jemanden von einem vertraglich vereinbarten Attentat verschont bleibt.«

Himmel drehte sich zu ihr um. »Das geht?«

Eveen zuckte mit den Schultern. »Ich habe's nie miterlebt. Aber wenn jemand sein Leben für deins bietet und Aeril das Ersuchen akzeptiert … Ja.« Sie trat zurück und nahm das Mädchen in Augenschein. »Jetzt siehst du wie meine Gehilfin aus.«

»Oder du wie *meine*«, sagte Himmel, während sie sich im Spiegel bewunderte. »Krieg ich auch ein Messer?«

»Kannst du denn damit umgehen?«

»Ich hab schon mal eins benutzt.«

»Für was anderes als zum Essen? Oder … Operieren?«

»Oh! Ich glaub nicht.«

»Dann nicht. Nimm bloß den Umhang.« Eveen zog die kobaltblaue Jacke an, die sie zuvor getragen hatte – Teil ihres Piratenprinzessinnenkostüms. »Und ich sehe zu, dass ich nicht auffalle.«

»Wie wär's mit einem Dolch? Ich wette, ich kann ...« Himmel hielt inne und blickte mit zusammengekniffenen Augen in den Spiegel. »Was ist das für eine Schnur?«

Eveen hatte die Frage kaum registriert, da kribbelte ihre Haut. Reflexartig griff sie nach ihrem Messer, zog es und schwang. Und gerade noch rechtzeitig, um den Silberfaden wegzuschlagen, der auf sie zuflog. Kleine Funken sprühten, als mit einem lauten *Kling!* Metall auf Metall schlug. Der Faden zog sich zurück und verschwand wieder durch die Luke.

»Was war das?«, fragte Himmel alarmiert.

»Runter!«, schrie Eveen, als ein halbes Dutzend weiterer Fäden durch die Luke schossen. Sie hieb nun mit beiden Messern nach ihnen und bei jedem Treffer sprühten Funken. Einer. *Kling!* Zwei. *Kling!* Drei. *Kling!* Kurz sah sie sich nach Himmel um, die sich hinter ihr zusammenkauerte. Vier. *Kling!* Fünf. *Kling!* Sechs. *Zisch!* Verdammt, daneben! Aber ihr Gegner hatte getroffen. Sie blickte zu Boden und fand dort ihr Messer, zusammen mit den drei Fingern, die der Faden sauber abgehackt hatte.

»Scheiße! Bei Aerils Feuer...«

»Ja, was sehe ich denn da?«, unterbrach sie eine raue Stimme. »Kleine Fliegen verstecken, verstecken, verstecken sich vor mir ...«

Eveen verzog das Gesicht. Wenn ihre Haut kribbelte, war ein anderer Untoter nah – und die Fäden verrieten ihr auch, um wen es sich handelte. Sie drehte sich zu Himmel um. »Der Umhang! Wirf dir den Umhang über!«

Das Mädchen sah zu der Stelle, wo sie ihn hatte liegen lassen: auf einem Tisch nur ein Stück entfernt. Eveen ächzte. Es hätten ebenso gut Meilen sein können. Sie sprang danach, doch die Fäden waren schneller. Silberne Blitze hackten in rascher Folge nach dem Umhang. Im Nu lag er in Fetzen. Hinüber. Einfach so.

Jemand schnalzte mit der Zunge. »Kleine Fliegen dürfen nicht tricksen. Dürfen sich nicht verstecken vor der Spinne.«

Es war ein Schaben zu hören, als die Steinplatte über ihnen beiseitegezogen wurde. Zuerst erschienen zwei bloße braune Füße, die in der Luft hingen. Es folgten Beine in einer dunklen Hose, dann der Torso eines Mannes, in eine lange schwarze Robe gehüllt. Sein schlanker Leib war in feine Silberfäden gewickelt, die sich wanden – sie hielten ihn in der Luft, als er langsam ins Zimmer herabschwebte. Sein Kopf erschien zuletzt, zur Seite geneigt, das Gesicht hinter einer Katzenmaske aus rauem braunen Sackleinen verborgen. Die Augen waren zwei Knöpfe, die nicht zusammenpassten, der Mund ein schiefer roter Strich.

»Guts Nächtle, Eveen!«, krächzte er. »Unartige Fliegen spielen Spielchen?«

Sie seufzte. »Rejik. Wie hast du mich gefunden?«

Der Tote Katzenschwanz-Assassine schwebte ganz ins Zimmer, aber seine bloßen Füße berührten nicht den Boden. Die Silberfäden ergossen sich in alle Richtungen. Sie breiteten sich über ihre Bücher, glitten zwischen Gewürzgläser, öffneten sogar die Kafkanne – als führten sie eine Inspektion durch.

»Wie fängt die Spinne eine Fliege? Sie webt ein Netz. Und wartet, bis sie darin zappelt.«

Eveen blickte über die Silberfäden hinweg. Jeder einzelne war irgendwie mit dem Mann verbunden. Er hatte sie wahrscheinlich über die ganze Stadt verteilt. Und sie war in einen von ihnen hineingelaufen, ohne es auch nur zu merken. Er hatte ihn lediglich zurückverfolgen müssen. Genial, wenn er nicht so einen Hau hätte. Einer der Fäden umschlang eine Kerze und tastete mit der Spitze, bis er die Flamme berührte – dann zuckte er zurück.

»Das muss wohl die Zielperson sein.« Rejik musterte Himmel.

Eveen richtete ihr Messer auf ihn. »Kann mich nicht erinnern, dich eingeladen zu haben, Rej. Wenn du dich also bitte wieder verziehen würdest ...«

Rejik lachte. Er machte eine Geste mit der Hand und eine Unmenge silbriger Fäden flog auf Eveen zu, um sich um sie zu wickeln. Sie wand sich, bekam aber die Arme nicht frei – und dann wurde sie auch noch von den Füßen gehoben. Sie drehte den Kopf und sah, dass Himmel genauso gut verschnürt war. Tja, das war jetzt blöd.

»Schon besser.« Rejik machte eine Zugbewegung und die Fäden, die Himmel umschlangen, brachten sie näher zu ihm. Mit seinen Knopfaugen schien er sie neugierig zu studieren. »Dann *bist* du das. Und ich darf euch beide verschlingen! Wie köstlich. Die Spinne wird sich diese kleinen Fliegen schmecken lassen.« Die Fäden um Himmel zogen sich fester.

»Ich dachte, ihr seid alle Katzen!«, keuchte sie. Er drückte sie noch fester und sie schrie. Plötzlich ließ er wieder lockerer.

»Siehst du die Katzenmaske nicht?«, fragte Rejik, jetzt ohne das Kratzen in der Stimme.

»Oh. Na ja, sie ist ein bisschen ... uneindeutig.«

Rejik atmete enttäuscht aus. »Ich hab was Abstraktes versucht. Also eine Katze, aber keine buchstäbliche Katze.«

»Aber ... du bezeichnest dich selbst als Spinne.«

»Na ja. Die Spinne ist eine Katze.«

Himmel sah ihn skeptisch an.

»Wir anderen kapieren's auch nicht«, warf Eveen ein.

»Ich meine«, erklärte Rejik, »dass ich eine Katze bin, aber auch eine Spinne. Eine Spinnen-Katze.«

»Warum hast du dann keine acht Beine?«

»Nein, ich bin eine Spinnen-*Bindestrich*-Katze. Eine Dualität, aber nicht unbedingt ein Widerspruch.«

Himmel nickte erst langsam, schüttelte dann aber doch den Kopf. »Tut mir leid, mit philosophischen Theorien konnte ich noch nie viel anfangen.«

Rejik seufzte und murmelte etwas über die Vergeudung seines künstlerischen Talents. Nicht zum ersten Mal fragte sich Eveen, was zum Henker er in seinem früheren Leben dargestellt hatte.

»Nicht weiter wichtig«, krächzte er, wieder in seiner Rolle. »Bald seid ihr hin!«

Himmel keuchte, als die Fäden sich strammer zogen. Und Eveen beschloss, dass die Zeit zum Handeln gekommen war.

»Bati! Jetzt!«

Assassinenregel Nr. 182: Wenn dein Opfer dich in ein langes Gespräch verwickelt, wartet es bloß auf eine gute Gelegenheit.

Rejik fluchte, als der geflügelte Löwe an ihm vorbeisauste und scharfes Glas ihm in den exponierten Hals schnitt. Er schlug mit einem Arm nach Bati, aber der war schnell – hin und schon wieder weg. Rejik knurrte frustriert und peitschte mit einem Silberfaden. Er erwischte die Figur und schlug sie in bunte Stücke, die als schimmernder Regen niedergingen.

Eveen spürte einen Stich des Verlusts, dann Wut. »Alle auf ihn! Los!«

Rejik schrie auf, als ihn Dutzende von Glasfiguren zugleich bestürmten – ein Schwarm aus scharfen Zähnen, Klauen und Zangen, die zubissen und sich in ihn hineinbohrten. Ein dreischwänziger violetter Skorpion kroch unter seine Maske, um an sein Gesicht heranzukommen – und Rejiks Würgelaut nach hing er jetzt an seiner Zunge. Rejik war so tot wie Eveen. Die verzauberten Figuren konnten ihm nicht ernsthaft wehtun. Aber sie waren extrem lästig und, was sogar noch besser war, ablenkend.

Eveen spürte, wie die Fäden um sie erschlafften und manche von ihr abglitten, um ihrem Herrn mit den Miniaturangreifern zu helfen. Sie bekam ihre unversehrte Hand los, durchschnitt mit dem Messer den Rest, landete auf dem Boden und machte dann kurzen Prozess mit den Fäden, die Himmel festhielten.

»Ab in die Kiste!«, befahl sie.

»Was? Warum?«

»Der Boden ist lose – das ist 'ne Luke!«

»Wohin?«

»Raus! Na los!«

Eveen stieß das Mädchen vorwärts, während Rejik knurrte. Die Maske war teilweise hochgezogen und man sah, dass der Skorpion mit einer Schere an seiner Unterlippe hing, als wollte er sie abkneifen. Rejik schloss eine Hand um die Figur und zermalmte sie in der Faust zu blassvioletten Scherben. Die unpassenden Knöpfe starrten und dann kehrten die Fäden zurück.

Eveen warf sich ihnen entgegen und schwang dabei mit einer Hand das Messer. Diesmal blieb sie jedoch nicht an einer Stelle, sondern zwang die Fäden, sie zu jagen. Sie peitschten nach ihrem Diwan, dem Tisch, den Stühlen – nahmen die ganze Bude auseinander. Als sie die Regale mit den Gläsern und Flaschen trafen, krachte alles herunter, zerschellte und ergoss seinen Inhalt über den Boden. Genau das hatte sie gewollt. Sie sprang nach einer der Kerzen, stieß sie zu Boden – und das Feuer breitete sich rasend schnell und brüllend aus.

Sie hatte nicht übertrieben, was die Entflammbarkeit der Spirituosen in den Flaschen anging. Auch sie stellten einen Notfallplan dar. Assassinenregel Nr. 305: Sei stets bereit, dein Versteck abzufackeln. Man konnte wirklich nie wissen.

Rejik stieß einen Schrei aus, nicht vor Schmerz, sondern vor Schrecken – dem ein vielfaches Echo folgte, als die Fäden in das Gekreisch einfielen. Eveen hatte ihre Abneigung gegen Feuer bemerkt. Nun zeigte sich, dass ihr Herr diese Phobie teilte. Hektisch schlug er nach den Flammen und hüllte sich in seine Fäden wie in einen silbernen Kokon. Abermals fragte sich Eveen, welche Last er wohl aus seinem Grab mitgebracht hatte. Ein letztes Mal blickte sie sich noch in ihrer Zuflucht um, dann rannte sie zu der Kiste, hob das fallen gelassene Messer auf – und ihre Finger – und sprang hinein.

Sie fiel ein Stück, landete und hörte, wie jemand in der tiefen Düsternis zusammenschrak. Himmel.

»Hättest mir ruhig sagen können, das es so weit runtergeht! Ich bin ganz blöd gelandet und hätte mir fast das Bein gebrochen!«

»Hast du's dir gebrochen?«

»Nein, ich ...«

»Dann wird's schon wieder. Los, komm!«

Von oben drang das Licht der Flammen durchs Dunkel.

»Brennt dein Versteck?«

»Ja.« Eveen war bereits in Bewegung. Himmel folgte ihr.

»Ist er ... tot?«

Die Steindecke über ihnen senkte sich herab und sie mussten gebeugt weitergehen.

»Er war vorher schon tot. Ich hab uns nur etwas Zeit verschafft.«

Hinter ihnen hallten wütende Schreie. Sie liefen schneller.

»Wo sind wir? Ist das ein Tunnel?«

Eveen nickte. »Hab ich gefunden, als ich mich hier eingemietet hab. Vielleicht ein alter Geheimgang von Schmugglern.«

Der Pfad wurde noch niedriger und bald mussten sie kriechen.

»Und wohin führt er?«, keuchte Himmel.

»Hab ich doch gesagt: raus.«

Ein Schaben war zu hören – wie Drähte, die über Stein rutschten. Es folgte die unvermeidliche Stimme.

»Kleine Fliegen!«, rief sie bitter. »Ihr habt die Spinne sehr, sehr wütend gemacht!«

Die letzten Wörter hallten in der Finsternis nach. Beide schwiegen und beschleunigten ihr Tempo. Jetzt lagen sie auf dem Bauch und robbten vorwärts. Der Gang war so eng, dass sie sich mit den Ellenbogen vorwärts ziehen mussten. Die Stimme hinter ihnen kam näher, zusammen mit dem Kratzen.

Eveen hatte Himmel vorangehen lassen und schob sie nun von hinten weiter. Plötzlich riss etwas an ihrem Bein – er hatte sie erwischt. Sie krallte sich in den Boden, während sich der Faden spannte.

»Was ist los?«, rief Himmel.

»Kriech weiter!« Eveen versuchte, sich freizustrampeln. »Gleich da vorn! Du kommst an einen langen roten Draht ... Ist nicht zu übersehen! Nein, warte!« Sie suchte in ihrer Jacke nach ihrem Schießpulver-Anzünder und warf ihn nach vorn. »Du musst ihn anstecken!«

Es kam keine Antwort. Sie konnte nur hoffen, dass Himmel den letzten Teil verstanden hatte.

Hinter ihr zog Rejik seine gruselige Nummer ab. »Eine kleine Fliege hab ich erwischt! Jetzt komm ich dich holen! Ich komme!«

Der silberne Faden hatte sich an ihrem Oberschenkel hochgewunden und umfasste nun ihre Taille. Er zog, und sie rutschte ein Stück zurück. Mit den Fingern – den *noch übrigen* Fingern – krallte sie nach Halt. Es gelang ihr, sich in einem seltsamen Winkel zu verkeilen, die Arme in die Tunnelwände gestemmt, selbst als der Faden fester zog. Wenn sie so weitermachte, würde das Scheusal sie womöglich noch entzweireißen!

Ein Flackern vor ihr sprang ihr ins Auge. Es kam einmal, zweimal. Dann eine Flamme. Und ein Zischen.

Eveen lauschte, wie die brennende Lunte erlosch – doch Dutzende andere zischten an ihrer Stelle weiter.

»Geh in Deckung!«, rief sie gerade noch, bevor die Detonationen losgingen, jede machtvoller als die davor. *Bumm! KaBUMM. KABUMM!* Wind und Staub schlugen ihr entgegen und in all dem Lärm glaubte sie, Rejik heulen zu hören, begleitet von vielfachem Kreischen. Dann Stille.

»Hallo?«, kam eine Stimme. »Bist du da?«

Eveen spuckte Schotter. Sie bewegte die Beine und stellte fest, dass der Faden fort war.

»Hier.« Sie robbte vorwärts. »Kriech weiter.«

Sie setzten ihren Weg fort und nur Himmels angestrengter Atem war zu hören. Der Tunnel wurde wieder breiter, die Decke wich zurück. Bald konnten sie auf allen vieren krabbeln, dann vorgebeugt gehen. Schließlich hielt Eveen das Mädchen an, drückte gegen ein Stück Stein über ihren Köpfen, stemmte es in die Höhe und reckte den Kopf in die Nacht hinaus. Sie waren hinter einer Reihe von Gebäuden. Zuerst zog Eveen sich selbst ins Freie, dann half sie dem Mädchen. Beide boten ein Bild für die Götter.

»Was hast du mich anzünden lassen?« Himmel schüttelte sich Staub aus den Zöpfen.

»Sprengstoff«, antwortete Eveen und schob den Stein wieder über das Loch.

»Du hast den Tunnel über ihm einstürzen lassen! Ist er …?«

»Wie gesagt: Er ist bereits tot. Aber es wird Tage dauern, bis er sich ausgegraben hat.«

Als Eveen Feuerkarren scheppern hörte, sprintete sie los, schaute um die Ecke und sah Männer und Frauen, die Wasser schleppten, um das brennende Versteck zu löschen. Es war zerstört, so viel stand fest. Aber hoffentlich würden sie das Feuer löschen, ehe es um sich griff. Sie hatte beim Einmieten klargestellt, dass diese Gefahr bestand. Dennoch hätte sie ein furchtbar schlechtes Gewissen, wenn jetzt das ganze Gebäude ausbrannte.

»Ich glaub, sie sind noch rechtzeitig gekommen«, sagte Himmel sanft, als hätte sie ihre Gedanken gelesen.

Eveen nickte. Hoffentlich! »Gehen wir.«

Himmel bemühte sich, Schritt zu halten. Nun hatte sie keinen Umhang mehr, unter dem sie sich verbergen konnte. »Wohin?«

»Wir finden raus, wer dich hierhergebracht hat.«

»Und was schwebt dir vor?«

»Die Schubkarre.«

»Die Karre? Was wollen wir denn im Elendsviertel?«

Eveen hob die Hand, der drei Finger fehlten. »Zuerst einen Chirurgen finden. Dann Informationen.«

KAPITEL

6

»Das sind exquisite Nadeln«, staunte Tamu.

Eveen saß zurückgelehnt auf dem Operationsstuhl, einem notdürftig gepolsterten, ungemütlichen Messingding, und sah zu, wie der große Mann mit Nadel und Faden den letzten ihrer Finger wieder festnähte. Sie waren vom Feuer versengt, doch sobald sie wieder mit ihr verbunden waren, begann die Magie, die ihr untotes Fleisch erhielt, mit der Heilung. Sie spannte die anderen beiden festgenähten Finger an – der Knochen war bereits wieder zusammengewachsen.

Himmel stand nahe dabei und verfolgte Tamus Arbeit. »Sind das Geisternähte?«

»Gut beobachtet. Benannt nach dem magischen Harz. Im Handumdrehen verschwunden.«

Es stimmte. Von den übrigen Stichen war bereits keine Spur mehr zu sehen.

»Die sind schwer hinzukriegen.« Tamu beugte sich tiefer über ihre Hand und seine breiten Schultern in dem rot-goldenen Wams rundeten sich. Er stellte einen Räderwerkkönig dar. Sein lockiger Bart kitzelte Eveen und sie roch den vertrauten, süßlichen Moschusduft des Öls, mit dem er ihn pflegte. »Aber wie ich gerade sagte ...« Er griff nach oben und neigte die Glimmlampe ein wenig. »Diese Nadeln sind gut gearbeitet. Der Aufgabe mehr als gewachsen. Gute Idee, sie mitzubringen.«

Himmel tätschelte das schwarze Tuch, das sie an ihre Brust drückte. Eveens Operationsinstrumente. Bei der Flucht hatte das Mädchen sie sich umsichtigerweise geschnappt. Als Tamu in dem hohen schwarzen Apothekerschrank mit den unzähligen Schubladen herumgewühlt hatte, in denen er seine eigenen Utensilien aufbewahrte, hatte sie ihm die Nadeln angeboten.

»Ich habe mir gedacht, dass du mit denen umzugehen weißt. Du scheinst geschickt zu sein.«

Tamu hob die Augenbrauen. »Geschickt? Ich bin einer der besten Chirurgen in der Karre.«

»Und so bescheiden«, frotzelte Himmel. »Na ja, versaut hast du's jedenfalls nicht.«

Tamu lachte, einen langsam brennenden Baka-Stängel zwischen den Zähnen. Er nahm ihn heraus, um Asche auf den Boden zu schnicken, ein Lächeln auf dem dunklen Gesicht. »Das nehme ich als Kompliment.«

»Kannst dich glücklich schätzen.« Das Mädchen zwinkerte. »Ich geb nicht oft welche.«

Wieder lachte er, ebenso donnernd, wie er sprach. Dann sah er Eveen an. »Wo hast du die denn gefunden, hm? Ist ja genauso scharfsinnig wie du. Hier, halt mal mein Nähzeug. Ich brauche mehr Harz.«

Himmel setzte sich auf Tamus Stuhl und ließ sich von ihm die Hände führen. Als der große Mann seinen Werkraum durchquerte, folgte sie ihm mit dem Blick.

Eveen richtete sich auf und fragte leise: »Was treibst du da?«

Himmel drehte sich um, die Unschuld in Person. »Was?«

War das ihr Ernst? »Hast du Schimmerfieber oder so?«

»Wie meinst du das?«

»Du weißt genau, wie ich das meine. Du machst Stielaugen.«

Das Mädchen lachte, aber nicht gerade überzeugend. »Gar nicht ...«

»Epp! Epp!« Eveen wedelte mit dem Finger. »Wir haben dieselben Augen, weißt du noch?«

Himmel machte den Mund auf, stutzte dann jedoch und setzte eine nachdenkliche Miene auf.

»Moment mal, seid ihr beide etwa ...?«

»Das geht dich nichts an.«

Sie schaute groß. »Es stimmt also!«

Tamu blickte bei ihrem Ausruf herüber. Beide lächelten ihn an.

Eveen knirschte mit den Zähnen. »Na gut, ja. Manchmal. Ist vor allem körperlich.«

»Oha!«

Eveen machte schmale Augen. »Was soll das heißen, ›Oha!‹?«

»Nichts! Es ist bloß, weil du tot bist. Ich war nicht sicher, ob da unten alles«, sie machte mit der freien Hand eine Kreisbewegung unterhalb der Taille, »funktioniert.«

»Alles funktioniert wunderbar, danke«, knurrte Eveen.

»Na, das ... ist doch schön!« Himmel reckte den Daumen empor.

»Wenn du den nicht runternimmst, hau ich dir aufs Maul.«

Himmel ließ den Daumen sinken. Grinsend drehte sie sich um und schaute an Tamu hinauf und hinunter. »Kann's dir nicht verdenken. Ich mag auch die großen Starken.«

»War ja klar«, murrte Eveen.

Assassinenregel Nr. 401: Hab immer einen guten Arzt auf Abruf. Untotes Fleisch heilte zwar von selbst, aber manche Dinge – abgetrennte Gliedmaßen oder beschädigte Organe – brauchten einen Schubs. Damals war sie auf der Suche nach einem Chirurgen, der mit ihrer einzigartigen Verfassung umgehen konnte, in die Schubkarre gekommen. Die Karre war das offizielle Elendsviertel Tal Abisis. Doch wenn man sich billig zusammenflicken lassen musste, gab es keine bessere Anlaufstelle. Und Tamu war ziemlich gut darin, wie sich gezeigt hatte. Und in vielen anderen Dingen auch.

»Jedenfalls«, sagte Eveen, »bist du halb so alt wie er.«

Himmel schnitt ein Gesicht. »Und du eigentlich doppelt so alt – locker.«

Sie hätten sich vielleicht noch eine Weile weitergezankt, doch in dem Moment klopfte jemand an. Beide wandten sich gleichzeitig der hellblauen Tür des kleinen Geschäfts zu – eins von vielen, die den wichtigsten Suq der Schubkarre sprenkelten. Eveen hatte die Hand auf einem Messergriff liegen. Sie spürte keinen anderen Untoten in der Nähe, aber nach Rejik würde sie kein Risiko eingehen. Irgendwo trieb sich schließlich auch noch der Alte herum. Tamu schien die Sorge der beiden nicht zu bemerken; ungerührt ging er zur Tür und machte auf.

»Gute Abend, Mama Birgini!«, grüßte er. »Ich bin dankbar, dass du kommen konntest.«

Eveen entspannte sich, als sie die alte Frau sah. Ihr mahagonibraunes Gewand hatte denselben Farbton wie ihre runzlige

Haut; den einzigen Kontrast bildete das grüne Tuch über einer Schulter. Sie hatte einen schlaksigen Jungen in weißem Hemd und weißer Hose dabei, der sie stützte. Sie meckerte ununterbrochen.

»Es ist ein Wunder, dass ich überhaupt kommen konnte. Schließlich hält mich mein Enkel für gebrechlich.«

Der Junge stieß verärgert den Atem aus. »Ich bin nur hier, um zu helfen, Mama.«

Die alte Frau zog tadelnd Luft durch die Zähne. Als sie jedoch Eveen sah, wurde ihre Miene herzlich und sie kam herüber, um der Assassinin Küsse auf beide Wangen zu drücken.

»Gute Abend, Mama! Entschuldige, dass wir dich geweckt haben.«

Die alte Frau winkte ab, die Finger schwarz tätowiert. »Ich schlafe nachts ohnehin nicht viel. So ist das eben, wenn man in mein Alter kommt. Man hält stets mit einem Auge nach dem Tod Ausschau!« Erneut versuchte sie, ihren Enkel abzuschütteln, aber der half ihr zunächst, auf einem dreibeinigen Hocker Platz zu nehmen. Dort thronte sie dann wie eine Königin, die bei Hof Bittsteller empfing.

»Als die Nachricht kam, dass du mich sehen willst, habe ich mich gleich auf den Weg gemacht. Dir, Tochter, werde ich, wie alle anderen in der Karre auch, stets zu Diensten sein.« Die alte Frau berührte ein Medaillon mit acht Spitzen auf ihrer Stirn, zwischen Büscheln weißen Haars. »Oh! Wo hab ich nur meinen Kopf? Junge, bring das Essen! Du hast es doch nicht aufgefuttert? Dieser Bengel hat einen Magen wie ein Loch.«

Der junge Mann nahm den Beutel aus rauem Tuch von der Schulter, holte eingewickelte Speisen daraus hervor und breitete sie auf einem kleinen Tisch aus. Prompt begann Eveens

Magen zu knurren und erinnerte sie daran, dass sie – wie immer – vollkommen ausgehungert war.

»Ich weiß doch, wie gut dir mein Essen schmeckt!« Mama Birgini zwinkerte. »Nur zu. Iss! Iss!«

Das ließ sich Eveen nicht zweimal sagen. Sie wickelte eins der Päckchen aus, zog eine Frikadelle daraus hervor und biss hinein. Tamu setzte sich lachend hin, um weiterzunähen.

»Und ist das Mädchen dein Lehrling?«, fragte die alte Frau.

Eveen schluckte ein Stück scharfe Fleischpastete herunter. »Nicht direkt. Himmel, das ist Mama Birgini.«

Das Mädchen verbeugte sich respektvoll. »Guten Abend, Mama! Ich bin dankbar, dass du dich mit uns triffst.«

Die alte Frau musterte sie aus zusammengekniffenen Augen. »Du bist am Leben. Also kein Lehrling.«

Himmel schüttelte den Kopf. »Ich bin eher … ein Familienmitglied.«

Mama Birgini berührte abermals das Medaillon an ihrer Stirn. »Wen der Racheengel des Karrens zur Familie zählt, den erkennen auch wir an.«

Das Mädchen hob fragend die Augenbrauen. »Racheengel?«

»Darauf brauchen wir nicht näher einzugehen«, sagte Eveen mit vollem Mund. »Ist nicht wichtig.«

»Wie könnte so etwas nicht wichtig sein?«, beharrte Mama Birgini. »Denke nur an den Preis, den du bezahlt hast!« Sie blickte zu Tamu. »Wer ist dieses Mädchen, das nichts von diesen Dingen weiß?«

Der große Mann zuckte mit den Schultern. »Ich weiß nicht mehr als du, Mama. Die beiden sind eben erst hereingestolpert. Sahen aus, als hätte man sie durch die Straßen geschleift. Eveen wollte dich dringend sehen, also hab ich dich benachrichtigt und losgenäht.«

»Wo wir gerade dabei sind …«, fing Eveen an.

»Ich würde die Geschichte gern hören«, unterbrach Himmel sie. »Über diesen Engel der Karre.«

Stille breitete sich aus. Himmel erwiderte ungerührt Eveens starren Blick.

»Nun ja …«, brach Tamu das Schweigen. »Ich würde sagen, es begann vor vier Jahren?«

Mama Birginis Miene verfinsterte sich. »Als die ersten Kinder verschwanden.«

»Hier sind Kinder verschwunden?«, fragte Himmel alarmiert.

Tamu nickte. »Anfangs wirkte es wie Zufall. Eins hier, eins da. Dann weitete es sich aus.«

»Kleine Kinder, gerade mal so groß.« Mama Birgini hielt eine Hand auf Brusthöhe. »Einfach verschleppt.«

»Wir wussten erst nicht, was aus ihnen geworden war. Dann fanden wir die Leichen.« Tamu hielt in der Arbeit inne und drückte seinen Baka-Stummel in einem kleinen geschnitzten Aschenbecher aus Holz aus, der den Räderwerkkönig darstellte. »Man brachte mich hin, damit ich mir das ansehe. Sie waren … aufgeschnitten. Ausgeblutet. Und es fehlte das Herz.«

»Kori sei uns gnädig!«, hauchte Himmel und schlug ein Schutzzeichen.

»Ein Ungeheuer machte Jagd auf unsere Kinder«, sagte Mama Birgini grimmig. »Der Schnitter der Karre.«

»Hat die Stadtobrigkeit ihn denn nicht gestellt?«, fragte Himmel.

Tamu lachte tief und freudlos.

»Weißt du, warum sie dieses Viertel Schubkarre nennen? Als Tal Abisi erbaut wurde, lebten hier die Steinhauer und die Wasserträger. In den Behausungen hier waren die Arbeiter untergebracht, derentwegen die Monumente der Stadt emporwuchsen und der Handel blühte. Die Leute hier trugen die ganze Last, aber an sie dachte man nicht, sie waren bloß ein Werkzeug. Und um die Kinder hier ... schert sich niemand einen Dreck.«

Mama Birgini schüttelte den Kopf. »Wir waren verzweifelt. Wir haben Geld zusammengekratzt und Söldner angeheuert, Diebesfänger – jeden, der diesen Schnitter aufhalten könnte. Sie ließen sich bezahlen, taten jedoch wenig. Und alle zogen schließlich weiter und ließen uns mit noch mehr Toten und leichteren Geldbeuteln zurück. Dann kam sie.« Aller Blicke richteten sich auf Eveen, die nun angestrengt Tamus Nähte anstarrte. »Sie hat von sich aus angeboten, unseren Peiniger zur Strecke zu bringen. Vier entführte Kinder konnte sie noch aus seinen Klauen retten. Und dem Ungeheuer, das unsere Kleinsten verschlungen hatte, ließ sie Gerechtigkeit zuteilwerden: Was er anderen angetan hatte, widerfuhr nun auch ihm.«

Mit großen Augen wandte Himmel sich Eveen zu. »Ausweiderin. Er war das! Der, den du ...« Ihr Blick wanderte zu dem schwarzen Bündel. »Du hast es für die Kinder getan ... Um sie zu retten!«

»Ich habe es für die getan, die ich nicht retten konnte«, sagte Eveen leise. Ihr stand noch klar das verlassene Gebäude vor Augen, das der Mörder zu seinem Versteck gemacht hatte. Darin hatte es gestunken wie bei einem Schlachter. Und die ...

Sie schüttelte den Kopf. Auf diese Erinnerungen konnte sie verzichten.

»Das klingt ja wie eine deiner Asheel-Geschichten«, murmelte Himmel.

»Er war eine Art Ritualist. Hatte Notizen und Bücher in einer Schrift, die ich nicht entziffern konnte. Brabbelte die ganze Zeit was davon, dass ich sein großes Werk zerstört hätte – bis ich ihm die Zunge rausgeschnitten hab. Als ich mit ihm fertig war, hab ich alles niedergebrannt und seine verstümmelte Leiche auf die Treppe des Grabs der Patriarchen geworfen. Ich wollte die Mächtigen der Stadt zwingen, sich anzuschauen, was sie nicht hatten sehen wollen.«

»In den Einblattdrucken fing man an, sie Ausweiderin zu nennen«, sagte Tamu.

Mama Birgini schnaubte. »Für uns bist du der Engel der Karre. Eltern nennen ihre Kinder nach dir, um sie zu schützen. Dein Porträt ist überall auf die Mauern in Gassen gemalt.«

»In örtlichen Schreinen wird nun auch Aeril verehrt«, warf Tamu ein. »Und neben ihrem Bildnis gibt es stets eine Figur von dir als ihrer heiligen Gefolgsfrau.«

»Wie du siehst«, sagte Mama Birgini, »stehen wir hier in der Karre auf ewig in deiner Schuld.« Die alte Frau verneigte sich tief, die runzligen Hände über der Brust gefaltet.

Eveen erwiderte die Geste verlegen und gab sich Mühe, Himmel nicht anzusehen, die unverhohlen staunte. Daran würde sie sich nie gewöhnen. Engel? Sie war eine Mörderin, keine Heldin. »Ich muss diese Schuld heute einfordern, Mama. Ich hab ein paar Schwierigkeiten …«

Sie erzählte ihnen beinahe alles. Jetzt war nicht die Zeit für Geheimniskrämerei. Als sie fertig war, herrschte vollkommene Stille – als hätte sie einen Findling quer durch die Praxis gerollt. Tamu, der den letzten Stich gesetzt hatte, gaffte erst sie an und dann Himmel. Mama Birginis Enkel, der auf einer stibitzten Frikadelle gekaut hatte, erstarrte mit prall gefüllten Backen. Nur die alte Frau überwand ihre Erschütterung rasch. Sie nickte langsam, als hätte ihr jemand ein besonders merkwürdiges Rätsel vorgetragen.

»Ich habe gehört, im entlegenen Jiba beten Hexen eine Gottheit an, die sich an Leid labt«, sagte sie. »Dass es am Ende der Welt ein Schlachtfeld geben soll, wo Kriegermönche kämpfen, um in den Dritten Himmel aufzusteigen, und monströse Würmer fressen die Gefallenen. Manche behaupten, die Schwebenden Terrassengärten von Ilm anzusehen, raube einem allen Atem aus der Brust. Deine Geschichte kann es selbst mit diesen Wundern aufnehmen!«

»Ich hoffe, du hilfst uns.« Eveen beugte sich vor. »Mama Birgini, du bist in diesem Elendsviertel das, was einer Großen Matriarchin am nächsten kommt.«

Die alte Frau zuckte mit den Schultern. »Ich besitze ein paar Vergnügungsetablissements, mehr nicht.«

»Du betreibst die Hälfte der Bordelle und Glücksspielhäuser in der Karre«, versetzte Eveen.

Himmel hob die Augenbrauen und sah die alte Frau mit neuem Interesse an, doch die zuckte nur wieder die Schultern.

»Na schön. Wie kann ich denn helfen?«

»Ich suche nach dem Zauberer, den dieser Patriarch beauftragt hat.«

Mama Birgini lachte spöttisch auf. »Kein Patriarch sucht meine Häuser auf.«

»Aber vielleicht derjenige, den er angeheuert hat«, drängte Eveen. »Der Thaumaturg, mit dem wir gesprochen haben, war überzeugt: So etwas wird an Universitäten nicht gelehrt. Leichtsinn hat er das genannt, die Untergrabung eines Göttervertrags. Verbotene Magie wie diese findet man in Vierteln wie der Karre, wo Hexerei weniger streng … reguliert wird.«

Die alte Frau blieb noch einen langen Moment reglos wie Stein.

»Es gibt drei … Narren«, sagte sie schließlich. »Mit grandiosen Träumen von verbotener Magie.«

»Grenzgänger«, stieß Tamu angewidert hervor.

»Grenzgänger?«, fragte Himmel und sah nun wahrhaft verwirrt aus.

»Ein Haufen privilegierter Scheißkerle«, erklärte Eveen. »Gewöhnlich aus bessergestellten Familien, die von respektablen Universitäten geflogen sind. Die suchen gern nach verbotenen Schriften oder nicht genehmigter Thaumaturgie. Je riskanter, desto besser. Behaupten, sie wollten die Magie von Restriktionen befreien, die Grenzen ausloten. Sie kommen in die Karre, weil es hier niemanden gibt, der sie bestraft. Die Hälfte der Zeit, die man von Zombiehorden oder Dämonenbeschwörungen hört, war es wahrscheinlich ein Grenzgänger, der unschuldig tut – bis ihm irgendwas die dumme Fratze wegfrisst.«

»Die, von denen ich rede, nennen sich selbst die Drei Bärte«, sagte Mama Birgini. »Bringen kleine Kunststückchen zustande, kindische Possen. In der ersten Festivalnacht sind sie allerdings in einem meiner Häuser aufgetaucht und haben mit Münzen um sich geworfen wie mit Konfetti. Ich war neugierig, also schickte ich mehrere meiner Hübschesten los, um sie zu bearbeiten. Da prahlten die drei, sie hätten einen mächtigen Förderer an Land gezogen. Und ein paar großartige, umwerfende Zauber gewirkt.«

Eveen lebte auf, schöpfte zum ersten Mal in dieser bizarren Nacht ein wenig Hoffnung.

»Und wo sind die drei jetzt?«

Mama Birgini runzelte die Stirn. »Das ist das Merkwürdigste an der ganzen Sache: Während der letzten paar Tage sind zwei von ihnen tot aufgefunden worden. Einer ist in seinem Bett lebendig verbrannt. Es heißt, sogar seine Knochen seien gesprungen und verkohlt gewesen, als wäre das Feuer *in* ihm ausgebrochen. Den anderen fand man auf einer Latrine sitzend, den abgetrennten Kopf im Schoß. Niemand weiß, was aus seinen Augen geworden ist.«

Himmel schluckte vernehmlich. Eveens Hoffnung schwand.

»Jemand räumt auf«, bemerkte Tamu.

»Sie wurden weggepackt«, murmelte Eveen und fuhr sich frustriert durch die Locs. Bei Aerils Feuertitten!

»Aber ...« Die alte Frau hob einen Finger. »Einer ist noch übrig. Zumindest soweit ich weiß.«

Ein winziger Hoffnungsschimmer! Eveen beugte sich vor. »Weißt du, wo ich ihn finden kann?«

Mama Birginis dunkle Lippen verzogen sich zu einem Lächeln. »Natürlich. Aber du solltest dich lieber beeilen. Meine Spielhäuser haben Wetten angenommen, dass er noch vor dem Morgengrauen tot sein wird. Und die Quote steht gegen ihn.«

Eveen sah Himmel an, in deren Augen der gleiche Hoffnungsfunke glomm. Die Chancen standen schon die ganze Nacht gegen sie. Zeit, dass sie etwas daran änderten.

◆

Bald darauf standen die beiden in einer unbeleuchteten und ungepflasterten Straße der Karre. Vor ihnen drängten sich Gebäude aneinander. Das dritte, von der Mitte aus gezählt, sah aus, wie Mama Birgini es beschrieben hatte. Risse zogen sich durch den Stein und die Fensterlöcher waren mit roten Tüchern verhängt. Im Inneren glomm ein kleines Licht.

»Das ist es«, sagte Himmel.

Eveen blickte sie an. Sie hatten sich beide ein wenig sauber gemacht. Und Mama Birgini hatte dem Mädchen eine

Piratenprinzessinnenjacke in einem etwas dunkleren Blauton gegeben. Als hätte sie eine Zwillingsschwester, die nicht ganz ihr Ebenbild war.

»Scheint so, als wäre … Wie heißt der Kerl noch mal?«

»Mael«, sagte Himmel.

»Mael … Er scheint allein zu sein.«

»Wie gehen wir es an?«

Eveen hob eine Augenbraue. »Wir?«

Himmel stemmte die Hände in die Hüften. »Ich bleibe nicht allein hier draußen. Das ist nicht sicher!«

Eveen musste ihr recht geben. Sie hatten keinen Umhang mehr, um das Mädchen zu verbergen.

»Na gut. Aber das Haus ist wahrscheinlich mit Schutzzaubern versehen. Bleib bei mir. Oder noch besser hinter mir.«

Himmel blickte auf Eveens Hand hinunter, die auf einem Messergriff ruhte.

»Dann willst du …?« Den Rest ließ sie ungesagt.

»Nein. Wir brauchen ihn lebend. Außerdem gibt's noch den zweiten unverletzbaren Schwur.«

»Wer nicht im Vertrag steht, den darfst du auch nicht *wegpacken*«, erinnerte sich das Mädchen. Es entstand eine Pause. »Das will ich dich schon die ganze Zeit fragen: Wie hast du diesen Schnitter umgebracht? Mama Birgini meinte doch, du hättest dich freiwillig gemeldet. Es gab also keinen Vertrag.«

Eveen zögerte einen Moment, dann antwortete sie: »Ich hab den zweiten Schwur gebrochen.«

Himmel hob die Augenbrauen. »Oh! Und was ist mit den Hunden?«

»Wegen so was schickt Aeril ihre Lakaien nicht los.«

»Aber … Mama Birgini sagt, du hast einen Preis bezahlt.«

Verdammt! Das Mädchen passte gut auf.

»Für meinen Verstoß wurde meine Knechtschaft verlängert.«

»Ach ja? Und von wie viel Zeit reden wir?«

Eveen seufzte. Die wollte wohl nicht lockerlassen, was? »Von einem Jahrhundert.«

Himmel blieb der Mund offen stehen. »Was? *Noch* ein Jahrhundert?«

»Ja. Es heißt, nach dem ersten zählt man nicht mehr mit.«

»Aber das ist nicht fair!«

Eveen schnaubte. »Die Götter sind nicht fair. Lass dir von niemandem was anderes erzählen.«

Himmel schien nicht weiterzuwissen, klappte bloß den Mund auf und wieder zu wie ein Fisch.

»Es tut mir leid, dass dir das passiert ist«, sagte sie schließlich.

Eveen zuckte mit den Schultern. »Es ist, wie es ist.«

»Ich mein's so.« Himmel berührte sie am Arm, das Gesicht ernst. »Ich weiß, dass du dich hinter Uneindeutigkeiten und Witzen versteckst. Eine Weile hast du mich zum Narren gehalten. Tust so, als wärst du bloß eine herzlose Mörderin! Vielleicht wird das alles dadurch leichter für dich. Als trügest du eine Rüstung. Aber was du für die Karre getan hast, war tapfer. Ein Opfer. Es ... Es tut mir leid, dass ich dich verurteilt habe. Dazu hab ich nicht das Recht. Ich glaub nicht, dass ich so selbstlos sein könnte. Aber es macht mich stolz, zu wissen, dass ich irgendwann stark genug sein werde, um die Art von Entscheidung zu treffen.«

Eveen murmelte ein Dankeschön, fühlte sich bloßgelegt. Götter! Dieses Mädchen hatte in ihr gelesen wie in einem Schundroman. Und Sachen ausgesprochen, die sie sich nicht einmal selbst gern eingestand.

»Kommt es jemals vor, dass du es … bereust?«, fragte Himmel.

»Nö. Ich würde den Schweinehund wieder zerstückeln. Und jedem Gott ins Auge spucken, der versucht, mich aufzuhalten.«

»Ich glaub dir aufs Wort.« Himmel blickte wieder zu dem Gebäude. »Also, schleichen wir rein?«

Assassinenregel Nr. 42: Heimlichkeit ist besser als … Ach, zu den Höllen damit!

»Nee«, sagte Eveen. »Wir legen einen Auftritt hin. Nur dieses eine Mal.«

»In Ordnung. Aber schneide vielleicht nicht gleich an den Leuten rum, sondern versuch erst mal, sie zu überzeugen.«

»Ernsthaft?«

»Die Androhung von Gewalt könnte schon genug Anreiz bieten, meinst du nicht?«

Eveen zog sich die Maske vors Gesicht. »Na schön. Aber wenn's nicht klappt, fang ich mit den Fingern an.«

Dann rannte sie los. Himmel folgte ihr rasch.

»Warum krieg ich keine Maske?«, zischelte sie hinter ihr – gerade als sie in die ersten Schutzzauber hineinliefen.

Aerils Klingen durchschnitten sie wie Butter – nun, wie Butter, die knisternd Funken schlug. Als Eveen die klapprige Tür eintrat, schoss ein Feuerball geradewegs auf sie zu. Sie schlug ihn mit dem Messer beiseite; schlingernd flog er gegen die Wand und explodierte. Ein paar Mittel zur Verteidigung hatte dieser Möchtegernzauberer. Aber durch einen götterverdammten Feuerball würde sie sich nicht aufhalten lassen!

Bevor er einen zweiten Versuch unternehmen konnte, verabreichte sie ihm eine deftige Ohrfeige, die ihn zu Boden schickte. Er rappelte sich auf und murmelte schon wieder – also schlug sie ihn erneut nieder. Dreimal noch! Watschi-watsch-watsch! Dann packte sie ihn am Kragen und zog ihn auf die Füße. Durch zitternde Finger schaute der schlaksige junge Mann mit Bart zu ihr auf.

»Bitte!«, flehte er angstvoll. »Ich hab's niemandem gesagt! Das meiste Geld hab ich noch! Den Rest kann ich beschaffen! Mein Vater arbeitet im Bankenviertel!«

Eveen warf Himmel einen Blick zu. Das Mädchen hatte die Tür hinter ihnen geschlossen und schlug gerade den Feuerball mit einem dicken Teppich aus; ein kokeliger Geruch hing in der Luft. Das Zimmer war klein. Aber die Ausstattung passte nicht zum bescheidenen Äußeren: teure Möbel und eine hochwertige Glimmlampe. Nicht einmal der Teppich mit seinen goldenen und grünen Mustern sah billig aus. Die Kleider des Mannes waren es sicher nicht. Der Hemdstoff in ihrer Faust war seidenweich. Er hatte saubere Fingernägel und weiche Hände, die noch nie hatten zupacken müssen.

»Halt's Maul, Bänkerbubi!«, sagte sie. »Ich bin nicht hier, um dich umzulegen.«

Der Mann klappte den Mund zu, erleichtert und verwirrt.

»Bist du Mael?«

Er nickte, schaute zur Seite und bemerkte jetzt erst Himmel. Seine Augen wurden groß und rund wie Münzen. »Du!« Sein Blick zuckte zu Eveen zurück. »Das heißt, du bist …«

»Ja.« Sie hob die Maske und schnippte ihm eine ihrer Visitenkarten ins Gesicht. »Ich bin sie.«

»Es gibt eine riesige Wandmalerei, nicht weit von hier«, erzählte er hastig. »Bist gut getroffen, hast aber riesige goldene Flügel. Die Leute bleiben stehen und entzünden Weih…«

Er brach ab, als sie ihn auf einen moosgrünen Diwan stieß. »Die lokale Kunstszene ist mir piepegal.« Sie hielt ihm eins ihrer Messer unter die Nase. »Komisch, dass du uns kennst, wir dich aber nicht. Fang lieber an zu reden, sonst ...«

»Ich war's!«, platzte er heraus. »Wir waren zu dritt! Aber ich bin als Einziger noch übrig!«

Eveen stutzte, die Stirn in Falten gelegt. »Einfach so?«

Mael schluckte. »Du bist die Ausweiderin. Ich will nicht gefoltert werden! Man könnte sich doch einigen ...«

Sie setzte ihm die Messerspitze unter ein Auge.

»Du bist nicht in der Position zu verhandeln.«

»Ich würde auf sie hören.« Himmel lehnte nun an der Wand. »Wenn du alle deine Körperteile behalten willst.«

Mael schielte auf die Klinge. »Was wollt ihr wissen?«

Eveen nahm das Messer nicht weg. »Alles.«

Er schluckte wieder. »Es fing mit einer Vorladung an. Vor einen Patriarchen.«

»Pol Oranus.«

Mael nickte. »Ebender. Wollte uns sehen, meine Freunde und mich, die Drei Bärte. Jeder Grenzgänger hofft, einen mächtigen Mäzen zu gewinnen. Aber ein Patriarch war jenseits unserer kühnsten Träume!«

»Warum sollte ein Patriarch sich für drei Niemande interessieren?«

»Weil wir als Einzige das Geheimnis ergründet haben.«

»Was denn bitte für ein Geheimnis?«, fragte Himmel.

»Na, das vom Schnitter der Karre! Wir sind hierhergekommen, um es zu lüften.«

Eveen ballte die Faust. »Und warum, götterverdammte Scheiße noch mal?«

Mael sah sie bestürzt an. »Weil er eine Legende ist! Ein Hexer, der die Grenze verschoben hat!«

»Er hat Kinder getötet!«, knurrte sie.

»Ja. Das ist furchtbar, gewiss. Aber … Er wollte auch Unglaubliches bewirken! Alle Grenzgänger haben Theorien dazu. Wir aber waren die einzigen, die ihn wirklich *erforscht* haben. Jedem Informationsfetzen sind wir nachgejagt! Wusstet ihr zum Beispiel, dass kein Leichnam zurückgeblieben ist?«

»Die Stadt hat sich der Leiche angenommen, nachdem ich sie abgeladen hatte«, sagte Eveen ausdruckslos.

»Aber was geschah dann damit?«, drängte Mael. »Hat man den Schnitter begraben? Eingeäschert? Es gibt keinen offiziellen Bericht.«

»Mir doch egal, und wenn sie ihn ins Meer geschmissen haben. Er war halt ein Landstreicher. Hatte keine Familie. Zumindest keine, die ihn zurückwollte.«

»Ein Mann wie Rauch«, sagte Mael. »Ein schöner Zufall, oder?«

Himmel runzelte die Stirn. »Worauf willst du hinaus?«

»Wir waren auch in dem Gebäude, das du damals angezündet hast«, erzählte er Eveen. »Haben da ein Tagebuch gefunden.«

»Unmöglich«, sagte sie. »Wenn's so was gäbe, hätte man's schon längst gefunden.«

Mael schüttelte den Kopf. »Es geht ja niemand dorthin! Die Leute in der Karre glauben, die Ruine sei verflucht. Nicht einmal wiederaufbauen wollen sie die. Da liegt alles in Trümmern. Aber das Tagebuch ist verzaubert. Feuer kann ihm nichts anhaben. Es verbirgt sich selbst. Einer meiner Freunde hat … hatte … eine Art Talent dafür, Sachen zu finden. So haben wir es in die Hände bekommen. Und wir fanden heraus, worauf der Schnitter es abgesehen hatte.« Er senkte die Stimme zu einem Wispern, offensichtlich scharf darauf, sein Geheimnis mitzuteilen. »Unsterblichkeit!«

Er sah enttäuscht aus, als niemand sich beeindruckt zeigte.

»Wie sollte man durch Kindermord unsterblich werden?« Himmel sah verstört aus.

Mael wirkte betreten. »Das ist schwer zu sagen. Das Tagebuch war ... verwirrend. Aber es scheint was mit den Seelen der Kinder zu tun zu haben, wegen der Unschuld und so. Der Schnitter glaubte, solche Herzen und solches Blut seien mächtig.«

Himmel sog scharf die Luft ein. »Blutmagie!«

Von all der verbotenen Hexerei in Tal Abisi stand diese ganz oben auf der Liste. Konnte einen den Kopf kosten, so verboten war die.

Mael nickte. »Er war sicher, dass man die Seele über das Blut zu sich nehmen muss ...«

»Genug!«, fuhr Eveen ihn an. Sie wollte nichts mehr über dieses Grauen hören. »Das klingt alles nach totaler Aalscheiße. Euer Schnitter hat nur Scheiße gelabert.«

»Was hat das mit dem Patriarchen zu tun?«, fragte Himmel. »Diesem Pol Oranus?«

Ein leises Lächeln trat auf Maels Lippen. »Im Tagebuch des Schnitters waren alle Einträge mit O unterzeichnet.«

Eveen und Himmel verschlug es die Sprache. Mael, den Blick auf Eveen geheftet, sprach in die fassungslose Stille hinein.

»Wusstet ihr, dass Pol Oranus einen Sohn hatte? Aban Oranus. Nach allem, was man so hört, war er ein ziemlicher Einsiedler. Angeblich ist er auf dem Weg zum Baleen-Archipel bei einem Schiffsunglück umgekommen ... Das muss genau zu der Zeit gewesen sein, als du den Schnitter *ausgeweidet* hast. Auch ein ganz schöner Zufall, meinst du nicht?«

Eveen starrte ihn an und kämpfte gegen den Impuls an, ihm mit der Faust ins selbstzufriedene Gesicht zu schlagen. Dann gab sie nach.

Mael heulte auf und riss die Hände hoch. »Du hast mir die Nase gebrochen!«

Das hätte ihr kaum gleichgültiger sein können. Wieder packte sie ihn am Hemd und zog ihn näher zu sich. »Willst du Scheißer etwa sagen, dass Pol Oranus der Scheißvater des Schnitters war? Diese kindermordende Bestie, die ich erledigt hab, der Sohn eines Patriarchen! Und du erwartest, dass ich dir den Schauerschinken abkaufe, den du mir hier hinklatschst?«

»So etwas könnte man nicht geheim halten.« Himmel klang skeptisch.

»*Wir* nicht!«, rief Mael. »Aber ein Patriarch? Wer sonst könnte die Obrigkeit hindern, in die Karre zu kommen, um Jagd auf den Schnitter zu machen? Wer könnte Aufzeichnungen und eine Leiche verschwinden lassen? Wisst ihr, dass tatsächlich ein Schiff auf dem Weg zum Baleen-Archipel untergegangen ist? Sechsundvierzig Passagiere und Matrosen waren an Bord, alle sind ertrunken. Wer hat die Macht, das Ende von sechsundvierzig Menschen einzufädeln, nur um den Tod des in Ungnade gefallenen Sohns vorzutäuschen?«

Himmel schüttelte ungläubig den Kopf. »Aber die anderen Patriarchen würden das nicht stillschweigend hinnehmen!«

»Ich glaube, anfangs wussten sie nichts davon, was Pol Oranus' Sohn so trieb. Aber sie müssen davon erfahren haben, denn so etwas lässt sich unmöglich übersehen. Nur konnten sie natürlich nichts durchsickern lassen. In der ganzen Stadt wäre Krawall ausgebrochen! Nein, das Beste war, alles zu vertuschen, Gras über die Sache wachsen zu lassen. Es ging ja schließlich bloß um die Karre. Lediglich von der Kandidatur zum Großen Patriarchen musste Pol Oranus zurücktreten. Na ja, wie dem auch sei … Als wir ihm von unseren Entdeckungen erzählten, stritt er jedenfalls nichts ab.«

Eveen ließ ihn los und trat einen Schritt zurück. Ihr schwirrte der Kopf. »Er hat es zugegeben?«

Mael nickte, die Hand an der blutenden Nase. »Sobald wir das alles rausgekriegt hatten, nahmen wir wieder Kontakt zu ihm auf – um ihm das Tagebuch anzubieten. Wir dachten, er gibt uns vielleicht eine Belohnung. Und wir könnten ihn überreden, unser Mäzen zu werden. Er schien der Idee zugänglich. Fragte sogar, ob wir den Zauber seines Sohns vollenden könnten.« Als er das wütende Blitzen in Eveens Augen sah, hob er schützend die Hände vors Gesicht. »Wir haben abgelehnt! Wir würden doch keine Kinder ermorden! Ich schwöre es bei allen Göttern meiner Vorfahren!«

»Er will selbst unsterblich werden?«, fragte Himmel entsetzt.

»Davon bin ich überzeugt«, antwortete Mael. »Pol Oranus ist auf dasselbe aus wie einst sein Sohn.«

»Er will sich bloß die Hände nicht schmutzig machen«, sagte Eveen. »Und was hat das alles mit mir zu tun?«

Mael machte wieder große Augen. »Er hasst dich!«

»Weil ich seinen Sohn umgebracht hab.«

»Die Aussicht auf Unsterblichkeit hast du ihm geraubt. Und seinem Traum ein Ende gesetzt, Großer Patriarch zu werden. Aber ja, um seinen Sohn geht es ihm auch – ausgeweidet wie ein Schwein hast du ihn. Der Zorn in seiner Stimme, wenn er über dich spricht, ist fast mit Händen zu greifen. Seit vier Jahren wartet er auf seine Gelegenheit, Rache zu üben.«

Es war merkwürdig, zu hören, dass jemand gegen einen intrigierte, den man nicht einmal kannte.

»Warum holt er nicht stattdessen seinen Sohn aus der Vergangenheit, wenn er ihn so dringend zurückhaben will?«, murrte Eveen.

»Weil er nicht untot ist. Deine Seele existiert in der Gegenwart *und* der Vergangenheit. Wir könnten eine Seele veranlassen, die andere aufzuspüren. Aber er ist nicht mehr. Es ist nichts von ihm übrig, um ihn ...« Er gestikulierte, suchte nach dem richtigen Wort. »... zu verankern.«

»Darum geht es also«, schaltete sich Himmel ein. »Deswegen hat er mich herbringen lassen und Eveen unter Vertrag genommen. So wollte er es ihr heimzahlen.« Ihre Stimme wurde kalt. »War das eure Idee? Habt ihr ihm diesen großen Plan geliefert, mir das Leben zu versauen?«

Mael schüttelte nachdrücklich den Kopf. »Unsere? Nein! Das hat ganz allein Pol Oranus geplant. Er hat sogar den Zauber geschrieben!«

Das überrumpelte Eveen. »Er ist ein Zauberer?«

»Nein, er bringt keine Magie zustande, nicht das kleinste bisschen. Aber er ist ein Genie darin, Zaubersprüche zu schreiben!«

»So was gibt's?«, fragte Himmel.

Mael nickte. »Natürlich. Wie ein Liederdichter, der selbst keinen Ton halten kann. Ich glaub, sogar der Unsterblichkeitszauber für seinen Sohn stammt aus seiner Feder. Der, mit dem er dich durch die Zeit gezogen hat, war ein Kunstwerk der Mathematik! Wunderschön! Solch tadellose thaumaturgischen Gleichungen hab ich zuvor noch nie gesehen! Besser als alles, was die Universitäten vollbringen, gefangen in ihrer Orthodoxie. Deshalb hat er uns ursprünglich zu sich bestellt: Wir sollten den Zauber ausführen. Diese Gelegenheit haben wir uns nicht entgehen lassen!«

In seiner Stimme lag so viel Bewunderung und Stolz, dass Eveen ihm noch eine verpassen wollte.

»Und jetzt will er dir ans Leder«, sagte Himmel trocken. »Deine Freunde hat er schon erledigt.«

Das nahm ihm den Wind aus den Segeln. »Das verstehe ich nicht. Wir haben doch getan, worum er uns gebeten hat!«

»Ihr wisst einen Scheißdreck.« Eveen schüttelte den Kopf. »Du und deine Milchbärte.«

»Drei Bärte«, korrigierte er.

»Wie auch immer. Pol Oranus hat euch Deppen nicht gebeten, seinen großen Rachezauber zu wirken, weil er euren dummen kleinen Klub so bewundert hätte, sondern weil ihr entbehrlich seid! Die Macht, die mich wieder ins Leben gerufen hat und meine Anonymität wahrt, gehört Aeril. Weißt du überhaupt, wie gefährlich es ist, mit Göttermagie rumzukaspern? Kein zugelassener Thaumaturg würde diesen Auftrag annehmen. Nicht einmal unzugelassene Hexer in der verbrecherischen Unterwelt. Aber ihr Trottel habt gar nicht begriffen, in welche Gefahr ihr euch begeben habt. Erzähl mal: Sind in den letzten vier Jahren noch andere Grenzgänger verschwunden?«

Auf Maels Gesicht trat ein dümmlicher Ausdruck. »Ein paar …«

Eveen schnaubte. »Ich wette, ihr wart nicht die Ersten, die Pol Oranus als entbehrlich angesehen hat. Ihr wart lediglich die Glücklichen, denen es nicht die Seelen zerfetzt hat! Da kann man wohl gratulieren. Oh, Moment, doch nicht – denn jetzt schafft er alle aus dem Weg, die das Geheimnis seines kindermordenden Sohns kennen, aber keine unberührbaren Patriarchen sind. Habt ihr drei auch nur eine Sekunde nachgedacht, bevor ihr versucht habt, einen der mächtigsten Männer in Tal Abisi zu erpressen – der, wie ihr ja schließlich wusstet, böse Zauber aus dem Ärmel schüttelt?«

Maels dümmliche Miene wurde noch einfältiger. »Oh, ihr Götter, er wird mich umbringen! Ich bin so gut wie tot. Ihr müsst mir helfen!«

Eveen war drauf und dran, ihm die vielen sexuellen Handlungen aufzuzählen, die er an sich selbst verüben konnte. Keinen Finger würde sie rühren, um ihm aus der Klemme zu helfen! Doch da meldete sich Himmel zu Wort.

»Wir bräuchten aber eine Gegenleistung.«

Mael sah sie so verzweifelt an wie ein Ertrinkender.

»Der Zauber, mit dem ihr mich hierhergebracht habt. Kannst du den ... wieder aufheben?«

Zuerst starrte er sie bloß verständnislos an, doch dann begriff er.

»Hm«, murmelte er, dachte darüber nach. Dann, lauter: »Ja! Ja! Das kann ich!«

»Du allein?«, fragte Eveen. »Eigentlich wart ihr doch zu dritt!«

Er nickte nachdrücklich. »Ich erinnere mich, wie man den Zauber wirkt. Hab auch noch die Ausrüstung! Ich kann die junge Dame wieder zurückschicken! Dann beschützt du mich aber, oder? Schmuggelst mich aus der Stadt?«

Eveen beäugte ihn kühl. »Was hab ich dir über deine Verhandlungsposition gesagt?«

Himmel ging vor dem verängstigten Mann auf dem Diwan in die Hocke und blickte ihm prüfend ins Gesicht.

»Er sagt die Wahrheit. Oder glaubt zumindest, dass er das tut.«

Eveens Messerhand zuckte. Sie beugte sich zu dem Mädchen hinunter, um ihm ins Ohr zu flüstern.

»Kann ich ihm nicht *ein bisschen was* abschneiden?« Auf Himmels tadelnden Blick hin seufzte sie und richtete ihre Aufmerksamkeit auf Mael. »Wir haben mit einem Thaumaturgen gesprochen. Er behauptet, man komme unmöglich an die magische Energie, die für den Zauber nötig ist. Wie generierst du die noch gleich?«

Sofort setzte er wieder das nervige selbstzufriedene Gesicht auf, das in ihren Augen zum Reinschlagen war. »Das ist das Problem mit diesen Universitäts-Thaumaturgen: Sind die erst einmal auf einen Denkpfad abgebogen, kommen die da nicht mehr runter. Wir haben die nötige Energie nicht selbst generiert. Wir haben sie nur abgezapft, von einer offen zugänglichen Quelle: dem Schimmer!«

KAPITEL

7

Zu Tal Abisis Ostküste zu gelangen, war nicht einfach. Der Schimmer war kein Ort, den man aufsuchte – es sei denn, man war nicht ganz bei Trost. Der Räderwerkkönig hatte durch seine infame Tat den alten Schmugglerdistrikt mit einer undefinierbaren, chaotischen Magie geflutet. Drei Jahrhunderte waren vergangen, doch die Kraft war ungemindert. Schiffskapitäne schlugen einen weiten Bogen und die Kanalrouten waren schon lange blockiert. Es blieb nur ein Weg, um hinzukommen: Sie mussten einen Bootsmann anheuern, der sie am Rand der Alten Stadt absetzte, und von dort aus ging es zu Fuß weiter.

Eveen gab ein strenges Tempo vor. Sie hatte keine Ahnung, wie lange Mael für den Zauber brauchen würde, und die Nacht ging rasch zur Neige. Himmel hielt mit ihr Schritt, während sie die verlassene alte Straße entlang auf ihr Ziel zumarschierten. Bei Mael sah es anders aus.

Er war wohl zehn Jahre jünger als Eveen, stolperte jedoch ungeschickt durchs Dunkel – das Licht der Laterne, die Himmel mitgenommen hatte, schien ihm nicht zu reichen. Natürlich konnte der Grund für sein Getaumel auch der schwere Ranzen auf seinem Rücken sein, vollgestopft mit allem, was er für den Zauber brauchte. Sie hätte ihm helfen können, sah aber lieber zu, wie er sich mit der Last abmühte. Es schien angemessen, wenn man bedachte, welchen Anteil er an ihren Scherereien hatte.

»Warst du je da?« Himmel hielt sich dicht neben ihr. »Im Schimmer?«

Eveen schüttelte den Kopf. »Wir, die wir durch Hexerei wieder zum Leben erweckt wurden, gehen magischen Gefahren eher aus dem Weg.«

»Als ich klein war, galt das bei uns Kindern als Mutprobe. Aber wir haben es nie durchgezogen.«

»So schlimm ist das alles nicht!«, rief Mael schwer atmend von hinten.

»Sagt der Volltrottel, der unbesorgt aus einem Brunnen chaotischer Magie geschöpft hat«, bemerkte Eveen.

Sie konnte immer noch nicht fassen, was er ihnen erzählt hatte: dass er und seine Grenzgängerkollegen sich der verirrten Magie des Schimmers bedient hatten, um ihren Zauber zu wirken. Angeblich war das Pol Oranus' Idee gewesen. Er hatte ihnen sogar das nötige Gerät zur Verfügung gestellt.

»Sich im Schimmer aufzuhalten, ist nicht so, wie die Leute denken«, fuhr Mael fort. »Er verwandelt einen nicht. Und lässt einen auch nicht spontan in Flammen aufgehen. Zumindest nicht sofort.«

»Na dann gibt's ja kein Problem«, versetzte Himmel und wechselte einen Das-meint-der-doch-nicht-ernst-Blick mit Eveen.

»Die Magie da drin ist bloß stärker. Wie Schimmerfieber, aber zehnfach.«

»Ach, dann hatten die letzten Umsiedler wohl bloß Schimmerfieber, was?«, stänkerte Eveen.

Ungläubig sah Himmel sie an. »Da ist die Stadt *immer noch* dran? Versuchen die weiterhin, Land vom Schimmer zurückzuerobern?«

»Jeder Große Patriarch hat einen neuen Plan. Die letzten Siedler sind zu Stein geworden.«

»Genau genommen«, verbesserte Mael, »war es eine Art seltenen Quarzes.«

»*Genau genommen*«, blaffte Eveen, »waren sie trotzdem angeschissen! Ihr hattet mehr Glück als Verstand, dass es euch nicht in alle zwölf Winde zerstäubt hat.« Sich der Macht des Schimmers zu bedienen, war keine neue Idee. Der letzte bewilligte Versuch hatte heftige magische Auswirkungen auf die ganze Stadt gehabt: Gebäude hatten sich von ihrem Fundament losgerissen und waren emporgeschwebt; ein Drittel der Bevölkerung hatte mit einem Mal nur noch unverständliche Sprachen gesprochen; Kanalaale waren gewachsen und zu menschenfressenden Ungeheuern geworden. Alle künftigen Experimente hatte man verboten, mit deftigen Strafen für Zuwiderhandelnde.

»Ich meine bloß«, setzte der Mann erneut an, »dass all die Panikmache uns vielleicht nur davon abhalten soll, uns den Schimmer zunutze zu machen. Die Thaumaturgen werden alle in Angst und abhängig von zugelassener Magie gehalten, dabei hätten sie hier draußen alles, wovon sie nur träumen können! Pol Oranus war zumindest so vorausschauend, dass er …«

»Ist er denn hier gewesen?«, unterbrach ihn Himmel. »Mit dir, meine ich?«

Mael überlegte einen Moment. »Nein. Er gab uns nur die Ausrüstung und sagte uns, wo …«

Eveen lachte auf. »Der wollte bloß nicht zu Staub zerfallen, falls ihr versagt!«

Sie lachte betont lange und laut.

»Wir haben aber nicht versagt«, verteidigte sich Mael. »Wir haben es geschafft! Da ist uns was ganz Atemberaubendes gelungen. Eigentlich müssten wir die berühmtesten Hexer in der Stadt sein!«

»Zwei von euch sind jetzt die totesten«, stellte Eveen trocken fest.

Das stopfte ihm den Mund und er verfiel in grüblerisches Schweigen. Nun tat er ihr beinahe leid. Zwar war er mit für die ganze Sache verantwortlich, aber er war bloß benutzt worden. Insofern hatten sie eine Gemeinsamkeit: Sie waren beide Spielfiguren eines ränkeschmiedenden Patriarchen. Oder Marionetten, die an Fäden herumgeschwenkt wurden.

»Was passiert, wenn ich fort bin?« Himmel sprach mit leiser Stimme, denn ihre Frage war nur für Eveen bestimmt. »Nun, da ich das alles weiß …« Sie hielt inne, die Miene unsicher im Licht der Glimmlampe. »Was, wenn ich mich gegen eine Wiedererweckung entscheide?«

Darüber hatte Eveen schon nachgedacht. Sie hoffte, wenn das Mädchen fort war, würde die obskure Klausel, die Fennis entdeckt hatte, den Vertrag aufheben. Aber was für Folgen hätte die ganze Geschichte darüber hinaus? »Vielleicht verpuffe ich am Ende doch noch.«

Peinliches Schweigen folgte. So gingen sie weiter und Eveen sann dabei über die Nichtexistenz nach.

»Da ist es!«, riss Mael sie schließlich aus ihren Gedanken.

Beide folgten seinem Fingerzeig mit dem Blick. Nicht weit voraus wurde alles vom Schimmer erhellt, einem Meer aus wogendem Licht. Es bedeckte das Land und stieg hoch in den Himmel. Sie blieben stehen, um das gewaltige Phänomen zu bestaunen – das Denkmal des Egos eines Mannes.

»Verschmähte Männer sind solche Heulsusen«, wisperte Himmel.

Eveen nickte und ging dann weiter. Die anderen folgten ihr.

Trat man in den Schimmer, war das, als bräche man durch einen Schutzzauber, der die Kraft eines reißenden Stroms hatte. Eveen biss die Zähne zusammen, als die Magie sie umschloss. Die Messer an ihrer Seite zitterten. Dann stand sie im Tageslicht. Dies gehörte zu den Merkwürdigkeiten des Schimmers: Hier herrschte immer Tageslicht. Am blauen Himmel hing die Vormittagssonne – in dem Augenblick erstarrt, da vor rund drei Jahrhunderten der Zorn des Räderwerkkönigs aufgelodert war. Und das war nicht alles.

Vor ihnen breitete sich der alte Schmugglerdistrikt aus, wo einst im Hafen Piraten und Schwarzhändler angelegt hatten. Tal Abisi hatte lange Krieg gegen die Seeräuberei geführt – bis sich herausgestellt hatte, dass auch sie dem Handel zugutekam. Also war eine Waffenruhe ausgehandelt worden, damit der florierende, wenn auch inoffizielle Wirtschaftszweig erhalten blieb. Ein semiautonomer Bezirk war die Folge, in dem Regeln und Gesetze lockerer waren als im Rest der Stadt – solange angemessene Gebühren und Steuern gezahlt wurden.

»Es ist alles noch da«, wisperte Himmel neben Eveen. Ihre Zähne klapperten unter dem Einfluss der Magie.

Sie hatte recht: Der alte Schmugglerdistrikt hatte sich in dreihundert Jahren nicht verändert. Gepflasterte Straßen schlängelten sich zwischen großen und kleinen Gebäuden hindurch und keins war von der Zeit gezeichnet.

»Wir müssen an die Küste.« Mael trat zu ihnen. »Wo die Magie am stärksten ist.«

Himmel sah ihn an und berührte einen ihrer blauen Zöpfe. »Hier habt ihr mich durch die Zeit gezogen! Ich weiß noch:

Ich bin aufwacht und hab Wasser gehört. Ich dachte, es sei Tag. Aber ich war bloß im Schimmer. Und dort ist die Magie so stark, weil …«

Sie brachte den Satz nicht zu Ende. Jeder wusste, warum die Magie hier so konzentriert war – wo der Räderwerkkönig seine zerstörerische Tat verübt hatte.

»Dann mal los«, sagte Eveen und ging voran.

Durch den Schimmer zu wandern, war ein merkwürdiges Erlebnis. Die Luft flimmerte – buntes Licht tanzte einem vor den Augen und kräuselte sich sichtbar hinter einem. Himmel streckte einen Finger aus und tippte vor sich ins Leere; Regenbogenwellen breiteten sich kreisförmig aus wie auf der Oberfläche eines Teichs. Verirrte Magie. Jetzt waren sie ganz darin eingetaucht.

Zwischen den Gebäuden erhaschten sie Blicke auf die Küste, wo Wogen gegen zerklüftete Felsen brandeten. Als die Häuser schließlich zurücktraten, riss Eveen die Augen auf. Viele Nächte hatte sie auf dem Grab der Patriarchen gesessen und auf den alten Leuchtturm geschaut. Ihn jedoch aus der Nähe zu sehen, war unvergleichlich.

Einst hatte der Leuchtturm stolz auf einem flachen Sockel gestanden, den man über einen Zugangsweg hatte erreichen können. Doch nun neigte er sich tief über den Strand: ein runder Steinbau mit ockergelben und weißen Streifen und rautenförmigen Fenstern, durch die man einen Blick auf die Wendeltreppe im Inneren erhaschen konnte. Das gewaltige Bauwerk war schon lange vor der Ankunft des ersten Patriarchen hier gewesen. Es war das einzige Zeugnis eines antiken Volks – und vielleicht hatten sie ja auch gar nicht in der Gegend gelebt, sondern lediglich den Turm hierhin gesetzt, um Schiffen eine sichere Durchfahrt zu gewährleisten. Es schien unfassbar, dass solch ein uraltes Bauwerk gefällt werden konnte wie ein Baum. Zumindest bis man die Holzhacker sah.

An der Küste standen Riesen – Geschöpfe aus Eisen und Metall, die Menschen nachempfunden waren. Jede Messingbrust glänzte im Sonnenlicht. Die runden Köpfe waren mund- und nasenlos, doch hatten die Riesen Augen aus bernsteingelbem Glas. Zu neunt waren sie. Ihre Arme waren übermäßig lang und in den metallischen Händen hielten sie gewaltige Hämmer und Keulen aus schwarzem Stahl.

Welche Wucht ihre Schläge gehabt haben mussten! Eveen stellte es sich vor, während sie an den Riesen vorbeigingen, die ihre Schatten über sie warfen. Mit ebendiesen Keulen und Hämmern hatten die mechanischen Krieger dem Leuchtturm zugesetzt – eine Machtdemonstration, angeordnet von ihrem Schöpfer, dem Räderwerkkönig. Zwar war es nie zu dem angedrohten Angriff gekommen, doch die Armee war geblieben: Wächter eines vergangenen Zeitalters, ewiglich auf ihrem Posten.

»Die Stelle hier wird's tun.«

Mael war stehen geblieben. Er atmete schnell und seine Pupillen waren geweitet.

»Hast du dir irgendwas reingezogen, als wir nicht geguckt haben?«, fragte Eveen misstrauisch.

»Was denn reingezogen?«, fragte er zurück, etwas zu rasch. »Nein, nein! Ich fühl mich bloß … fantastisch!«

Der Schimmer. Himmel zitterte geradezu, während sie mit gerecktem Hals an den Räderwerkriesen emporblickte. Auch Eveen spürte das Kribbeln der Magie auf der untoten Haut. Sie mussten hier fertig werden und wieder verschwinden, und zwar schnell.

»Dann fang an!«, befahl sie.

Mael leerte den Inhalt seines Ranzens in den Sand. Er hatte so eine Art große silberne Gabeln mit stumpfen Spitzen darin – nur fehlte der mittlere Zinken, sodass eine U-Form entstand.

»Resonanzgabeln«, erklärte er, als er ihre neugierigen Blicke bemerkte. Er steckte eine mit dem Stiel in den Sand. »Sie sind aus Kons importiert und bestehen aus einer speziellen Legierung. Man weiß schon lange, dass der Schimmer eine Resonanz hervorbringt, die wir nicht hören können. Rings um uns vibriert hier alles. Pol Oranus hat die hier anfertigen lassen, um sich diese Vibration zunutze zu machen.« Er holte einen kleinen schwarzen Stab hervor und schlug damit gegen die Gabel im Boden. Ein leises Heulen erklang und die Gabel zog Licht an: Ein blauer Schimmer tanzte über die U-Form.

»Die Gabel sammelt die Magie des Schimmers!«, staunte Himmel.

Mael nickte und ein strahlendes Lächeln lugte aus seinem Bart hervor. »Ja! Siehst du, wie er sich füllt?«

Eveen sah es. Die Magie in der seltsamen Gabel summte und das Kribbeln auf ihrer Haut schien sich auf die eigenartige Harmonie einzuschwingen. »Ist das wirklich ungefährlich?«

»Sofern wir den Prozess überwachen. Die Fänger dürfen nicht zu heftig in Schwingung geraten, sonst haben wir ein Instabilitätsproblem.« Er schloss die Hand um die Gabel, sodass sie nicht mehr vibrieren konnte, und das Leuchten verblasste.

»Toll«, knurrte sie und beäugte das Ding argwöhnisch.

»Ich hab die Armee des Räderwerkkönigs eigentlich nie von Nahem gesehen.« Himmel blickte wieder zu den Riesen hoch. »Die Geschichten werden ihnen nicht gerecht. Wie war es bloß möglich, etwas so ... Gewaltiges zu bauen? Meint ihr, die leben noch? Ich meine, sind sie noch funktionstüchtig?«

»Wahrscheinlich.« Eveen juckte der Rücken, irgendwo zwischen den Schulterblättern. »Hier ist alles wie konserviert.«

Himmel neigte den Kopf, als lauschte sie auf rotierende Zahnräder. »Warum habt ihr sie alle umgedreht?«

Eveen hatte Mühe, die Stelle mit den Fingern zu erreichen. Verflucht! »Was umgedreht?«

»Die Räderwerkriesen. Sie schauen in die falsche Richtung.«

Eveen ließ die Schultern kreisen. Sie schaute zu den bernsteingelben Augenpaaren auf, jedes eine Armspanne auseinander, die aufs Meer gerichtet waren. »Wie meinst du das? Die haben schon immer so gestanden.«

Himmel runzelte die Stirn. »Haben sie nicht.«

»Haben sie doch.« Was war das bloß für ein götterverdammtes Jucken?

»Haben sie wirklich«, warf Mael ungebeten ein.

Himmel sah verwundert zwischen ihnen hin und her. »Aber so geht die Geschichte nicht.« Als Eveen bloß desinteressiert brummte, verdrehte Himmel die Augen und begann. »Als der Räderwerkkönig mit seiner Armee aus dem Meer stieg und verlangte, dass man ihm den Goldschatz übergab, waren die Piratenprinzessin und alle anderen bereit zum Kampf. Doch das mechanische Mädchen wollte nicht, dass die Stadt verwüstet wurde. Sie trat ihm geradewegs entgegen und sagte, sie werde nicht zurückkehren. Dass sie verliebt sei. Und dass er sie gehen lassen müsse. Der Räderwerkkönig war bitterböse. Wenn der Goldschatz nicht mitkommen wolle, sagte er, dann müsse sie ihm sein Geschenk zurückgeben: die Macht, die sie am Leben hielt. Also öffnete sie ihre Brust, griff hinein und nahm das Räderwerkherz heraus, das er gebaut hatte. Es heißt, es habe so hell gestrahlt wie ein Stern. Doch dann geschah das Wunder.«

»Sie starb nicht!«, rief Mael. Er hatte jetzt vier der komischen Gabeln in den Sand gesteckt.

»Sie starb nicht«, wiederholte Himmel. »Die Magie, die ihr das Leben geschenkt hatte, war jetzt ein Teil von ihr. Sie brauchte seine Schöpfung nicht zum Leben. Also sagte sie ihm Lebewohl, wandte sich ab und ging zu ihrer Piratenprinzessin zurück.«

Eveen gab die Hoffnung auf, an die juckende Stelle heranzukommen. »So geht die Geschichte. Worauf willst du hinaus?«

»Na ja, der Räderwerkkönig verlor den Verstand. In seinem rasenden Zorn warf er das Herz zu Boden und zerschlug es mit einem großen Hammer. Doch als es aufbrach, explodierte die freigesetzte Magie und da ist er verdampft. Zurückgeblieben ist der Schimmer.«

»Nun, eigentlich verdampfte er nicht«, fing Mael an. »Es war eher so, dass er sich auflö…«

Als beide ihn anfunkelten, kehrte er unter leisem Gemurmel zu seinen Gabeln zurück.

»Jedenfalls«, fuhr Himmel fort, »wussten die Riesen nicht, wohin ihr Schöpfer verschwunden war. Alle hatten Angst, dass sie die Stadt doch noch dem Erdboden gleichmachen könnten. Doch der Goldschatz erfand eine Geschichte: Ihr Schöpfer sei landeinwärts gegangen, um nach einem wertvollen Kleinod zu suchen, und sie müssten auf ihn warten. Darum stehen die Riesen hier, der Stadt zugewandt, und halten immerdar Ausschau nach dem Räderwerkkönig.«

Eveen starrte das Mädchen an. Kurz war sogar das Jucken vergessen.

»Wovon redest du?« Mael schüttelte den Kopf und sah Eveen an. »Wovon redet sie überhaupt?«

»So geht die Geschichte«, beharrte Himmel. »Alle kennen sie.«

»Alle kennen sie, das stimmt«, sagte Eveen langsam. »Aber der Goldschatz erzählte den Riesen, ihr Schöpfer sei in See gestochen. Dass sie dort bleiben und übers Meer blicken müssten, bis er zurückkehrte. Darum stehen sie so. Und haben schon immer so gestanden.«

Himmel sah nun höchst verwirrt aus. »Unmöglich! Nicht einmal in sechzig Jahren kann sich ein Teil der Geschichte ins Gegenteil verkehrt haben!«

»So«, unterbrach sie Mael. Er hatte nun neun Gabeln aufgestellt. »Es dauert einen Moment, bis sie ganz aufgeladen sind. Aber wenn sie genug Magie angezogen haben, kann ich den Zauber wirken und das Mädchen zurückschicken. Und du hältst dich an die Vereinbarung? Du schaffst mich aus der Stadt?«

Eveen antwortete nicht. Sie begegnete Himmels fragendem Blick.

»Hier stimmt doch was nicht«, murmelten beide gleichzeitig.

Das quälende Jucken zwischen Eveens Schultern war plötzlich kein Jucken mehr – ihre Muskeln zuckten wie im Krampf. Sie zog die Messer und schaute sich hastig um. Wo war die Gefahr? Auf Maels Gesicht lag ein bestürzter Ausdruck. Er erwiderte ihren Blick, dann ließ er ihn sinken und starrte auf den gebogenen Knochenhaken hinab, der ihm aus der Brust ragte, rot von Blut. Er hatte noch kein Wort herausgebracht, da wurde er gewaltsam in die Luft gerissen. Auf dem schiefen Leuchtturm stand eine Gestalt in einem schwarzen Umhang. Vier Skeletthände fingen Mael und hielten ihn fest. Und dann, mit einem schrecklichen Geräusch, rissen sie ihn entzwei.

»Eveen!«, rief der Mann. Maels sterbliche Überreste warf er wie Abfall beiseite. »Habe ich dich endlich gefunden! Euch beide! Gut! Aeril sei gepriesen!« Er sprang vom Turm, als wäre es nichts, fiel auf sie und den Strand zu.

Eveen machte einen Satz zurück und positionierte sich vor Himmel. Die Gestalt landete und wirbelte dabei eine Sandwolke auf. Lichtwellen breiteten sich um sie herum aus. Jetzt verstand Eveen auch, warum ihre Schulterblätter so gejuckt hatten: Der Schimmer beeinträchtigte ihre Fähigkeit, Untote zu spüren.

Die Gestalt zog die Kapuze herunter und entblößte einen grinsenden Totenkopf. Der polierte Knochenschädel war missgestaltet und in die Länge gezogen, eine groteske Mischung aus Mensch und Katze, samt langer Fangzähne. Das einzig Lebendige waren die Augen, zwei weiße Kugeln mit leuchtend roten Katzeniriden in schattenhaften Höhlen.

»Eveen, Eveen, Eveen«, sagte er tadelnd, wobei der Klang auf unnatürliche Weise aus seiner fleischlosen Kehle drang. In seinem Akzent, eindeutig nicht aus Tal Abisi, klang ihr Namen wie *Ah-veen*, was sie stets ärgerte.

»Valesh« grüßte sie ihn. »Machst wohl nächtliche Spaziergänge durch den Schimmer?«

»Ich gehe, wohin mein Opfer flieht.« Der Tote Katzenschwanz-Assassine schlug mit seiner Knochenpeitsche. Segmente verschiedener Wirbelsäulen bogen sich erst und strafften sich dann. Blut flog von dem geschwungenen Ende, das zu einem Messer geschärft war. Maels Blut. Er war tot und mit ihm war ihre einzige Hoffnung gestorben, das Mädchen heimzuschicken. Nach allem, was sie heute Nacht durchgemacht hatten. Und sie waren so nah dran gewesen ...

Sie kämpfte gegen die Verzweiflung an. Dafür hatte sie jetzt keine Zeit!

»Dein Opfer? Machst du jetzt nebenher noch was für eine andere Gilde?«

Valesh seufzte und schüttelte den Grinseschädel, als hätte er es mit einem Kind zu tun. Aufgeblasener Arsch!

»*Unsere* Gilde hat mich auf ihn angesetzt. Auf ihn und seine beiden Partner.«

Das überraschte Eveen. Valesh hatte auch Maels Kameraden umgebracht? Dann steckte Pol Oranus dahinter. Hatte Baseema das gewusst? Und ihr dennoch diesen Weg gewiesen, an dessen Ende nichts als Enttäuschung wartete?

»Ihm folgte ich«, fuhr Valesh fort. »Und als ich ihn nicht mehr wahrgenommen habe, ging ich davon aus, dass er den Schimmer betreten hatte. Was für ein Glück, dass du und deine Zielperson auch hier seid! So kann ich drei Fliegen mit einer Klappe schlagen.«

»Valesh!«, sagte sie dringlich. »Das hängt alles zusammen! Pol Oranus hat die Gilde beauftragt, Mael und seine Freunde zu beseitigen. Das hat was mit mir und dem Mädchen hier zu tun. Sie ist …«

»Du«, beendete Valesh den Satz und nickte. »Ich habe die Geschichte gehört. Ein Mädchen, das durch die Zeit gezogen wurde.«

»Dann weißt du auch, wie *unnormal* das alles ist! Ich glaube, es steckt sogar noch mehr …«

»Ist mir egal«, unterbrach sie Valesh.

Eveen versuchte es noch einmal.

»Ich versuche dir klarzumachen, dass Pol Oranus sein Spiel mit uns treibt! Die ganze Gilde ist in Gefahr!«

»Weil du deinen Vertrag gebrochen hast.«

»Bei Aerils Feuertitten! Das musste ich!«

Wieder das hochmütige Kopfschütteln. Sie hatte Lust, ihm den Knochenhals umzudrehen.

»Immer hast du einen Grund parat«, rügte er schulmeisterlich. »Eine Ausrede, um die Regeln zu brechen.«

»Ich hab dafür bezahlt«, fauchte sie. »Bezahle immer noch.«

»Deine Strafe war zu milde. Ebendeshalb willst du die Regeln nun leichtfertig ein weiteres Mal brechen.«

»Du an meiner Stelle würdest also dein jüngeres Ich wegpacken?«

»Ja. Augenblicklich würde ich herumfahren und mir selbst die Kehle durchschneiden.«

Seine Stimme war fest. Wahrscheinlich würde der großspurige Mistkerl wirklich nicht zögern, dachte sie.

»Das ist der Unterschied zwischen dir und mir.« Er löste seinen Umhang. »Nach deiner Auffassung beugt man Regeln, wenn sie einem lästig sind. Oder man bricht sie eben – aus einer Laune heraus. Ich hingegen verstehe, dass Regeln befolgt werden müssen. Ungeachtet der Konsequenzen.«

Er streifte den Umhang ab. Darunter kam sein skelettierter Leib zum Vorschein – knochenreicher, als er hätte sein sollen. Er hatte zu viele Rippen, zusätzliche Schlüsselbeine (miteinander verschmolzen, damit er breiter wurde), eine ganze Menge Oberschenkel- und Oberarmknochen (sie verliehen seinen Gliedmaßen Masse). Unzählige Schulterblätter bedeckten seinen Rücken wie ein Panzer. An jeder Schulter hing ein zweiter Arm. Er war eine Monstrosität, eine Verhöhnung des Lebens, wie sie nur die Diener einer Todesgöttin ersinnen konnten.

»Weißt du, was dein Problem ist, Eveen?«

Sie verzog das Gesicht. Wenn dieser knochengesichtige Wichser jetzt den Unterkiefer herunterklappte, um ihr zu erzählen, was …

»Du bist schwach. Das ist nicht deine Schuld; es liegt an deinem Fleisch.«

Oh! Sie rollte mit den Augen. Das schon wieder? Niemand wusste, wo Valesh im Leben zu Hause gewesen war oder wie es ihn nach Tal Abisi verschlagen hatte. Aber er hatte darum gebeten, als dieses Ungeheuer wiedererweckt zu werden. Man sagte, dass Menschen sich bei seinem Anblick in den Tod stürzten – überzeugt, ein Dämon sei gekommen, um ihre Seele in eine der schrecklicheren Höllen zu schleifen.

»Ich habe keine derartigen Schwächen.« Er klopfte sich auf ein verdicktes Brustbein. »Ich bin frei von deiner Eitelkeit. Deinem Bedürfnis, mit deiner ans lebendige Fleisch gefesselten Vergangenheit verbunden zu bleiben. Du begreifst nicht, dass wir keine Menschen mehr sind. Wir sind durch den Schleier der Göttin getreten und wiedergeboren worden. Dieses zerbrechliche Ding da«, er zeigte mit einem Knochenfinger auf Himmel, »das bisschen Blut, Hirn und Eingeweide – das ist lediglich eine alte Haut. Die man abstreift.«

»Um dann ein seelenloser Knochenhaufen zu werden?«, stichelte Eveen. »Da behalte ich lieber meine Schwächen, danke.«

Er seufzte erneut – seine Art zerrte wirklich an ihren Nerven. »Dann werde ich sie eben für dich umbringen. Und anschließend scheuere ich dir das Fleisch herunter, sodass du gestärkt aus dieser Sache hervorgehst!«

Die Messer in Eveens Griff summten. »Du bist nicht der Erste, der das heute Nacht versucht.«

»Umso köstlicher wird der Triumph.«

Er ließ die Knochenpeitsche knallen. Blitzschnell schlängelte sich die Schnur auf Eveen zu, trachtete nach ihrem Fleisch. Sie schlug die gebogene Klinge weg – einmal, noch einmal. Beim dritten Mal wickelte sich die Schnur um ihr Bein. Ein harter Ruck, und sie ging zu Boden. Ihr Blick zuckte zu Himmel.

»Lauf weg!«

Das Mädchen zauderte nicht.

Sofort veränderte sich Valesh: Knochen knarrten und klapperten, als sich seine Skelettstruktur neu anordnete. Sein Rückgrat zog sich in die Länge und er fiel auf alle viere, um dem Mädchen nachzujagen. Nun sah er erst recht wie ein Monstrum aus!

Eveen riss sich die Knochenpeitsche vom Bein und rang mit der lebendigen Waffe, bis sie endlich den Griff zu fassen bekam. »Jetzt gehörst du mir!«, knurrte sie. Als sie sich umblickte, sah sie, dass Valesh gerade zum Sprung ansetzte – ein Tier, das seine flüchtende Beute hetzte. Sie schwang die Peitsche, erwischte ihn im Sprung – und riss ihn so hart zurück, dass die Knochen zu Boden krachten. Sie rannte los und warf sich ihm auf den Rücken, die Klingen voran.

Leider richteten Stiche und Hiebe nicht viel aus; ihre Messer schabten bloß über Knochen. Ein wenig Erfolg hatte sie, indem sie eine Klinge unter eins der Schulterblätter schob, die sich wie ein Harnisch über seine Wirbelsäule breiteten: Sie hebelte es los und dann noch ein paar weitere, bis eine Skeletthand sie zu fassen bekam. Valesh schleuderte sie in den Sand. Sie rollte sich ab und kam wieder auf die Beine, die Messer erhoben und kampfbereit.

Abermals verwandelte sich Valesh. Nun stand er wieder auf zwei Beinen und hielt die Knochenpeitsche, die er sich zurückgeholt hatte. Sein Schädel schwang herum, der Blick der geschlitzten roten Augen suchend. Aber Himmel war fort. Eveen hoffte, dass sie einfach weiterrannte.

»Spielt keine Rolle.« Er konzentrierte sich wieder auf sie. »Sobald du erledigt bist, ist das Mädchen mein.«

»Dann versuch mal, mich zu erledigen«, blaffte sie. »Gibt mir einen Grund, dich über die Klinge springen zu lassen!«

»Weißt du, ich habe dein Versteck durchsucht«, sagte er nachdenklich. »Bin alle deine Besitztümer durchgegangen.«

Er meinte das, von dem die Gilde wusste. Aber allein der Gedanke, wie seine Knochenhände ... Bäh!

»Es war voller Gerümpel. Wie etwa diese Schauerschinken, die du so magst. Asheel, der Irrenjäger, nicht wahr?« Sie erstarrte und sein Totenkopfgrinsen schien noch in die Breite zu wachsen.

»Was hast du mit meinen Büchern gemacht?«, fragte sie durch zusammengebissene Zähne.

»Ich hab sie mir angesehen, weil ich wissen wollte, was du an derart kindischem Unfug findest. Aber mehr ist es nicht ... Nur Unfug. Mehr Bilder als Wörter. Also hab ich sie zerrissen. In. Klitzekleine. Fetzen.« Er machte eine Handbewegung, als würfe er Konfetti in die Luft.

Vorher hatte sie bloß gedroht. Aber in diesem Moment entschied Eveen sich ohne eine Spur Reue für Gewalt. Sie zeigte mit dem Messer auf ihn. »Scheusal! Du wirst für deine Verbrechen bezahlen!«

»Sicher doch«, gab er zurück. Und dann griffen beide an.

Valesh hatte seine Knochenpeitsche begradigt und führte sie nun wie einen Speer. Eveen begegnete seinen Attacken und drosch auf die Waffe ein, um die Knochen zu zersplittern. Er war größer, sie dafür schneller. Und stinksauer noch dazu.

Ihre Bücher zerriss er also, ja? Mit einem raschen Messerstreich durchtrennte sie zwei Rückgratknochen der versteiften Peitschenschnur und brach den »Speer« so auseinander. Einen Moment war seine Deckung offen und sie nutzte die Chance: Sie sprang in die Höhe, um ihr Messer in einer Augenhöhle zu versenken. Leider hatte sie die Rechnung ohne sein zweites Paar Arme gemacht. Er packte sie mit eisernem Griff an den Handgelenken und hatte immer noch eine Faust übrig, um ihr ins Gesicht zu schlagen. Sie versuchte, mit dem Schlag mitzugehen, ihm nichts entgegenzusetzen, sondern sich weich zu machen – aber die Wucht, mit der er sie traf, war dennoch ungeheuer. Die ganze Welt versank in Schmerz.

Sie riss sich los und taumelte zurück – dabei knickten ihr beinahe die Beine ein. Götter, tat das weh! Sie konnte sich nicht erinnern, dass ihr jemals etwas so wehgetan hätte. Sie schmeckte Kupfer auf der Zunge. Rasch holte sie Luft und blinzelte, um wieder klar sehen zu können. Ihr war, als ob …

Wie angewurzelt blieb sie stehen.

Blinzeln? Luft holen? Sie … atmete! Und der Kupfergeschmack im Mund. Hastig steckte sie die Finger hinein, und als sie sie wieder herausnahm, waren sie rot. Blut? Ihr wurde schwummrig. Und nicht nur von dem Schlag. Wie konnte das sein? Untote bluteten nicht. Sie starrte die sich kräuselnden Lichtwellen an, die sie mit ihrem Kampf aufgewirbelt hatten. Der Schimmer. Die chaotische Magie wirkte sich auf sie aus! Jetzt spürte sie sogar, wie ein einstmals angehaltenes Herz schwach in ihrer Brust schlug.

Ehe sie sich einen Reim darauf machen konnte, ging Valesh wieder auf sie los – wie eine tobende Bullenkatze. Sie wurde hochgerissen und in den Sand geschleudert – was ihr die Luft aus der soeben reanimierten Lunge trieb. Sie hatte keine

Zeit, sich zu erholen, da hieb er schon wieder nach ihr. Neuer Schmerz übermannte sie. Noch ein Schlag, und etwas brach. Wahrscheinlich ihre Nase. Dann spuckte sie Zähne aus. Sie war sicher, dass die Schläge in ihre Flanke lebenswichtige Organe getroffen hatten. Es waren wahrscheinlich nur Sekunden vergangen, aber es kam ihr so vor, als prügelte er seit Stunden auf sie ein. Als es vorbei war, lag sie da und starrte in die roten Katzenaugen eines grinsenden Schädels.

»Die Schwäche des Fleisches«, sprach er.

Sie mühte sich ab, ein paar angemessene Flüche über die Lippen zu bringen. Oder ihn anzuspucken – jetzt, da sie Speichel hatte. Aber etwas gab ihr zu denken. Ihre Wunden heilten nicht. Nichts! Weder der zertrümmerte Knorpel noch der mit Sicherheit gebrochene Kiefer oder der Augenhöhlenknochen ... Und er hatte ihr die Milz oder so was zu Brei geschlagen. Doch nichts schien wieder besser zu werden. Verdammter Schimmer!

»Was ist denn aus deinen Witzeleien geworden?«, höhnte Valesh. »Aus der spitzen Zunge und der Großtuerei? Nun siehst du, was für Folgen es hat, wenn man sein Wort bricht. Im Gegensatz zu dir halte ich meins.« In einer Hand hielt er die Knochenpeitsche, die wieder zusammengewachsen war. Sie fiel in sich zusammen, nahm eine neue Gestalt an: ein Messer. »Ich habe dir versprochen, ich würde dir das Fleisch von den Knochen schaben.« Die Klinge begann sich zu drehen, so rasch, dass sie verschwamm. Dabei erzeugte sie ein hohes Sirren. Eveen wollte den Kopf wegdrehen, doch Valesh hielt sie mit seinen Knochenfingern am Kinn fest. »Damit fangen wir an. Ich schrubbe dir die Eitelkeit aus dem Gesicht, durchtrenne alle alten Bindungen. Schlussendlich wirst du mir danken.«

Da fand Eveen endlich ein wenig Kraft in sich. Mit beiden Händen packte sie den Knochenarm, der das Messer hielt. Verlangsamen konnte sie ihn, nicht aber ihn gänzlich aufhalten. Sie sah die sirrende Klinge näher kommen und fragte sich, was nun geschehen würde. Musste sie sterben? Abermals? Oder würde sie weiterleben wie Valesh, ein skelettiertes Ungeheuer, das ewige Qualen litt? Zum zweiten Mal in dieser Nacht beschlich sie Furcht. Sie öffnete sich ihr, gab sich ihr voll und ganz hin – wenn sie nur ihre Lähmung abschütteln und kämpfen konnte! Sie war so auf die Klinge konzentriert, dass sie kaum mitbekam, wie plötzlich jemand hinter Valesh erschien und ihm etwas in den Rücken trieb. Er sprang auf, wirbelte herum und starrte das Mädchen an, das dort stand – Himmel!

»Du bist zurückgekehrt.« Er war ebenso überrascht wie Eveen. Aber was im Namen aller Höllen machte das Mädchen noch hier? »Töricht. Aber es erspart mir Mühe.« Er schüttelte das Handgelenk und das Messer verwandelte sich wieder in die Knochenpeitsche, aufgewickelt wie eine Schlange.

Himmel hatte zumindest genug Verstand, um Abstand zu ihm zu halten. Aber sie lief nicht fort. Stattdessen deutete sie auf Valesh und schrie: »Gabel! Sammelt! Magie!« Eveen schnappte nur einzelne Worte auf und begriff gar nichts. Was stammelte das Mädchen da? Dann schaute sie den Rücken des Skelettmanns an. Himmel hatte ihm eine von Maels merkwürdigen Gabeln in den Panzer aus Schulterblättern gerammt.

»Wenn! Schwingen! Magie! Instabil!«, schrie Himmel.

Instabil … Instabil … haben wir ein Instabilitätsproblem! Mit einem Mal ordnete sich der Wirrwarr aus Worten. Eveen kämpfte den Schmerz nieder, rappelte sich auf und taumelte, humpelte, rannte zu Valesh, eines ihrer Messer in der Hand.

Doch als sie ihn erreichte, versuchte sie nicht, nach ihm zu stechen. Stattdessen schlug sie mit dem Griff hart gegen die Gabel, die aus seinem Rücken ragte. Das Ding vibrierte heftig. Blauer Dunst bildete sich darüber und Eveen hörte das leise Heulen wieder, das sich jedoch rasch steigerte. Valesh verdrehte den Knochenhals. Erst jetzt bemerkte er die leuchtende Metallgabel, die ihm im Knochengerüst steckte. Eveen umrundete ihn, stürzte nun auf Himmel zu. Sie riss das Mädchen zu Boden und schirmte es ab, als das Heulen seinen schmerzvollen Höhepunkt erreichte.

Sie hörte einen ohrenbetäubenden Knall und dann brandete die chaotische Magie gegen sie. Scharfe Knochenfragmente durchschlugen ihre Lederkleidung und schnitten ihr in den Rücken; sie biss die Zähne zusammen. Wie weh das tat! Trotzdem hielt sie Himmel fest, schützte sie, so gut sie konnte. Dann war es endlich vorbei. Sie hob den Kopf – von Valesh war nicht mehr viel übrig. Verkohlte Knochenstücke waren über den geschwärzten Strand verstreut. Sie rappelte sich auf und durchsuchte das Durcheinander, bis sie seinen Schädel fand, der mit dem Gesicht nach unten im Sand lag. Auf unsicheren Beinen stolperte sie darauf zu und drehte ihn mit dem Fuß um. Zwei rote Augen blickten aus dunklen Höhlen zu ihr auf.

»Das ist ja wohl ein Scherz!«, stieß Himmel hervor, die über ihre Schulter spähte.

»Ein feiner Trick«, krächzte Valesh. »Du hast dich als würdige Gegnerin erwiesen. Aber bilde dir nicht ein, dies sei das Ende. Wir werden einander abermals gegenübertre…«

Weiter kam er nicht, denn Eveen packte seinen Unterkiefer und brach ihn ab. Dann ergriff sie den Schädel am vorstehenden Oberkiefer, nahm ihre Kraft zusammen und schleuderte ihn aufs Meer hinaus. Er segelte durch die Luft, prallte an einem Felsen ab und fiel mit einem Platschen ins Wasser. Kaum war er untergegangen, brach sie zusammen. Himmel ließ sich neben ihr fallen.

»Stimmt was nicht mit dir?« Beunruhigt tastete das Mädchen Eveen ab. »Deine Wunden schließen sich nicht!«

»Schimmer«, brachte Eveen zwischen abgehackten Atemzügen hervor.

Himmel schien den Zusammenhang zu verstehen, sie wirkte erleichtert. Ächzend half sie Eveen auf. Beide starrten einen Moment lang die übrigen komischen Gabeln an.

»Gehen wir«, sagte das Mädchen schließlich. »Hier gibt's nichts mehr für uns zu tun.«

Schweigend hinkten sie über den Strand zurück, vorbei an den Riesen des Räderwerkkönigs, die weiterhin ihre stete, stumme Wacht hielten.

◆

Jenseits des Schimmers war die Nacht dunkel und still. Sie saßen ein kleines Stück abseits der alten Straße. Eveen hatte sofort gespürt, wie der Einfluss der chaotischen Magie geschwunden war: Ihre Verletzungen begannen zu heilen und der Schmerz klang ab, bis sie ihn nur noch dumpf wahrnahm – wie gewohnt. Das war eine Erleichterung. Aber auch alles andere war verloren: der Herzschlag in ihrer Brust, die Notwendigkeit, Atem zu schöpfen. Untot. Abermals. Sie ertappte sich dabei, wie sie mit der Zunge im Mund herumfuhr und sehnsuchtsvoll an den Kupfergeschmack ihres eigenen Blutes zurückdachte.

»Wird Maels Familie kontaktiert?«, fragte Himmel. Sie saß neben einer Glimmlampe, die Knie bis zum Kinn hochgezogen.

»So arbeiten wir nicht«, erwiderte Eveen.

»Aber irgendwer wird ihn vermissen!«

Eveen musterte sie. Mael war nicht direkt ein unschuldiges Opfer. Aber er war bloß ein dummer Junge gewesen, mit dem es ein schlimmes Ende genommen hatte. »Vielleicht kann ich was arrangieren.«

Himmel nickte dankbar. »Wie lange noch bis zur Dämmerung?«

Eveen blickte zu den Sternen auf. »Ein paar Stunden.«

Das Schweigen dehnte sich aus.

»Ich komm nicht wieder nach Hause, oder?« Das Mädchen flüsterte nur.

Eveen überlegte und schüttelte dann den Kopf. »Ohne Mael … Ich wüsste nicht wie. Es tut mir leid.«

Himmel seufzte tief. »Wenigstens sollten wir nicht beide leiden müssen. Wenn mein Tod dich irgendwie rettet, dann …« Sie schloss die Augen. »Ich will nur nicht, dass es wehtut.«

Bestürzt starrte Eveen sie an. »Das mache ich nicht.«

Das Mädchen riss die Augen auf. »Aber dann wird deine Göttin …«

»Die mit ihren verfickten Feuertitten soll sich mal schön ficken!«

Aus Himmel brach ein Laut hervor, der ein Lachen, aber auch ein Schluchzen hätte sein können. »Götter, dein Mundwerk!«

Eveen antwortete mit einem Lächeln, doch es verblasste rasch.

»Was ist?«

Sie kaute auf ihrer Unterlippe. Seit sie den Schimmer verlassen hatten, versuchte sie, aus einer Sache schlau zu werden. Womöglich könnte es ihnen helfen. Aber noch wusste sie nicht, wie.

»Weißt du noch, worüber wir geredet haben, bevor Valesh aufgetaucht ist?«, fragte sie.

Himmel neigte nachdenklich den Kopf. »Wir haben Geschichten ausgetauscht.«

Eveen nickte. »Und dann haben wir im selben Moment ›Hier stimmt doch was nicht‹ gesagt.«

»Ich weiß es noch. Es ging um die Riesen – in welche Richtung sie schauen.«

»Ich glaub, da steckt noch mehr dahinter. Irgendwas entgeht uns hier.«

Himmel zuckte mit den Schultern. »Es sind bloß Geschichten.«

»Jede Geschichte birgt ihre eigenen Wahrheiten«, rezitierte Eveen. »Das hat Fennis mal gesagt.«

»Poetisch. Aber wie hilft uns das weiter?«

Eveen hatte plötzlich Schwierigkeiten, die richtigen Worte zu finden. Wieso war sie nur so verwirrt? Und was hielt sie da in der Hand? Eins ihrer Messer? Sie runzelte die Stirn. Wann hatte sie das denn gezogen? Jetzt hob sich ihr Arm – und sie starrte ihn entgeistert an. Und dann, ehe sie sich's versah, hatte sie eine Faustvoll blauer Zöpfe gepackt und Himmel das Messer an die Kehle gesetzt. Das Mädchen wehrte sich, wurde jedoch von einem Knie im Rücken niedergedrückt. Eveens Knie. Gerade wollte sie ihr die Klinge über die wartende Halsschlagader ziehen, da schrie eine Stimme in ihrem Kopf. Ihre Stimme! Nur schien sie fern, als käme sie aus einem tiefen Loch.

»Guten Abend, Eveen!«, sagte jemand.

Sie blickte auf und sah einen großen Mann. Er trug einen dunklen Mantel, der ihm bis knapp über die Kante der hohen schwarzen Stiefel reichte – er erinnerte sie an eine Krähe.

Woher war er gekommen? Er ging neben ihr in die Hocke und schnippte seinen abgewetzten Hut mit breiter Krempe zurück, sodass sie ihm ins hagere Gesicht blicken konnte. Seine gelben Augen fixierten sie und er sagte mit merkwürdig leiser Stimme: »Ich bin der Mann von außerhalb der Stadt.«

Seine Worte lösten einhundert vergessene Alarmsignale aus. Baseemas Worte fielen ihr wieder ein.

Ich lasse einen Mann kommen von außerhalb der Stadt. Als Ultima Ratio.

Sie wusste, was das bedeutete. Hatte es gewusst. Es war die begrabene Stimme in ihr, die es aussprach.

»Nekromant.« Ein zittriges Wispern. Innerlich heulte und schrie sie.

Der Mann lächelte nicht. Aber er nickte, einmal.

»Eveen!«, rief Himmel, noch immer am Boden gehalten. Sie bog den Kopf hoch, um den Mann zwischen langen blauen Zöpfen hindurch anzufunkeln. »Was machst du denn? Und wer ist das?«

Eveen mühte sich, ihre Lippen zu bewegen. Es fühlte sich an, als wollte sie einen Felsbrocken anheben. Mit den Zähnen. »Nekromant«, stieß sie erneut hervor. Sie blickte nicht einmal hinab, konnte den Blick nicht von der krähenhaften Gestalt losreißen.

Himmel holte erschrocken Luft. Verwirrung wurde zu Schock, dann Schrecken. »Sag nicht, er kontrolliert ...?«

Die Worte des Mädchens wurden abgeschnitten, weil Eveen ihr den Mund zuhielt.

Der Nekromant blickte auf Himmel hinunter und legte einen langen Finger auf die Lippen.

Dann wandte er sich wieder Eveen zu. »Ich bin dir bis hierher gefolgt, habe mich aber ferngehalten von ...« Er machte eine Geste in Richtung des Schimmers. »Ich habe den Skelettmann verhört, der euch gefolgt ist – nicht dass er das noch wüsste. Tatsächlich hatte ich einige Hoffnung, dass er diese Angelegenheit klären würde, doch offensichtlich ist er gescheitert.«

Die Stimme in Eveen schrie, sie solle ihn anspringen. Ihm ihre Messer in den Leib stoßen, nicht an tödlicher, aber an sehr schmerzempfindlicher Stelle – bis zum Anschlag. Aber sie rührte sich nicht. Nicht einen Muskel. Sie zuckte nicht einmal. Ihre starren Augen blieben auf ihn gerichtet. Sie konnte nichts anderes ansehen: Er war ihre ganze Welt.

»Es ist noch früh«, fuhr er müde fort. »Deine Gildenchefin hat darauf bestanden, dass ich dir bis zum Morgengrauen Zeit lasse. Diesen Teil des Vertrags werde ich einhalten. Doch warum die Hatz fortsetzen, wenn wir auch einfach die verbleibenden Stunden abwarten können? Hier. Unter uns.«

Er reckte sich nach Himmels Tasche, wühlte darin herum, inspizierte die Festivalmünze und warf sie dann weg. An den chirurgischen Instrumenten fand er mehr Gefallen. Eveen blieb reglos, als er ihre Jacke öffnete und ihr eins der Messer abnahm. Er fuhr über die Schneide der dunklen Klinge, doch die mochte die unvertraute Berührung nicht – sie bebte heftig. Er ließ das Messer fallen und fluchte, weil er sich geschnitten hatte. Die Stimme in Eveen lachte rau.

»Schön dumm!« Er schnalzte tadelnd mit der Zunge und leckte sich das Blut vom Finger. »Ich war ja gewarnt, dass die nicht zu haben seien.« Stattdessen griff er nach zweien ihrer Dolche und ließ sie in seinem Mantel verschwinden. »Ein Jammer, dass Nekromantie in Tal Abisi verboten ist. So muss ein Mann mit meinem Talent in den Schatten herumschleichen. Rechte für die Untoten!«

Er schnaubte empört und klaute Eveen dabei ihr Piratenprinzessinnenfigürchen. Dann strich er ihr die Locs zurück und musterte sie mit seinen gelben Augen. »Du bist hübsch. Das ist ein Kompliment. Ich habe wirklich schon viele Tote gesehen. Du bist wohlerhalten. Aber du solltest mehr lächeln.« Seine Finger zeichneten eine geschwungene Linie in die Luft und Eveen spürte, wie sich gegen ihren Willen ihre Mundwinkel hoben.

»Besser.« Er senkte den Blick zu Himmel, die immer noch flach auf dem Bauch lag. »Eine Verwandte?«

Eveen lächelte nur.

»Natürlich«, sagte er abwesend und bewegte die Finger. »Sprich.«

Die Worte flogen aus ihrem Mund. »Sie ist mein jüngeres Selbst.«

Ein Paar buschiger Augenbrauen hob sich. »Interessant. Wie ist das möglich? Sprich.«

»Sie wurde aus der Vergangenheit hierhergeholt. Du diebischer aalgefickter Sohn eines toten Hurenbocks …«

Er schloss die Finger und ihr Mund klappte so heftig zu, dass ihre Zähne klickend aufeinanderschlugen. »So viel wollte ich gar nicht hören. Du hast einen starken Willen. Aber es gibt Wege, ihn zu brechen.« Er streichelte Himmels Nacken auf eine Art und Weise, die Eveen innerlich zum Knurren brachte. Der kleine Finger ihrer rechten Hand zuckte.

»Über dich habe ich keine Gewalt«, sagte er zu dem Mädchen. »Aber Untote sind mir zu willen.«

Eveens kleiner Finger zuckte wieder. Viel war es nicht, aber die Stimme in ihr stieß einen triumphierenden Schrei aus.

»Ich kann sie dazu bringen, dir wehzutun. Ich könnte dich zum Schreien bringen. Wir könnten herausfinden, was dich am meisten …«

Das Gesicht des Nekromanten zuckte heftig. Er schüttelte den Kopf und fing noch einmal von vorn an. »Wir könnten ...«

Jetzt lief ein Krampf durch seine komplette linke Seite. Er legte die Stirn in Falten, hob eine zitternde Hand und sagte lallend: »Was ... ist das?«

Eveen sah zu, wie die Spasmen ihn schüttelten. Die begrabene Stimme schwoll an und erfüllte sie, bis ein Brüllen daraus geworden war. Ihr kleiner Finger zuckte weiter. Dann gesellte sich ein anderer dazu. Und noch einer. Was den Nekromanten auch befallen hatte, es schwächte seine Macht über sie. Wenn sie sich jetzt wehrte ... Sich gegen ihn stemmte ... Mit aller Kraft versuchte sie es. Es war, als stemmte man sich gegen die ganze verdammte Welt. Sie drängte voran. Nicht nachlassen! Nur noch ein wenig ... Abrupt sprengte sie seinen Griff. Es fühlte sich an, als rissen Fesseln. Sie ließ Himmel los und das verfluchte Lächeln sein. Der Nekromant lag jetzt krampfend auf der Seite.

Himmel setzte sich auf, schnappte nach Luft und rieb sich den Hals an der Stelle, gegen die Eveen das Messer gedrückt hatte. »Was hast du mit ihm gemacht?«

Eveen schüttelte den Kopf. Sie wollte gerade sagen, dass sie gar nichts gemacht hatte, da hörte sie jemanden summen. Himmel sah so überrascht aus, dass sie es sich wohl nicht einbildete. Ein Schlaflied für Kinder, in dem es um den Goldschatz ging. Aus der Finsternis wehte die Melodie heran, zusammen mit dem Geräusch leichter Schritte. Wie viele götterverdammte Leute waren bloß auf dieser Straße unterwegs? Da begann auch noch ihre Haut zu kribbeln. Gemeinsam mit Himmel blickte sie angespannt in die Richtung und beobachtete, wie sich eine weitere Gestalt aus der Dunkelheit löste.

Es war ein Junge in einem Piratenprinzessinnenkostüm für Kinder – mitsamt Spielzeugpistole. Sein Gesicht war hinter einer weißen Katzenmaske aus Papiermaché verborgen, mit schwarzen Augenlöchern und einer aufgemalten rosafarbenen Zunge, die aus dem Maul hing. Einen Augenblick starrte er sie an, dann schob er die Maske hoch auf seinen dichten Lockenschopf. Ein braunes Gesicht kam darunter zum Vorschein, mit großen Augen, die sein strahlendes Lächeln widerspiegelten. Er konnte nicht älter als zehn sein.

»Hallo, Eveen!«, grüßte er mit piepsiger Stimme.

Mit einem erschöpften Seufzer ließ sie das Messer sinken. »Da schau an. Der Alte.«

Himmel gaffte ihn an. »*Das* ist dieser alte Mann?«

Er wandte den Kopf und musterte das Mädchen. »Sie sieht dir tatsächlich ähnlich.«

»Wie lange folgst du uns schon?«, ignorierte Eveen sein Geplauder.

Der Alte setzte sich im Schneidersitz hin und strahlte zu ihnen hoch. »Baseemas Haus.«

Sie lachte müde. Dass sie sich tatsächlich eingebildet hatte, sie könnten wenigstens ihm aus dem Weg gehen! Dabei war der vielleicht gefährlichste Katzenschwanz ihnen die ganze Zeit auf den Fersen gewesen.

»Eine aufregende Nacht hattet ihr. Habt Rejik begraben. Und was ihr Valesh angetan habt!« Er kicherte. Dann blies er die kleinen Wangen auf, um eine Explosion nachzuahmen. »Wwwumm!«

»Soll das ein Witz sein?« Himmel starrte ihn ungläubig an. »Der Alte ist ein Kind?«

»Kein Kind«, verbesserte Eveen. Der alte Mann hatte schon für andere Gilden gearbeitet, bevor Baseema ihn abgeworben hatte. Niemand wusste, wie ein Kind dazu gekommen war, einen Handel mit einer Todesgöttin einzugehen. Oder warum er so jung gestorben war. Doch jetzt war er kein Kind mehr. »Er ist … reifer, als er aussieht.«

»Wie reif denn?«, fragte das Mädchen.

Der alte Mann zwinkerte und gestikulierte zum Schimmer. »Ich erinnere mich noch an die Zeit, als das nicht da war.«

Himmel verschluckte sich und hustete.

»Du hast den Nekromanten ausgeschaltet.« Eveen blickte auf den Mann hinunter. Jetzt lag er reglos da, aber seine gelben Augen bewegten sich unruhig und blickten ungläubig zwischen ihnen hin und her.

Der Alte lächelte, wobei sich jungenhafte Grübchen zeigten. »Du weißt, wie ich arbeite.«

Oh ja, das wusste sie. Das machte ihn so gefährlich. Und so verdammt gut. Er studierte seine Opfer. Brachte ihre Gewohnheiten in Erfahrung. Wurde man vom Alten weggepackt, dann starb man, indem man an seiner Lieblingsblume schnupperte und dabei Gift einatmete. Oder sich eine Todestinktur auftupfte, die ins gewohnte Parfüm gemischt war. Er hatte eine Reihe von Giftstoffen, die töteten oder lähmten. Der Nekromant hatte wahrscheinlich nicht einmal den Nadelstich gespürt.

»Hast du das auch mit mir gemacht?«, fragte sie. Manche der Gifte wirkten ebenso verheerend auf Untote.

Sein Kindergesicht wurde auf unheimliche Weise ausdruckslos.

»Nein«, sagte er unbewegt. »Nicht mit dir, nicht mit dem Mädchen.«

Erleichterung durchflutete sie. Aber dann … »Warum? Baseema hat dich um das Gleiche gebeten wie die anderen.«

»Gebeten«, betonte er. »Keinen Vertrag mit mir geschlossen. Das wäre was anderes.«

Sie runzelte die Stirn. »Und was willst du dann?«

Plötzlich lachte er wie ein Kind – nur dass es beängstigend wirkte. Eher wie eine Karikatur. »Sehen, wie das Spiel ausgeht!«

»Welches Spiel?«, fragte Himmel zögerlich.

Der Alte bedachte sie mit einem leeren Blick und sie zuckte zurück.

»Na, das Spiel, dessentwegen du durch die Zeit hierhergeholt worden bist! Dessentwegen Eveen den Auftrag erhalten hat, sich selbst zu meucheln! Alles von einem Patriarchen eingefädelt! Die ganze Nacht schon schaue ich euch dabei zu, wie ihr es spielt. Und der da«, er bedachte den Nekromanten mit einem finsteren Blick, »hätte das Ende ruiniert!«

Himmel sah verwirrt aus.

»Er steht auf Spiele«, erklärte Eveen, ohne den Blick vom Alten zu lösen. »Also lässt du uns laufen?«

Der Junge, der keiner war, stützte das Kinn auf eine kleine Faust. »Kommt drauf an.«

»Worauf?«

Sein Gesicht verzerrte sich. »Ob ihr jetzt mit dem Herumgealber aufhört und endlich hingeht, wo ihr hingehen müsst!«, fauchte er. »Das Spiel kann nur an einem einzigen Ort enden.«

Eveen schaute in Augen, die längst nicht mehr die Augen eines Zehnjährigen waren.

»Das machen wir.« Womöglich wusste sie es schon seit einer Weile.

Sofort war das Gesicht des alten Mannes wieder voll jungenhaftem Vergnügen – alles eitel Sonnenschein. Freudig klatschte er in die Hände.

Eveen ging in die Hocke, um dem Nekromanten sein Diebesgut wieder abzunehmen.

»Und wo müssen wir hingehen?«, fragte Himmel, die ihre Tasche wieder an sich nahm und dabei dem Alten beunruhigte Blicke zuwarf.

»Wir statten Pol Oranus einen Besuch ab«, antwortete Eveen und steckte ihre Dolche weg.

Damit hatte das Mädchen offensichtlich nicht gerechnet. »Aber du hast doch gesagt, dass du ihm kein Haar krümmen kannst.«

»Das stimmt auch.« Sie unterbrach sich. »Wir stellen uns freiwillig.«

Himmel blieb der Mund offen stehen. Aber dann sah sie etwas in Eveens Gesicht und der Schrecken wich Neugier. »Du hast einen Plan!«

»So was in der Art. Vielleicht. Zuerst müssen wir unserem Thaumaturgen noch einen Besuch abstatten.«

»Fennis' Bruder? Warum?«

Eveen steckte das Piratenprinzessinnenfigürchen wieder an seinen Platz, dann hob sie die weggeworfene Festivalmünze auf, musterte sie einen Moment und gab sie Himmel zurück. »Ich will mit ihm über magische Meeresgallerte sprechen. Und Symmetrie. Ich erklär's dir unterwegs.« Sie sah den Nekromanten an, dann den alten Mann. »Was wird aus ihm?«

Der Junge, der keiner war, machte ein verdrießliches Gesicht. »Ich mag keine Nekromanten.« Er beugte sich zu dem am Boden liegenden Mann hinunter. »Umbringen kann ich dich zwar nicht, aber ich werde dir die Finger brechen. Dann die Zehen. Und anschließend dürfte es ... interessant werden. Es wird sehr, sehr wehtun.«

Eveen sah mit einigem Vergnügen zu, wie Entsetzen in die gelben Augen des Nekromanten trat. Himmel und sie überließen den kleinen Assassinen seiner Arbeit – und schon war im Dunkeln zu hören, wie der erste Knochen brach.

KAPITEL

8

Am Firmament zeigte sich bereits ein Hauch von Morgenrot, als Eveen und Himmel Pol Oranus' herrschaftliches Anwesen durchquerten. Hier war es still, doch jenseits der prächtigen Kuppeltürme und Gärten, der Gebetsbecken und Säulengänge, ließ der Rest von Tal Abisi das Festival ausklingen. Schon bald würden die Teilnehmer der Festzüge ihre Fackeln ins Meer werfen – und im Wasser badend die aufgehende Sonne begrüßen. Andere schliefen betrunken in Torwegen oder wurden von Freunden nach Hause gebracht. Raufbolde bekamen ihre Wunden verarztet; die schlimmer Verwundeten würden vielleicht noch ihr Leben lassen. An ruhigen Plätzen wechselten Liebende ihre letzten atemlosen Flüsterworte, schrieben gemeinsam ihre verbotenen Schäferstündchen dem Schimmerfieber zu.

Doch hier im Heim des Patriarchen schien es, als geschähe das alles in einer anderen Welt.

Eveen ging langsam, setzte ihre weichen Stiefel lautlos auf den jadegrünen Marmor. Von der gewölbten Decke hingen enorme Glimmlampen und beleuchteten ein buntes Fresko, das die Stadtgeschichte erzählte – oder doch zumindest den Teil, der sich um Schiffe, Handel und Wohlstand drehte. Himmel hielt mit ihr Schritt, als führten sie einen eingeübten Tanz auf. Unaufgefordert begleitete sie eine kleine Armee: die Söldnertruppe von zuvor, in den vertrauten roten Turbanen und burgunderroten Uniformen. Wieder fiel Eveen der Name nicht ein. Die Blutrote Hand? Diesmal gingen die Kämpfer kein Risiko ein. Dutzende von Pistolen waren auf die beiden Frauen gerichtet, außerdem Armbrüste und silberläufige Donnerbüchsen. Zwei kräftige Männer trugen Breitäxte, deren große Klingen zum Abtrennen von Gliedmaßen geeignet waren, und auf der Galerie zielten Schützen mit langen Gewehren nach unten.

Assassinenregel Nr. 112: Manchmal ist Kampf keine Option.

Als der Zug sich dem Ende des weitläufigen Saals näherte, erspähte sie ein bekanntes Gesicht.

Baseema. Sie trug eine bauschige kastanienbraune Hose, die in schwarzen Stiefeln steckte, dazu ein elfenbeinfarbenes Hemd. Ihre ringgeschmückten Finger umfassten die Aufschläge eines dunkelgrauen Mantels, der mit Perlen besetzt war und einen buschigen Kragen aus orangerotem Feuerfuchsfell hatte. Angeberin!

Die Gildenchefin der Toten Katzenschwanz-Assassinen betrachtete Eveen gleichmütig, ihr sommersprossiges Gesicht undurchschaubar. Neben ihr stand mit finsterer Miene die breitschultrige Ooni und ließ die verbundenen Knöchel knacken. Ipi umfasste ihren Kriegshammer und funkelte Eveen mit einem Auge an – das andere war unter einer schwarzen Klappe verborgen. Ini starrte ausdruckslos, wie üblich. Der Alte war auch da, saß mit gekreuzten Beinen auf dem Boden und aß etwas Süßes, den Mund mit gelber Glasur verschmiert. Er winkte, aber Eveen schaute sich nach jemand anderem um. Wo war Fennis? Ihr Blick wanderte zu dem Tisch aus schwarzem Labanholz an der Stirnseite des Saals und dem Mann, der dahinter saß.

Sie hatte sich Pol Oranus schwächlich vorgestellt, frettchenhaft, mit einem Sinn für Bücher und hinterhältige Machenschaften. Aber der Patriarch hatte nichts Schwächliches an sich. Er war ein großer Mann mit einem kräftigen Hals und mutmaßlich auch – unter dem edlen gold-karmesinroten Gewand – einem übermäßig muskulösen Körperbau. Am kantigen Kinn hatte er einen kurzen weißen Bart, der auch seine fest zusammengepressten Lippen umgab. Das Zeichen seines Amts, die Patriarchenkette, war mit Edelsteinen besetzt, so ebenholzschwarz wie seine Augen. Sein Blick glich einem Metzgermesser: Er schnitt sie auf wie Schlachtvieh, das zum Verzehr vorbereitet wurde.

Dieser Mann besaß eine Aura: eiserne Beherrschtheit, unerschütterliche Gewissheit und unbestrittene Autorität. Unwillkürlich fühlte Eveen sich klein. Gegen den mussten sie jetzt zu Felde ziehen – diese Trutzburg der Macht und des Privilegs? Sie warf Himmel einen Blick zu und sah auch in ihrer Miene Zweifel. Doch dann schien sie sich zu stählen. Sie hob das Kinn und begegnete Pol Oranus' verschlingendem Blick mit vertrauter Widerspenstigkeit.

»Stehen bleiben!«, befahl eine Stimme. Der Zug hielt an.

Eveen wandte sich einer sehnigen Frau mit ergrauenden kleinen Locken zu, die gebieterisch eine Hand hochhielt. Sie trug die gleiche Uniform wie die Wachen, jedoch mit aufgesticktem goldenen Rangabzeichen auf der kragenlosen Jacke. Ihre grauen Augen blitzten scharf und es war unschwer zu erkennen, dass sie die Hauptmännin der Söldnerfirma war. Endlich fiel Eveen der Name ein.

»Die Faust der Eisernen Dame!«, platzte sie heraus.

Die fragliche Eiserne Dame erwiderte nichts, ihre Miene unerbittlich wie dunkler verwitterter Stein.

»Tut mir leid wegen vorhin«, sagte Eveen. »Die Sache ist aus dem Ruder gelaufen.«

Die Hauptmännin betrachtete sie eingehend, fragte sich zweifellos, ob der Entschuldigung einer untoten Mörderin Wert beizumessen sei. Schließlich nickte sie ganz leicht, ein unausgesprochenes *Kannst mich trotzdem am Arsch lecken* von Frau zu Frau, machte auf dem Absatz kehrt und stellte sich zu ihren Söldnern.

Baseema tauchte an Eveens Seite auf und flüsterte ihr ins Ohr: »Als ich die Nachricht bekam, dass ihr euch ergeben wollt, dachte ich, das sei ein Trick.«

»Also hast du alle mitgebracht, um zu gewährleisten, dass ich mich benehme?«

»Alle, die zur Verfügung standen. Mimi werden gerade die Beine gerichtet. Rejik graben wir immer noch aus. Und Valesh ist verschollen. Der alte Mann meinte, ich soll dich danach fragen?«

Eveen zuckte mit den Schultern. »Ich bin sicher, er … taucht wieder auf. Hast du Fennis gesehen?« Sie blickte sich um.

Baseema schüttelte den Kopf und sprach noch leiser weiter.

»Ich wusste nichts von dem Vertrag über diese drei jungen Männer. Das wurde über einen Mittelsmann gemacht. Wenn du wirklich gekommen bist, um aufzugeben, dann … Nun, dann gibt's nichts mehr zu sagen. Falls du aber was anderes vorhaben solltest, sei vorsichtig.« Sie schaute kurz zu Pol Oranus hinüber. »Dieser Saal ist voller Raubtiere und er ist das größte.«

Eveen ließ ihr zuversichtlichstes Lächeln aufblitzen. »Gibt immer noch größere Räuber.«

Die Gildenchefin musterte sie neugierig, dann Himmel. Aber sie kam nicht mehr dazu nachzufragen.

»Wir würden gern mit dem Verfahren beginnen, falls die Damen hier fertig sind?«

Zu Pol Oranus' Linken stand ein kleiner dürrer Mann. Er trug nach Maß geschneiderte Kleider und strahlte Selbstgefälligkeit aus. Eveen verzog das Gesicht. Ein Anwalt.

»Ich vertrete Pol Oranus«, bestätigte er ihren Verdacht. »Und diese ... Verschwesterung hier stellt einen groben Verstoß dar.«

Baseema warf ihm einen fiesen Seitenblick zu, zog sich jedoch zurück.

»Jetzt«, näselte er, »können wir anfangen. Wir sind hier in der Sache einer bindenden Übereinkunft zwischen meinem Klienten und einer Vertragsnehmerin für, nun, Dienstleistungen persönlicher Natur ...«

»Sie hätte das götterverdammte Mädchen umbringen sollen!«, donnerte Pol Oranus mit tiefer Stimme. Es waren die ersten Worte, die er sprach; sofort stellte sich Schweigen ein und alle sahen ihn an. Die Handflächen auf den Tisch gestemmt, richtete er sich zu beachtlicher Größe auf, dann kam er dahinter hervormarschiert, wobei er den Anwalt beiseiteschob. Er starrte Eveen an, dann wandte er sich Baseema zu. »Ich habe dich für einen Auftrag angeheuert! Und deine Leute haben es vermasselt.«

»Großer Pol.« Die Gildenchefin verneigte sich. »Wir erfüllen unsere Verträge. Auch wenn sich ... Komplikationen ergeben.«

Pol Oranus blähte die Nüstern. »Komplikationen bei eurer Arbeit sind wohl kaum meine Sorge.«

»Zudem dürfte ihr Auftreten Euch nicht völlig *unerwartet* treffen.« Sie verbeugte sich erneut. »Großer Pol.«

Die Lippen des Patriarchen verzogen sich zu einem Lächeln. Er versuchte nicht einmal, so zu tun, als wüsste er nicht, wovon sie sprach. Er spielte mit offenen Karten.

»In dem Vertrag«, warf der Anwalt ein, »fehlt jede Bezugnahme auf Komplikationen. Somit sind sie irrelevant. Pol Oranus verlangt, dass den Pflichten nachgekommen wird – andernfalls wird dies als Vertragsbruch erachtet.«

Baseema ließ keine Regung erkennen. »Na schön, ich mach's.« Sie griff nach einem Messer, den Blick auf Himmel geheftet. Das Mädchen tat einen Schritt zurück.

»Nein!«, brüllte Pol Oranus. Mit erhobener Faust stampfte er auf Eveen zu und baute sich vor ihr auf. Nun musste sie zu ihm aufschauen. Von seinem Gleichmut war nichts geblieben; sein Gesicht hatte sich vor Zorn verzerrt. So weit war es mit seiner Beherrschung also doch nicht her. Tatsächlich konnte er kaum noch an sich halten. Das schien ihm jetzt auch selbst klar zu werden: Mit Mühe entspannte er seine Miene. »Ihr habe ich den Auftrag erteilt. Und ich erwarte, dass sie ihn ausführt – niemand sonst!«

»Damit ist alles gesagt«, verkündete der Anwalt. »Die Forderung meines Klienten ist unverhandelbar.«

Angespanntes Schweigen folgte. Eveen schielte zu Himmel. Vermutlich fragten sie sich beide dasselbe: Wo bei allen Höllen blieb Fennis? Dann endlich durchbrachen eilige Schritte und eine vertraute Stimme die Stille.

»Entschuldigung! Verzeihung! Oh, das war dein Fuß! Ja, vielen Dank!« Fennis drängte sich aus einem Pulk von Wachleuten hervor, blieb neben Eveen stehen und wischte sich das aufgeregte Wonneproppengesicht mit einem Stofftaschentuch ab.

»Meinst du nicht, das war ein bisschen knapp?«, raunte sie.

»Tut mir leid!« Er steckte das Tuch in eine Manteltasche. »Die Straßen sind immer noch brechend voll!«

»Was geht hier vor sich?« Pol Oranus starrte Fennis an, als wäre er ein Nagetier, das sich in sein Heim geschlichen hatte.

»Großer Pol!« Fennis verbeugte sich. »Ich präsentiere mich selbst als Rechtsbeistand für meine, ähm, Arbeitsfreundin.«

Das brachte Eveen zum Lächeln.

»Rechtsbeistand? Warum sollte sie ...«

Eveen öffnete den Mund und schrie ihm direkt ins Gesicht: »Ich verlange eine Schlichtung!«

Pol Oranus' Miene verfinsterte sich. Der Anwalt schaute perplex drein. Baseema und die Katzenschwänze sahen richtig schockiert aus. Sogar der Alte.

»Wovon redet sie?«, fragte der Patriarch und sah zuerst seinen Anwalt, dann Baseema an. »Was für eine Schlichtung?«

Baseema blinzelte, als käme sie wieder zu sich, dann griff sie sich Eveen und zerrte sie beiseite – ungeachtet des protestierenden Anwalts. »Hast du jetzt noch den letzten Rest Verstand verloren, du Kaninchenhirn?«

»Nein«, antwortete Eveen. »Ich bin nur verzweifelt.«

Die Gildenchefin fuhr zu Himmel herum. »War das deine Idee?«

Das Mädchen schnaubte. »Woher sollte ich irgendwas über eure Mördergilde wissen?«

Baseema richtete ihren wütenden Blick auf Fennis. Er hob die Hände. »Ich habe stark davon abgeraten!«

»Es war meine Idee«, sagte Eveen. »Und ich habe das Recht dazu. Fennis hat bloß eingewilligt, mich zu vertreten.«

»Ich verlange zu wissen, wovon hier die Rede ist!«, brüllte Pol Oranus.

»Ich erhebe Einspruch gegen diese Regelwidrigkeit!«, fügte der Anwalt hinzu. »Der Arbeitgeber sollte sich nicht einmischen!«

Baseema fluchte, den Blick auf Eveen geheftet. »Götter! Ich hoffe, du weißt, was du da tust. Uns allen zuliebe!«

»Das hoffe ich auch«, murmelte Eveen zurück.

Die Gildenchefin wandte sich wieder dem Patriarchen zu. »Großer Pol, wie Ihr wisst, gehen meine Assassinen bindende Verträge mit der Göttin Aeril ein, um nach dem Tod wiedererweckt zu werden. Ihre Anstellung bei mir ähnelt eher einem Leihverhältnis. Sie sind in der Hand der Göttin und können in einer Angelegenheit wie dieser um Schlichtung ersuchen.«

Der Anwalt sah immer noch verwirrt aus. »Dann beabsichtigt sie zu ... beten?«

Doch Pol Oranus wusste es besser. »Nein. Die Schlichtung muss ... unmittelbar erfolgen.« Sein giftiger Blick bohrte sich in Eveen. Wieder kam er drohend auf sie zu und sie dachte schon, er wolle sie schlagen. Stattdessen beugte er sich zu ihr herunter und sagte leise: »Ich habe dein Verderben vortrefflich geplant. Ein Meisterwerk. Welcher Tricks du dich auch bedienst, es ist bedeutungslos. Der Ausgang ist unausweichlich. Und wenn es so weit ist, werde ich mich an deinen Schreien ergötzen.« Damit ging er wieder zu seinem Schreibtisch und setzte sich wie ein Mann in Erwartung einer Aufführung. Oder einer Hinrichtung.

Eveen versuchte, sich von seinen Worten nicht erschüttern zu lassen. Nun gab es beinahe schon kein Zurück mehr. Sie sah Himmel an und die nickte – was wohl aufmunternd gewirkt hätte, hätte sie nicht so gezittert. Eveen rieb das Piratenprinzessinnenfigürchen, um ein letztes Mal ein bisschen Glück zu erbitten, dann senkte sie den Kopf, berührte mit zwei

Fingern den tätowierten Hund mit den Schakalohren in ihrem Genick und bewegte dabei die Lippen, um lautlos ihre Göttin anzurufen.

Stille senkte sich herab. Nur Atemzüge waren zu hören – derer, die noch atmeten. Dann ein Geräusch wie brechendes Glas: ein Knirschen, das zu einem mahlenden Kreischen anschwoll. Und kurz darauf zersprang vor aller Augen ein Teil der Welt. In der Luft vor ihnen tat sich ein Riss auf, der gezackt und scharfkantig nach oben lief. Darin hing endlose Nacht, die Sternenlicht blutete. Und Eveen wusste: Träte sie hinein, würde sie stürzen, für immer und ewig. Sie wollte sich wappnen, sich vorbereiten auf das Kommende, das Unfassbare – aber es gelang ihr nicht.

Der Riss spie zwei Hunde aus, groß wie Bären und schwarz wie die Finsternis, aus der sie geboren. Ein überwältigender Schwefelgestank haftete ihnen an, in den sich ein stechender Brandgeruch mischte – wie nach einem Blitzschlag. Ihre Augen glühten unirdisch und über ihr glänzendes schwarzes Fell züngelten blutrote Flammen. Aus den mächtigen Brustkästen drang ein Grollen, als säßen Dämonen dort gefangen. Dann zogen die Bestien ihre Lefzen hoch und bleckten silberne Fangzähne wie Dolche. Eveen wich hastig mehrere Schritte zurück und wie ein Mann machte die kleine Armee hinter ihr es ihr nach. Doch die Nacht hielt schlimmere Schrecken bereit.

Aeril, die Herrin der Assassinen, Stille Klinge, Dame der Messer, Räuberin von Seelen – bisweilen auch Schöpferin Köstlicher Tafelfreuden –, trat in die Welt ein. Die Göttin überragte alle ringsumher. Nein, nicht nur das. Sie war *mehr*, als könnten diesseitige Augen ihre Herrlichkeit nicht gänzlich erschauen. Ihre bloße Gegenwart ließ den riesigen Saal klein erscheinen. Ihr Gewand war aus Schatten genäht und mit

Perlen bestickt, die wie Sterne funkelten. Es umschmeichelte ihre Schultern und ihren schlanken Torso und verschmolz mit der Haut ihrer bloßen Arme, die ein Spiegel der Nacht war. In den Händen hielt sie die Ketten ihrer Hunde, befestigt an spitzenbewehrten Halsschellen aus schwarzem Eisen. Nur ihr Gesicht war ein Kontrast: Von den ausgeprägten Wangenknochen bis zur Kopfhaut war es blutrot gefärbt. Eine Flut langer seildicker Zöpfe hing ihr über den Rücken. Sie wirkten wie von Gold gesponnen.

Alle standen mit offenem Mund da. Die Armee aus Wachen. Die Eiserne Dame. Sogar Pol Oranus. Baseema war auf ein Knie gesunken und hatte den Kopf gesenkt. In gewisser Weise war das hier ihre Idee gewesen. *Aeril selbst kommt vielleicht und treibt die Schulden ein*, hatte die Gildenchefin gewarnt. Eveen hatte die Angelegenheit lediglich selbst in die Hand genommen.

Sie lehnte sich zu Himmel hinüber. »Was hab ich dir gesagt? Feuertitten!«

»Was?« Das Mädchen löste sich aus seiner Starre. »Man sieht doch nicht mal … Sie steht *ganz und gar* in Flammen!«

Das stimmte. Wie ihre Hunde war Aeril in rote Flammen gehüllt. Sie liefen ihr über Haut und Haar, und sogar in ihren Augen tanzte Feuer wie Lichtsplitter in einem dunklen Abgrund.

»Warum also nicht Feuerkinn?«, fuhr Himmel fort. »Ellenbogen? Oder … He, wie wär's mit den Tentakeln!«

Ja, die Tentakel. Wo Beine hätten sein sollen, ergossen sie sich aus Aerils Schattenkleid, eine glänzende schwarze Masse, die sich unaufhörlich auf dem Marmorboden wand. Ein geisterhaftes Säuseln ging davon aus wie ein Flüstern, herangetragen von einem unsichtbaren Wind.

»Bei Aerils Feuertentakeln!«, murmelte Himmel. »Das wäre echt viel einleuchtender.«

Eveen schreckte zurück. »Feuertentakel? Das ... das ist doch ... Einfach nur dumm ist das!«

Da hieb eine Stimme wie eine scharfe Klinge mitten durch das Herz der Welt.

»Wer erdreistet sich, nach mir zu schicken?«, fragte Aeril mit donnernder Stimme. »Zeig dein Gesicht und erschaue mich!«*

Dutzende von Augen richteten sich auf Eveen. Sie schnaubte. Blöde Petzen! Dann trat sie vor.

»He, Chefin!«

Aerils lodernder Blick richtete sich auf sie. Auf ihren wispernden Tentakeln glitt sie heran und ragte hoch vor ihr auf; Eveen ertrank in ihrem Schatten, schwärzer als die Nacht. In Wogen rollte der Geruch nach Schwefel und Blitzen nicht nur von den Hunden, sondern auch von der Göttin selbst heran, begleitet von einem widerlich süßen Hauch, der zugleich an eine Zuckerfabrik und eine Metzgerei denken ließ.

»Bumaye bumaya«, drang es aus der schlanken Kehle der Göttin. Ein murmelnder Tentakel schlängelte sich heran wie ein Kanalaal und schlang sich um Eveens Taille, sengend heiß. »Immer wieder rufen Narren meinen Namen an. Ich esse ihre Seelen und doch werde ich nicht satt.«

Eine gespaltene Zunge fuhr über spitze elfenbeinerne Zähne. »Ratten, die bei Katzen spielen, enden in Katzenklauen.«

»Ich gehöre zu den Deinen!«, sagte Eveen hastig. Dann fiel ihr ein, dass Kanalaale oft genug ihre Larven fraßen.

Aerils Augen wurden schmal und ein wispernder Tentakel glitt zu der Tätowierung in Eveens Nacken hinauf, die jetzt brannte.

---

* siehe Anmerkung der Lektorin auf Seite 237.

»O Göttliche.« Fennis verbeugte sich tief, die Arme flehend ausgebreitet. »Dies ist eine deiner Gefolgsfrauen und ich bin …«

Die Göttin beachtete ihn nicht weiter.

»Wahrlich«, sagte sie zu Eveen, »du trägst mein Mal auf deiner Haut. Trotzdem ist es ganz schön mutig, dich so an mich zu wenden. Ganz schön mutig.« Der Tentakel wickelte sich um Eveens Hals und murmelte unverständlich an ihrem Ohr. Dort, wo er sie berührte, warf ihre Haut Blasen. »Was also willst du von mir, Mädchen? Meinen Beistand, um im Blut der bösen Männer zu baden? Die Seelen der Gottlosen zu rauben? Die Kehlen der Verdammten durchzuschneiden? Vor mich treten sie alle, so oder so – kreischend.« Sie bleckte voller Vorfreude die Zähne und ihre Hunde zerrten an der Kette, so begierig wie Eveens Klingen.

»O Göttliche«, versuchte Fennis es noch einmal. »Deine Gefolgsfrau hat deine Anwesenheit erbeten, weil sie eine Schlichtung wünscht. Hinsichtlich eines Vertrags?« Er hielt ihn hoch.

Das Inferno in Aerils Augen nahm ab und die Ketten der Hunde entspannten sich.

»Schlichtung?« Sie klang alles andere als begeistert. »Du lässt mich einer Schlichtung wegen den ganzen Weg herkommen?« Mit einem Zungenschnalzen, das Stein hätte zertrümmern können, streckte die Göttin eine Hand aus und winkte Fennis ungeduldig zu sich, während der Tentakel um Eveens Hals sie unzufrieden zischend losließ. Zögerlich näherte sich der kleine Mann, um den Vertrag zu übergeben.

Das Pergament ging nicht in Flammen auf, als Aeril es mit ihren flammenden Händen ergriff, sondern schien stattdessen zu wachsen. Sie las und strich dabei mit einem langen manikürten Nagel die Zeilen entlang, während ihre Tentakel sich unaufhörlich wispernd wanden. Als sie fertig war, blickte sie auf, Neugier in den unergründlichen Augen. »Der Vertrag scheint ordnungsgemäß. Wieso ersucht mich meine Gefolgsfrau dennoch um Schlichtung?«

»O Göttliche«, erwiderte Fennis. »Diese spezielle Vereinbarung weist einige ... Unregelmäßigkeiten auf.«

Aeril lauschte still wie ein Berg, während er die missliche Lage erklärte. Als er fertig war, betrachtete sie erst Eveen, dann Himmel. Das Mädchen erzitterte unter ihrem mitternachtsschwarzen Blick voll Feuer, eine Elritze angesichts eines Hais. Nein, angesichts dessen, was Haie in ihren Albträumen heimsuchte.

»Ein kleines Mädchen, aus der Zeit gestohlen«, murmelte Aeril. »Meine Gefolgsfrau soll sich selbst die Kehle durchschneiden!«

»O Göttliche«, sagte Fennis. »Der Vertrag kam durch Täuschung zustande; wegen dieser Heimtücke erstrebt deine Gefolgsfrau seine Annullierung.«

Aeril riss ihren Blick von Himmel los und heftete ihn auf den kleinen Mann. »Mein eigenes Wort soll ich verbrennen?«

Fennis schluckte. »Dein Vertrag bindet deine Gefolgsfrau magisch an dich ...«

»Erzähl mir nicht, was ich schon weiß!« Ein schwarzer Tentakel knallte wie eine Peitsche. »Ein Gaul ist tot und 'ne Kuh fett? Wegen so etwas ruft ihr mich? Es braucht kein Männlein wie dich, das mir Götterrecht erklärt!«

»Natürlich nicht, o Göttliche«, sagte Fennis eilig. »Ich möchte lediglich sagen, dass die Anonymität verletzt wurde, die du deiner Gefolgsfrau auf magischem Wege gewährst. Dadurch war es möglich, ihre Vergangenheit gegen sie zu benutzen – deiner Macht zum Hohn.«

An Aerils auflodserndem Blick erkannte Eveen, dass er soeben das Falsche gesagt hatte.

»Kein Mann trotzt meiner Macht«, knurrte sie und schnappte mit den Zähnen in die Luft. »Wenn das passiert ist, dann sollte es so sein.« Ihr Blick wanderte zu Pol Oranus an seinem Schreibtisch. Der Patriarch schwieg still, während sein Anwalt ihm etwas zuraunte. Wenn er eingeschüchtert war, weil eine Göttin drauf und dran war, ihm die Hölle heißzumachen, verbarg er es gut. Entweder das, oder er war sogar noch arroganter, als Eveen gedacht hatte.

»Aber Göttliche«, flehte Fennis. »Es steht doch gewiss in deiner großen Macht, einen derartigen Vertrag …«

»Mein Wort ist meine Macht! Breche ich es, mache ich mich selbst zunichte.« Die Göttin verdrehte die Augen. »Ihr Sterblichen habt einen Verstand so klein wie der von Ameisen. Ihr begreift Macht nicht.« Ihr Ton gewann eine scharfe Endgültigkeit. »Verschüttetes Wasser lässt sich nicht wieder aufheben. Der Vertrag besteht.«

Pol Oranus lächelte siegesgewiss. Sein Anwalt packte die Gelegenheit beim Schopf. »Nach diesem Urteil, Euer, ähm, Gnaden, verlange ich im Namen meines Klienten sofortige Vertragserfüllung! Sonst wird die Vertragsnehmerin als vertragsbrüchig erachtet!«

Aerils vernichtender Blick schien den Mann um Jahre altern zu lassen. Verstört wich er zurück.

»Verlange noch einmal etwas von mir und ich verfüttere dich an meine Hunde!« Sie betrachtete Eveen. »Aber es stimmt, was er sagt. Wenn du den Vertrag nicht einhältst, lässt du dir einen Verstoß zuschulden kommen.«

Fennis sah Eveen entschuldigend an. Sie nickte ihm dankbar zu – er hatte getan, was er konnte. Das hier kam nicht gänzlich unerwartet. Aber einen Versuch war es wert gewesen. Pol Oranus saß grinsend da, als hätte sich die Programmnummer, die er sehen wollte, nur nach hinten verschoben. Seine geflüsterten Worte fielen ihr wieder ein: *Ich habe dein Verderben vortrefflich geplant … Und wenn es so weit ist, werde ich mich an deinen Schreien ergötzen.* Tja, eine Darbietung würde er noch abwarten müssen. Ein letzter Spielzug blieb ihnen noch. Sie hoffte nur, dass dieses Wagnis sie nicht alle dem Untergang weihte.

»Es gibt noch eine Irregularität«, ergriff sie das Wort und begegnete Aerils erwartungsvollem Blick. »Pol Oranus hat die ganze Sache gegen mich eingefädelt, weil er auf Rache aus ist. Weißt du, ich habe seinen Sohn umgebracht.« Das Lächeln des Patriarchen erstarb und seine Miene versteinerte. Eveen wandte sich an ihn. »Mit einem deiner kleinen Hexerfreunde hab ich noch geredet, bevor du ihn hast wegpacken lassen. Und der hat eine irre Geschichte erzählt.«

Pol Oranus' Steinmiene hatte sich nicht gehalten – seine Stirn hatte sich umwölkt. Er sah aus, als würde er gleich vor Wut explodieren.

»Nichts hiervon ist von Relevanz …«, ging der Anwalt dazwischen.

»Pol Oranus' Sohn war der Schnitter der Karre«, schnitt ihm Eveen das Wort ab. »Ein Kindermörder. Und er hat verbotene Blutmagie angewandt!« Sie schrie es hinaus und überall im Saal waren erschrockene Laute zu hören. Von den Wachen. Sogar von der Eisernen Dame. Baseema sah fassungslos aus. Die drei Vierlinge hielten Maulaffen feil. In den jungenhaften Augen des Alten glomm es.

Eveen hielt Pol Oranus' erbostem Blick stand. *So sieht's aus, du krankes Stück Scheiße. Was heut Nacht auch geschieht, ganz Tal Abisi wird die Wahrheit erfahren.*

»Er hat es vertuscht«, fuhr sie fort. »Um seinen Familiennamen reinzuhalten und weil er über die Blutmagie Bescheid wusste.« Jetzt brach im Saal unverhohlenes Gemurmel aus, durchbrochen vom Geschrei des Anwalts, der Verleumdung anprangerte. Die Eiserne Dame rief ihre Truppe zur Ordnung, aber erst Pol Oranus brachte alle zum Schweigen. Er sprang auf.

»Du hast meinen Sohn ermordet!«, brüllte er, alles Dekorum dahin, ein Bild des Zorns. »Zerstückelt und beiseitegeworfen wie ein Tier! Dazu hattest du kein Recht!«

Eveen sah ihn bestürzt an. War das echte Trauer? Oder ärgerte er sich bloß über den Verlust seines Besitzes?

»Er hat Kinder umgebracht«, sagte sie.

Pol Oranus' blähte die Nüstern. »Mein Fleisch und Blut ist mehr wert als ein paar schmutzige Karrenratten.«

Ach, so war das also? »Dein Fleisch und Blut hat gequiekt wie ein Schwein, als ich es klein geschnitten hab.«

Pol Oranus' Halsmuskeln traten hervor. Gut möglich, dass er sich gleich auf sie stürzte.

»Mein Klient steht hier nicht unter Anklage!«, rief der Anwalt.

Aeril, die sich das Theater mit kaum verhohlener Langeweile angesehen hatte, seufzte.

»Der Wichtigtuer liegt richtig.« Sie winkte zum Anwalt hinüber. »Es spielt keine Rolle, was sie getan oder welches Gesetz sie gebrochen haben. Das müssen die Gerichte der Sterblichen klären. Seine Rache an dir, die fällt in meine Zuständigkeit. Und nach meinem Gesetz hat er Anspruch auf Erfüllung des Vertrags.«

»Aber gerade darauf will ich hinaus.« Eveen zeigte auf Himmel. »Für sie bist du nicht zuständig.« Sie machte eine dramatische Pause. »Weil sie nämlich *nicht* mein jüngeres Ich ist.«

Nun sahen wirklich alle Anwesenden so aus, als kämen sie nicht mehr mit.

Die Göttin runzelte die blutrote Stirn. »Erkläre dich.«

Eveen sah zu Himmel hinüber, die ermutigend nickte. Hoffentlich hatten sie auch wirklich Grund zur Zuversicht. »Pol Oranus hat sich also diesen Plan einfallen lassen: mich loszuschicken, um mich selbst wegzupacken. Sollte ich mich weigern, würdest du die ganze Gilde auslöschen. Er war so sicher, an alles gedacht zu haben. Die Magie würde mein jüngeres Selbst aus der Vergangenheit hierherholen. Doch wie du schon gesagt hast, Chefin, trotzt niemand deiner Macht. Die Magie machte sich zwar auf die Suche nach meinem vergangenen Ich, konnte es aber nicht in unsere Gegenwart bringen – nicht ohne deine Regeln und Gesetze zu brechen. Also tat sie das Nächstbeste. Sie brachte ein anderes Mädchen mit. Von anders*wo.*«

Wieder schaute sie Himmel an. »Aus einem anderen Tal Abisi. Beinahe identisch, aber eben doch nicht dieselbe Stadt. Ein Gebäude steht vielleicht am rechten Flussufer statt am linken. Einen dort gefällten Baum ließ man hier wachsen. Oder es stehen in einer Geschichte zurückgelassene Räderwerkriesen der Stadt zugewandt, nicht dem Meer.«

Dieser letzte Unterschied hatte sie darauf gestoßen. Als Himmel die Legende erzählt hatte, wie sie sie kannte, hatte Eveen gewusst, dass etwas nicht stimmte. Das hatten sie beide. Auf dem Rückweg aus dem Schmugglerdistrikt waren sie noch einmal all die kleinen Abweichungen durchgegangen, die Himmel während der Nacht erwähnt hatte und die sie beide lediglich dem Verstreichen der Zeit zugeschrieben hatten.

Fennis' Bruder hatte ihnen geholfen, das Ganze zu verstehen. Sobald sie dem Thaumaturgen alles erklärt hatten, hatte er über Theorien von anderen Welten gesprochen. Dort lebten Versionen von einem selbst, die sich graduell voneinander unterschieden. Unendlich viele könnte es geben, hatte er behauptet. Und dem aufmerksamen Blick nach, mit dem Aeril das Mädchen bedachte, sah sie es nun ebenfalls.

»Der Alligator legt Eier, ist aber kein Huhn«, sagte die Göttin. »Du kommst nicht … von hier.«

Himmel schüttelte den Kopf. »Nein, Göttliche. Ich bin von … anderswo.«

Diese Enthüllung hatte Eveen neue Gefühlsverwirrungen beschert. Das Mädchen und sie waren doch nicht eins. Vielleicht war Himmel immer noch ihre vielversprechendste Aussicht, ihre eigene Vergangenheit zu verstehen – aber Eveens jüngeres Selbst war sie nicht. Sie waren so vollständig voneinander getrennt wie die Meeresgallerte des Thaumaturgen – folgten fast identischen Wegen, waren aber dennoch zwei verschiedene Wesen, die in zwei verschiedenen Welten existierten.

»Das ist Unfug!«, rief Pol Oranus hitzig und zeigte auf Eveen. »Ich verlange …« Er brach ab, als die Hunde warnend knurrten, und rang sichtlich darum, ein bescheidenes Gesicht zu machen. Allerdings schien er nicht viel Erfahrung zu haben. »Ich meine, ich *wünsche*, dass mein Vertrag dennoch erfüllt wird.«

Die Göttin musterte Eveen, dann Himmel, lang und abwägend. Die schwarzen Tentakel schienen lauter zu werden, als diskutierten auch sie diese merkwürdige Situation.

»Ich muss zustimmen«, sagte sie schließlich.

Eveens Hoffnung schwand zusehends.

»Aber Göttliche«, versuchte Fennis es noch einmal. »Das Mädchen untersteht nicht deiner Jurisdiktion. Himmel gehört nicht in diese Welt. Sie ums Leben zu bringen, könnte der Welt, aus der sie entführt wurde, irreparablen Schaden zufügen. Und wer weiß, was das für uns hier bedeuten würde? Dies ist eine ernste Irregularität, die im Göttervertragsrecht nicht berücksichtigt wird ...«

»Ich habe es euch schon gesagt«, unterbrach ihn Aeril und ihre Stimme schwoll bedrohlich an. »Ich sage es euch noch einmal: Mein Wort ist Gesetz! *Ich* bin das Gesetz! Und diese Welt ist mein Heim. Das Mädchen kommt vielleicht nicht von hier, aber da sie in mein Heim gekommen ist, steht ihr Leben mir zu – wie alles andere in dieser Welt.« Sie krümmte einen Finger und eins von Eveens Messern flog ihr in die Hand. Die Göttin beugte sich herab, um es ihrer Assassinin mit dem Griff voran hinzuhalten. Sie schlang ihre Tentakel um Eveen und gurrte ihr ins Ohr – mit einhundert Stimmen, die alle zugleich sprachen. »Es ist genug Zeit vergangen. Lass sie bluten, Tochter. Gib mir diese Seele, die mir von Rechts wegen zusteht. Oder ich werde euch allesamt vernichten.« Sie machte eine bedeutungsschwere Geste in Baseemas Richtung. Die Miene der Gildenchefin war undurchschaubar. Aber sie hielt die Aufschläge ihres Mantels fest umklammert – sie wusste genau, dass auch ihr Schicksal daran hing, was als Nächstes geschah.

Eveen nahm das Messer und es summte in ihrem Griff. Die Klinge wollte, dass sie es tat. Diese blutdürstige Göttin wollte es. Und was sprach dagegen? Das Mädchen war nicht ihr früheres Selbst. Kein Grund zur Sorge mehr, dass sie »verpuffen« könnte. Warum also kümmerte es sie überhaupt? Doch als sie in jenes vertraut-fremde Gesicht blickte, wusste sie, warum. Ob Himmel und sie nun ein und dieselbe waren oder nicht – nahm Eveen ihr Leben, würde sie den dünnen Faden durchtrennen, der sie noch an ihre Menschlichkeit band. So lange schon grübelte sie über ihre Existenz als Untote nach und doch begriff sie erst jetzt, wie verzweifelt sie darum rang, an ihrer Seele festzuhalten. Dieses Mädchen umzubringen, würde etwas in ihr zerbrechen. Und mit diesem Elend würde sie sich ganz bestimmt nicht die nächsten zwei Jahrhunderte herumschlagen. Sie hatte schon genug Probleme.

Himmel starrte das Messer an, den Atem angehalten. Dann trafen sich ihre Blicke. »Ich bin bereit«, sagte das Mädchen.

Eveen nickte. »Dann tu's.«

Himmel senkte den Kopf, strich sich die dicken blauen Zöpfe beiseite und berührte den frisch auftätowierten Hund mit Schakalohren in ihrem Nacken – und sie sprach das vertraute Bittgebet. Die folgende Stille schien ewig zu währen. Dann das jähe Knirschen brechenden Glases, als die Wirklichkeit zersprang und in der Luft ein Riss entstand. Und aus einer Finsternis, die Sternenlicht blutete, trat eine zweite Göttin in die Welt.

KAPITEL

9

»Bei Aerils verfluchten Feuertentakeln!«, wisperte Eveen. Na gut, so dumm war es doch nicht.

Denn genau darum handelte es sich hier. Die neu erschienene Göttin war beinahe ein Spiegelbild der ersten. Allerdings war ihr Schattenkleid trägerlos und ihr wie von Gold gesponnenes Haar nicht geflochten, sondern zu festen knolligen Knoten gebunden. Die Flammen, die über ihre Mitternachtshaut tanzten, waren nicht rot, sondern von einem dunklen Saphirblau. Doch sonst war fast alles identisch, bis hin zu den wispernden Tentakeln und den zwei großen Hunden an der Kette.

Eveen wechselte einen ungläubigen Blick mit Himmel. Heilige Götterscheiße! Das hatte tatsächlich geklappt! Diese Möglichkeit hatte das Mädchen selbst vorgeschlagen. Wenn es noch ein Tal Abisi geben konnte, noch einen Räderwerkkönig samt Eisenriesen, noch eine Eveen – warum nicht auch noch eine Aeril? Sie hatten sich darauf geeinigt, dass sie zu beschwören der letzte Ausweg sein würde. Hatten sogar Tamu dazu gebracht, einen halb betrunkenen Tätowierer in der Karre von seiner Feier wegzuzerren, um dem Mädchen das Mal der

Göttin zu stechen. Jedoch zu sehen, wie aus einer Vermutung unsterbliche Wirklichkeit wurde, war ... unbegreiflich!

»Du kannst meine Seele nicht haben.« Himmel starrte das Blut an ihren Fingerspitzen an, das sie sich von der noch nicht verheilten Tätowierung abgerieben hatte. »Denn sie gehört jemand anderem.«

In ihrer Stimme lag eine Spur von Traurigkeit. Sie und Eveen hatten beide bemerkt, dass die Unterschiede zwischen ihren Welten geringfügiger Natur waren: ein Name, ein Gebäude oder eine Geschichte, die hier oder dort ein wenig abwich. Die großen Ereignisse hingegen stimmten überein. Und so würde wohl auch Himmel dereinst in ihrer Welt eine Herrin der Assassinen um ein Leben nach dem Tod ersuchen. Dass sie die Göttin beschwören konnte, schien die Bestätigung zu sein.

Die beiden Aerils umkreisten einander, während die vier Hunde grollend knurrten, und die bösen Blicke, die sie wechselten, hätten Meere verdampfen und Vulkane vereisen können. Niemand anderen nahmen sie mehr wahr; jede starrte die andere an, als wäre sie ein leicht verzerrtes Abbild. Unbehagen lag in der Luft; die Welt schien zu begreifen, dass diese zwei Wesenheiten am selben Ort nichts verloren hatten.

»Donner...«, fauchte die Aeril dieser Welt.

»...wetter!«, sprach die andere weiter. »Was ist hier los, verdammt? Wer hat mich gerufen?«

Nun war Himmel an der Reihe vorzutreten. »He ... Chefin!«

Ein sengender Blick traf sie, brachte sie ins Wanken.

»Meine Gefolgsfrau ...« Die zweite Aeril runzelte die blutrote Stirn und kniff die Augen zusammen. »... in künftiger Zeit.«

Himmel nickte ernst. »Ja.«

Die neue Aeril beäugte ihre Umgebung, schnupperte – und krauste die Nase. »Du gehörst hier nicht hin. Und ich ebenso wenig.«

»Nein, o Göttliche, das stimmt.« Und zum bestimmt hundertsten Mal in dieser Nacht wurde erklärt, was geschehen war. Himmel fing an, und Eveen und Fennis sprangen ihr bei. Es war eine Gemeinschaftsanstrengung.

»Es werden nicht alle Münder dieselbe Lüge sprechen«, sagte die neue Aeril, als sie fertig waren. »Was willst du also von mir, die du mich ›über die Welten hinweg‹ hergerufen hast?«

»Stehe ich als deine künftige Gefolgsfrau unter deinem Schutz?«

Die neue Aeril zuckte mit den Schultern. »Ob du mir nun gestern gedient hast oder morgen dienen wirst – Zeit spielt keine Rolle.«

»Dann ersuche ich dich jetzt um diesen Schutz, o Göttliche.« Himmel blickte bedeutungsvoll zu der anderen Göttin hin, die ihr nach dem Leben trachtete.

Die Aeril aus der anderen Welt nickte und wandte sich wieder ihrem Zwilling zu. »Hör mich an, denn mein Wort ist Gesetz. Die hier darfst du nicht haben. Sie gehört von Rechts wegen mir.«

Die Aeril aus dieser Welt verengte die glimmenden Augen. »Cho!«, fluchte sie. »Mir ist sie versprochen! Vertraglich! Bindend! Das ist *mein* Wort und *mein* Gesetz!«

Die Aeril der anderen Welt richtete sich auf und ihre blauen Flammen loderten hoch, während die Tentakel sich wanden und voller Empörung wisperten. »Mein Anspruch steht vor deinem. Ich bin ihre Herrin. Mein ist sie!«

Die erste Aeril sog scharf Luft durch die Zähne. »Dein Anspruch? Welche Ansprüche hast du hier? Du bist in meinem

Heim!« Sie musterte ihren Zwilling abschätzig. »Verschwinde von hier!«

Die Aeril der anderen Welt zischte und zog ein langes feuriges Messer aus dem Nichts. Ihre Stimme glich Donnergrollen. »Mit mir willst du dich nicht anlegen.«

»Cho!«, knurrte die erste wieder und zückte ihrerseits ein Feuermesser. »Du wagst es? Bedrohst mich in meinem eigenen Heim?«

»Glaubst du, ich hab Angst vor einer dahergelaufenen Gespenstergöttin?«, spottete die Aeril der anderen Welt. »Ich bin die Königin der Klingen. Wer will mich herausfordern?«

Die erste spuckte aus und schlug sich, um der Sache Nachdruck zu verleihen, mit der flachen Hand auf die Brust. »Was kümmert es mich, wie du heißt oder woher du kommst! Willst du weiterleben? Dann mach dich davon! Sonst wirst du feststellen müssen, dass in diesem Heim ich die Königin bin!«

Die beiden Göttinnen belauerten einander, Messer und Hunde zur Hand, um göttliches Blut zu vergießen – das Raunen ihrer Tentakel nun eine bedrohliche Kakofonie. Sie wiegten sich und Eveen schien es beinahe, als wollten sie miteinander tanzen. Doch die Messer sagten etwas anderes. Sie tauschte einen alarmierten Blick mit Himmel. Sie hatten geglaubt, die beiden Unsterblichen würden sich gütlich einigen. Stattdessen waren sie wie die Ameisen, die Fennis am Abend gegessen hatte – kaum hatten sie einander erblickt, schon stürzten sie sich aufeinander. Vielleicht war Güte nicht die Stärke von Assassinengöttinnen. Die Spannung im Saal wurde immer unerträglicher. Und der wabernde Gestank – Schwefel und Blitzschlag, Zucker und Blut – machte einen beinahe schwindelig. Das Schreckbild der bevorstehenden Götterschlacht war apokalyptisch.

»Das ist gar nicht gut!« Fennis wich zurück.

»Wir müssen sie vom Kämpfen abhalten!«, drängte Himmel.

Eveen sah es genauso. Welche Göttin auch als Siegerin aus dem Kampf hervorging, niemand in diesem Saal würde überleben – nicht einmal die Untoten. Und vielleicht ginge auch ein gutes Stück der Stadt mit drauf. Sie setzte eine entschlossene Miene auf.

»Ich regel das.«

Sowohl Himmel als auch Fennis sahen sie überrascht an. »Du ... regelst das?«, fragte das Mädchen.

Eveen ging über den zweifelnden Ton hinweg. »Aeril!«, rief sie. »Herrin der Assassinen!«

Zwei brennende Augenpaare richteten sich auf sie, die Blicke blutrünstig, mordlüstern. Wie froh sie war, kein Herz zu haben, das hämmern oder ihr den Dienst versagen konnte! Sie nahm ihren Mut zusammen – eine gute Portion an Dummheit grenzende Waghalsigkeit war auch dabei – und ging auf die Göttinnen zu.

»Also hört ihr beide auf diesen Namen.« Sie gab sich Mühe, dahinzuschlendern, als hätte sie keine Sorgen auf der Welt. »Ihr könnt mir glauben: Ich weiß genau, wie verstörend das ist, wenn man einer anderen Version seiner selbst über den Weg läuft. Macht einen völlig kirre, oder?«

Keine der Göttinnen sprach. Und in ihren Mienen stand noch immer nichts als Mord, Mord, Mord. Aber ... sie hatten Eveen noch nicht zu Asche zerpustet. Das war schon mal ein Plus.

»Man hat mir den Auftrag gegeben, mich selbst wegzupacken, götterverdammt! Jemanden mit meinem Gesicht umzulegen! Irre Situation, stimmt's? Also hab ich innegehalten und mich gefragt: Was würde der Held, den ich am meisten bewundere, in so einer Lage tun?«

Hinter ihr murmelte Himmel dumpf, als hätte sie das Gesicht in den Händen vergraben: »Bitte, komm jetzt nicht mit Asheel, dem Irrenjäger …«

»Asheel, der Irrenjäger!«, schrie Eveen ganz bewusst hinaus und ignorierte Himmels Stöhnen.

Diesmal legten beide Göttinnen die Stirn in Falten. Dann sahen sie einander an und eine von ihnen fragte: »Wer?«

»Asheel, der Irrenjäger!«, wiederholte Eveen. »Einer der größten Geister, die es je gegeben hat!«

»Von einem Asheel hab ich noch nie gehört«, sagte die erste Aeril. »Was für ein Gott ist das?«

Eveen schüttelte den Kopf. »Ein Sterblicher.«

Die Aeril aus der anderen Welt sog Luft durch die Zähne. »Dann ist er belanglos.«

Vermutlich war es besser, diese Beleidigung zu übergehen. »Aber er ist kein gewöhnlicher Sterblicher«, erklärte sie. »Asheel macht Jagd auf die Gefährlichsten der Gefährlichen: den mechanischen Schrecken von Kons, die mordende Teufelin! Er war sogar in den Dämonenlanden und hat dort das namenlose Ding mit vielen Händen und Mäulern niedergemacht!«

»Ein Sterblicher, der Dämonen jagt?«, fragte die erste Aeril zweifelnd.

»Ist dieser Asheel dann ein Assassine?«, fragte die zweite.

So hatte Eveen das noch nie gesehen. Asheel lief eigentlich nicht herum und packte die weg, die er jagte – normalerweise fing er sie bloß und lieferte sie aus. Dämonen verbannte er. Aber es würde nicht schaden, die Sache etwas auszuschmücken. »Ja, das könnte man … so sagen.«

Die beiden Göttinnen nickten zufrieden. »Dann verrate uns …«, begann die erste.

»… was Asheel tun würde«, sprach ihr Zwilling weiter.

Eveen dachte eine Weile nach. »Es gibt diese eine Asheel-Geschichte, da begegnet er einem anderen Asheel. Ein Zwilling, von dem er nichts geahnt hatte! Dieser andere Asheel ist fast in jeder Hinsicht genau wie er. Jagt genauso. Mag das gleiche Essen. Ist sogar genauso jähzornig. Sie müssen dann beide diesen Irren aufstöbern – den steinalten einäugigen Tyrannen aus den Dämonenlanden! Man sollte meinen, die arbeiten zusammen und kommen miteinander klar, stimmt's? Nö. Sie sind sich *zu* ähnlich. Sie kämpfen und streiten sich. Machen ein Gewese darum, wer von ihnen der bessere Asheel ist. Der steinalte einäugige Tyrann spielt sie gegeneinander aus. Und dann, wumms! Er dreht den Spieß um und macht Jagd auf sie!«

»Was für ein Unsinn ist das denn?«, knurrte die erste Aeril. »Der Affe jagt nicht den Alligator!«

»Der Jäger kann nicht der Gejagte sein«, pflichtete die Aeril aus der anderen Welt bei.

Die beiden Göttinnen blickten einander an, verwundert, dass sie einer Ansicht waren, dann wandten sie sich wieder Eveen zu.

»Ja. Und das mussten beide Asheels begreifen. Dass sie die Jäger waren. Und Jäger jagen nicht einander; sie jagen Beute. Sobald ihnen das aufgegangen war, fingen sie dann auch den steinalten einäugigen Tyrannen.«

»Und schnitten ihm das steinalte Auge raus!«, rief die Aeril aus der anderen Welt.

»Und zwangen ihn, es zu essen!«, fügte die erste eifrig hinzu.

»Äh, klar, warum nicht?«, antwortete Eveen. »Der Punkt ist: Als ich erkannt hab, dass ich mich selbst wegpacken muss, da hätte ich das schon machen können. Leicht. Dem Mädchen da die Kehle durchschneiden, in ihrem Blut baden und mir hinterher was zu futtern holen.«

»He!«, rief Himmel.

Eveen redete einfach weiter. »Aber ich wusste sofort, dass sich das irgendjemand ausgeknobelt hatte. Mein eigener steinalter einäugiger Tyrann.« Sie warf Pol Oranus einen vielsagenden Blick zu. »Nicht irgendein Dämon. Bloß ein Mann, der alle um ihn herum manipuliert. Dumme Jungs, die er verleitet, seine Magie zu wirken. Vielleicht sogar sein eigener Sohn. Alles bloß Marionetten, die an Schnüren tanzen. Und ich sagte mir, zu den Höllen damit!« Sie schwang wieder zu den Göttinnen herum. »Und wisst ihr, wieso? Weil Asheel, der Irrenjäger, das so machen würde! Scheiß auf eure Regeln, würde er sagen! Scheiß auf eure Verträge! Niemand kann mich zu was zwingen. Wenn diese Nacht noch einmal von vorn beginnen würde, ich würde alles wieder ganz genauso machen. Ich bedaure nichts. Weil ich keine beschissene Marionette bin!«

Eveen sah Himmel an, die beeindruckt aussah und ein wenig verwirrt. Das war doch schon mal was.

Ihr Blick kehrte zu den Göttinnen zurück. »Was geschieht mit der Welt, die ihre Aeril verliert, falls eine von euch die andere umbringt? Mit den ganzen Verträgen, die ihr am Laufen habt? Euren untoten Gefolgsleuten? Euren Priesterinnen? Den vielen wirklich guten Fressbuden? Oder was, wenn ihr euch gegenseitig vernichtet? Was wird aus dem Wort und dem Gesetz, das ihr über beide Welten hinweg hochhaltet? Wird daraus …« Sie gestikulierte, suchte nach einem Wort. »… ein

Kuddelmuddel? Assassinen, die einfach umbringen, wen sie wollen, ohne Verträge oder Regeln? Ganz zu schweigen von dem faden Schlangenfraß, der uns allen dann vorgesetzt wird!« Sie zeigte auf die Hunde. »Und wer zum Henker soll sich um die Viecher kümmern? Habt ihr über irgendwas davon mal nachgedacht?«

Sie lehnte sich zurück, schürzte die Lippen und schüttelte den Kopf. »Da steht ihr nun, unsterbliche Gebieterin von diesem, großmächtige Herrin von jenem … und seid zu beschäftigt damit, einander abzustechen, um mitzukriegen, dass ihr in derselben Täuschung festhängt. Ihr sorgt euch mehr um irgendeinen blöden Vertrag als darum, dass man euch an der Nase herumführt. Und ich dachte, ihr seid fiese Miststücke oder so was. Ist ja enttäuschend.«

Beide Aerils starrten sie bitterböse an. Wahrscheinlich war sie zu weit gegangen – nein, definitiv. Aber den Bogen zu überspannen, war schon so lange ihre Gewohnheit. Brachte nichts, sich jetzt noch groß ändern zu wollen. Also starrte sie mit den Augen einer Toten zurück – ohne zu blinzeln. Es folgte eine angespannte Pause, als hielte die ganze Welt den Atem an, dann sprach Himmels Aeril.

»Deine Gefolgsfrau hat ein dreckiges Mundwerk. Aber sie spricht die Wahrheit … Schwester.« Fort war ihr Messer.

»Sie ist zu dreist. Aber in ihrer Rede liegt Macht … Schwester«, stimmte Eveens Aeril zu und ließ auch ihre Klinge verschwinden. Sie hielt den Vertrag hoch und beäugte das Pergament geringschätzig. »Dieser Vertrag hat uns genug Ungemach bereitet. Was für ein Chaos.«

Himmels Aeril schnaubte. »Wir sollen uns von den Zaubertricks der Sterblichen an der Nase herumführen lassen? Das alles ist doch völlig verrückt.«

Ihr Zwilling knirschte mit den spitzen Zähnen, den Vertrag fest umklammert. »Wir sind Aeril. Unser Wort ist Gesetz. Und das Gesetz ist unsere Macht. Aber *wir* schmeißen den Laden, der Laden schmeißt nicht uns!«

Das Pergament ging brausend in Flammen auf. Und somit war der Vertrag nun ohne Substanz – buchstäblich.

Das Mal in Eveens Nacken brannte, dann kühlte es wieder ab, als die bindenden Schwüre von ihr abfielen. Nahebei stützte sich Fennis mit den Händen auf die Knie und holte tief Luft. Baseema ließ einen zitternden Atemzug entweichen. Die sonst so unerschütterliche Gildenchefin konnte ihre Erleichterung nicht verbergen. Himmel stürzte sich auf Eveen und umarmte sie.

»Du hast es geschafft! Du hast es tatsächlich geschafft!«

»Hast mir ja richtig was zugetraut«, bemerkte Eveen trocken.

»Wie hoch war aber auch die Wahrscheinlichkeit, dass es eine Asheel-Geschichte gibt, die so perfekt passt!«

»Ja.« Eveen sah sie vielsagend an. »Wie. Hoch. Wohl?«

»Warum sagst du das so ko…« Himmels Augen weiteten sich. Leiser sagte sie: »Du hast das erfunden!«

Eveen zuckte mit den Schultern. »Immerhin ist Festival. Du weißt doch, wie sehr wir in dieser Stadt gute Geschichten schätzen.«

»Das ist ja ungeheuerlich!«, donnerte es. Beide Frauen wandten sich um. Pol Oranus. Er stand hinter seinem Schreibtisch und blickte sie finster an. »So geht es nicht. Die Vereinbarung stand! Die da hat zu tun, was ich will! Was ich befehle!« Er packte den Anwalt beim Genick und stieß ihn vorwärts. »Tu was, du Wurm! Tu was!«

Der kleine Mann stolperte, Schweißperlen im Gesicht. Doch irgendwie gelang es ihm, sich an seine Blasiertheit zu klammern. Er reckte das Kinn vor und richtete das Wort an die Göttinnen.

»Das ist absurd! Im Namen meines Klienten erhebe ich Einspruch gegen diese … diese … Schikane! Wir verlangen …«

»Abgelehnt«, erklärten die beiden Aerils einmütig. Ein Fingerschnippen, und die vier monströsen Hunde waren von der Kette und sprangen auf den Mann zu. Er brachte nicht einmal einen Schrei heraus, da fielen sie schon über ihn her und schnappten und rissen.

»Ich glaub, uns sind die Anwälte ausgegangen«, murmelte Eveen.

Himmel hielt sich die Hände vor den Mund – sah aber nicht weg.

Pol Oranus erbleichte kurz, doch dann funkelte er Eveen an. »Das letzte Wort ist noch nicht gesprochen!«

Sie seufzte. Warum sagten sie das nur immer?

Der wutentbrannte Patriarch fuhr zu Baseema herum und bei jedem Wort flog ihm Speichel von den Lippen. »Eure Götter mögen euch verschonen. Doch in dieser Stadt bin ich die Macht. *Mein* Wort kann Gesetz werden. Eure Gilde ist erledigt! Ich werde euch ruinieren! Keine Bank wird euch Geld leihen! Eure Gläubiger werden die Begleichung aller Schulden fordern! Euer Kundenbuch wird dünn! Ich vernichte euch in einem einzigen Tag!«

Eveen sah, wie Baseema sich verspannte. Das waren keine leeren Drohungen. Pol Oranus war ein Patriarch. Vor den Göttinnen mochte er verloren haben, aber in der profanen Welt der Bankiers, des Reichtums und der Herrschaft hatte er noch immer beträchtlichen Einfluss. So randalierten Männer wie er. Nicht mit Feuer oder Vandalismus. Aber gleichwohl mit umfassender Salz-auf-die-Äcker-Zerstörung.

Himmel sah immer noch zu, wie die Hunde den Anwalt verspeisten. Doch dann blickte sie auf.

»O Göttliche«, rief sie. »Bringst du mich zurück?«

Ihre Göttin nickte. »In den Moment, bevor du entführt wurdest.«

»Also werde ich mich ... an nichts hiervon erinnern?«

»Genau das brauchst du. Damit du selbst entscheiden kannst, ob du mir deine Seele anbietest.«

Himmel blinzelte. »Ich dachte, deine Anwesenheit hier bedeutet, dass ich diese Entscheidung treffen *werde.*«

Die Göttin schmatzte mit den Lippen. »Was zum Henker, Mädchen? Wie kannst du eine Entscheidung treffen, vor der du noch gar nicht stehst? Ich bin hier, weil es *wahrscheinlich* ist, dass du meine Gefolgsfrau wirst. Aber ein Weg, der noch nicht beschritten ist, kann sich noch ändern.« Als das Mädchen sie nur verwirrt anblickte, seufzte sie. »Ihr Sterblichen habt einen Verstand, so klein wie der von Ameisen.«

Die erste Aeril lachte laut.

Eveen versuchte nicht einmal, das zu verstehen. Sie wollte nicht, dass ihr das Gehirn aus den Ohren lief.

Himmel schüttelte ihre eigene Verwunderung ab. »Dann habe ich, bevor ich gehe, noch eine Bitte.« Sie wandte sich der ersten Aeril zu und verbeugte sich tief. »Eveen war eine treue Gefolgsfrau. Ohne sie hättet ihr vielleicht einen schrecklichen Fehler gemacht. Verdient sie dafür nicht eine Belohnung, o Göttliche?«

Die Göttin hob die Hand. »Wenn du mich bitten willst, ihren Vertrag mit mir zu verbrennen, dann hör mir jetzt gut zu: Ihre Entscheidung ist bereits getroffen und kann nicht rückgängig gemacht werden.«

Himmel verbeugte sich abermals tief. »Die Strafe eines zusätzlichen Jahrhunderts der Knechtschaft aber schon. Die Strafe ist ungerecht.«

»Sie hat mein Gesetz gebrochen, mein Wort«, gab Aeril zurück.

»Und du hast dennoch eine Seele bekommen.« Himmel war offenbar nicht bereit einzulenken. »Ich weiß, sie spielt diesen harten Hund. Einsam und ohne Bindungen. Aber ich habe heute Nacht die wahre Eveen zu sehen bekommen. Wie sich gezeigt hat, hat sie Freunde.« Sie sah Fennis an; er lächelte und nickte. »Sie hat Interessen und Hobbys wie etwa diese Asheel-Bücher und hübsche Glasminiaturen. In der Karre hat sie so was wie eine Familie. Sogar einen Liebhaber.«

»In Ordnung«, unterbrach Eveen. »Das reicht wohl so langsam.«

Aber das Mädchen machte unermüdlich weiter. »Wusstest du, dass man sie den Engel der Karre nennt für das, was sie getan hat? Dass die Leute ihre Kinder nach ihr benennen? Dass die Göttin Aeril nun auch in deren Schreinen zu finden ist, weil sie deine Gefolgsfrau ist? Ich weiß ein bisschen was über Götter, nämlich dass die Verehrung der Sterblichen euch Kraft verleiht. Wie viele neue Anhänger hat Eveen dir geliefert? Wie viele richten jetzt ihre Gebete an dich und bringen dir Opfergaben dar, ihretwegen? Angesichts all dessen und dem, was sie hier heute Nacht getan hat, würde ich sagen, ihre Schuld dir gegenüber ist beglichen – mit Zinsen.«

Aeril schürzte nachdenklich die Lippen und rollte dann entnervt mit den Augen. »Na schön.«

Eveen glotzte. War das gerade wirklich passiert? Das gehörte aber nicht zum Plan!

Himmel war noch nicht fertig. Jetzt trat sie vor Baseema. »Ich höre, du wolltest mich umbringen lassen.«

Die Gildenchefin blickte teilnahmslos auf sie herunter. »Nichts Persönliches.«

»Natürlich.« Sie zückte eine Visitenkarte. Eine von Eveens. Wann hatte sie die in die Finger bekommen? »Und deswegen würde ich jetzt auch gern deine Toten Katzenschwänze unter Vertrag nehmen.«

Baseema ließ sich die Karte in die Hand drücken. »Meine Assassinen? Du willst einen Vertrag abschließen?«

»So läuft das doch bei euch, oder nicht?«

Die Gildenchefin hob angesichts dieser frechen Antwort eine Augenbraue. Wahrscheinlich war sie beeindruckt. »Und wen willst du ... wegpacken lassen?«

Himmel drehte den Kopf und aller Augen im Saal folgten ihrem Blick. »Pol Oranus«, sagte sie vernehmlich.

Baseema sah aus, als bliebe ihr die Luft weg. Eveen ging es ebenso. Was machte das Mädchen denn jetzt für einen Scheiß?

Pol Oranus brach in brüllendes Gelächter aus, als wäre das der lustigste Scherz der Welt. »Dumme Kuh. Ich bin ein Patriarch! Kein dreckiger kleiner Assassine kann Hand an mich legen!«

»Da hat er recht.« Baseema hatte ihre Verblüffung abgeschüttelt. »Patriarchen sind tabu.«

»Ist das ein Gesetz?«, fragte Himmel.

»Nein, aber das weiß man.«

Himmel sah Eveen an. »*Wir* unsererseits wissen, dass Pol Oranus bei den anderen Patriarchen keinen guten Stand hat. Sie haben seine Geheimnisse vertuscht. Jetzt dürfte das alles bald rauskommen. Da frage ich mich: Würden die ihn wirklich vermissen? Wenn er einfach ... verschwinden würde?«

Baseema hielt inne, dachte zweifellos über Pol Oranus' vorangegangene Drohung nach. Aber sie schüttelte erneut den Kopf. »Ein Vertrag ist teuer. Ich muss Investoren und Anteilseignern gegenüber Rechenschaft ablegen. Um einen derartigen

Auftrag anzunehmen, mit allen seinen Risiken, müsste ich ihnen eine recht ansehnliche Summe nennen können.«

Pol Oranus lachte wieder. »Ich bin mehr wert, als du dir leisten kannst, Mädchen. Und jetzt hau ab!«

Himmel beachtete ihn gar nicht und zog etwas Goldenes aus der Jackentasche.

Baseema beäugte es skeptisch. »Eine Festivalmünze?«

»Eine Festivalmünze«, bestätigte das Mädchen. »Aber aus einer anderen Zeit. Einer anderen Welt. Ein Unikat, möchte ich behaupten. Eveen hat mir erzählt, dass du Raritäten sammelst. Dass du ein Auge für diesen Markt hast. Und eine Vorstellung davon, wie viel den Käufern so etwas Einzigartiges wert sein könnte.«

Jetzt funkelten Baseemas Augen. Und sie leckte sich die Lippen, während sie sich die Münze noch einmal ansah – als wäre sie ein glitzerndes Juwel. Es entstand eine lange Pause. Schließlich räusperte sie sich. »Ein solcher Vertrag müsste von meiner Göttin bewilligt werden«, brachte sie zögernd hervor.

Pol Oranus sah aus, als hätte man ihm eine Ohrfeige verpasst. »Was?!«, brüllte er.

Alle ignorierten ihn und sahen zu Aeril hinüber – der aus dieser Welt. Die Göttin hatte sich das Geplänkel interessiert angehört und klickte nun nachdenklich mit den Fingernägeln.

»Man schuldet mir noch eine Seele. Und ich bin den ganzen weiten Weg gekommen …« Sie zuckte mit den Schultern. »Bekommst du keinen Truthahn, gib dich mit Herrn Krähe zufrieden.«

»Hör mal!«, rief die Aeril aus der anderen Welt. »Schwester, ich hab auch Hunger. Und ich bin noch weiter gereist. Willst du dieses Opfer nicht mit mir teilen?«

»Keine Sorge, Schwester«, erwiderte ihr Zwilling. »Diese Seele essen wir gemeinsam.«

»Eine Seele, geteilt über Welten hinweg«, überlegte die andere. »Er wird unaufhörliche Qualen leiden. Vor Schmerz schreien für immer und ewig.«

»Das macht seine Seele umso köstlicher«, gurrte ihre Schwester.

Beide Aerils lächelten verschlagen und richteten ihren schrecklichen Blick auf Pol Oranus, während ihre Tentakel hungrig seufzten. Zum ersten Mal, soweit Eveen sich erinnerte, sah der Patriarch wahrhaft verängstigt aus.

»Es muss ein Vertrag aufgesetzt werden«, kam Baseema zur Sache.

»Ich habe eine Vorlage dabei.« Fennis zog aus seinem zu großen Mantel ein Pergament hervor, eine Schreibfeder und sogar ein Tintenfässchen. »Wir müssen nur ein paar Kleinigkeiten eintragen.«

»Ich verbiete es!« Pol Oranus bemühte sich um Empörung, doch seine Furcht war nun nicht mehr zu übersehen. Beinahe konnte man sie riechen. »Ich bin ein Patriarch! Ein Nachfahre der Gründer dieser Stadt! Ihr werdet mich nicht anrühren. Wachen! Bringt alle Lebenden um! Und zerreißt die Toten!«

Im großen Saal herrschte Stille. Die Hauptmännin der Söldnertruppe hatte sich im Verlauf der Zusammenkunft immer weiter von dem Patriarchen entfernt. Im Augenblick studierte sie einen der Hunde, der ihren Blick aus leuchtenden Augen erwiderte, während er krachend auf etwas herumkaute, das wie der Oberschenkelknochen des Anwalts aussah. Die Eiserne Dame schien im Kopf etwas auszurechnen. Nach einem Moment hob sie den Blick, salutierte vor Pol Oranus, machte auf dem Absatz kehrt und ging wortlos aus dem Saal. Ihr kleines Söldnerheer folgte ihr eilig.

»Wo wollt ihr hin?«, schrie der Patriarch. »Kommt zurück! Das ist ein Befehl!«

Eveen blickte zur Galerie hoch, auf der Gewehrschützen ihre Waffen schulterten und in Reihe hinausmarschierten.

»Heutzutage ist auf das Personal einfach kein Verlass mehr«, stichelte sie.

Pol Oranus schien sich seiner misslichen Lage endlich ganz bewusst zu sein. Die Maske der Entrüstung zersprang und zum Vorschein kam nacktes Entsetzen. Er wandte sich an Baseema. »Ich habe Geld! Ich kann weit mehr zahlen als das Mädchen.« Die Gildenchefin schaute an ihm vorbei. Voller Verzweiflung blickte er in die Runde der übrigen Katzenschwänze. »Dann jemand von euch! Ich mache den reich, der mich in Sicherheit bringt!«

Der alte Mann streckte ihm die Zunge heraus. Die drei Vierlinge lachten nur.

»Ich denke, das genügt.« Fennis sprenkelte feines Pulver über den hastig geschriebenen Vertrag, damit er trocknete. »Wenn du bitte unterschreiben würdest?« Himmel nahm seinen Stift entgegen und setzte ihre Unterschrift. »Baseema, dein Siegel hierhin.« Die Gildenchefin nahm den Ring ab, um das Pergament zu stempeln. »Und die Bezahlung?«

»Eine Festivalmünze.« Das Mädchen reichte Baseema die Münze. »Eveen, für dich hab ich auch etwas.« Sie griff in ihre Tasche und holte ein schwarzes Etui hervor. Ihre chirurgischen Instrumente! »Ich dachte, du bietest uns vielleicht eine Vorführung?«

Eveen öffnete das Etui und strich mit den Fingern über die silbernen Instrumente.

Pol Oranus sah sich das alles an und der Schweiß lief ihm nun in Strömen übers Gesicht. Jetzt verlor er auch noch das letzte bisschen Fassung. Er machte einen Satz hinter dem Schreibtisch hervor, als wollte er wegrennen. Aber Eveen erwischte ihn. Sie packte ihn an seinem prächtigen Gewand, wirbelte ihn herum und drückte ihn gewaltsam auf den Schreibtisch. Sie beugte sich zu ihm hinunter und flüsterte ihm ins Ohr:

»Nichts da. Du bleibst und feierst schön mit.«

◆

Wenig später war der Schreibtisch in so etwas wie einen Ausstellungstisch verwandelt. Pol Oranus lag flach darauf, Arme und Beine ausgestreckt und ordentlich festgebunden. Er hmpfte durch einen Knebel und riss an seinen Fesseln – vergebens. Eveen wusste, wie man Knoten knüpfte.

Baseema saß auf dem Patriarchenstuhl und drehte mit einem Grinsen auf dem Gesicht die goldene Festivalmünze zwischen den Fingern. Die drei Vierlinge lümmelten sich auf hastig zusammengesuchtem Mobiliar und trugen die Gleichgültigkeit gelangweilter Teenager zur Schau. Der alte Mann hingegen lag auf dem Bauch, das kleine Gesicht in die Hände gestützt, und verfolgte die Geschehnisse mit gespannter Aufmerksamkeit.

Die beiden Aerils standen auch dabei und sahen zu. Fennis hatte eine Tüte Tee aus einer seiner Manteltaschen gefischt und dann noch ein silbernes Serviertablett mit zwei Schalen aufgetrieben. Jede war gebrochen und mit Gold repariert worden, das die Risse füllte und nun kunstvoll durch die schwarze Oberfläche lief. In der Hand der Göttinnen wirkten die Schalen wie kleine Teetassen. Sie nippten neugierig.

»Der Tee ist aus Vash importiert«, erzählte er gerade. »Und man kann ihn heiß oder kalt einnehmen. Der Trick ist jedoch, die Blätter zu pressen, sie gut ziehen zu lassen und zur Würze gesüßte Himmelsbisonmilch hinzuzugeben.«

»Das ist ein feiner Tee«, komplimentierte die Aeril aus der anderen Welt. »Was für ein Gewürz ist da drin?«

Fennis lehnte sich zu ihr hin, als wollte er ihr ein großes Geheimnis enthüllen. »Muskat!«

Beide Göttinnen nickten anerkennend.

»Du hast einen guten Geschmackssinn«, lobte die erste Aeril. »Hast du je darüber nachgedacht, für meine Küchen zu arbeiten?«

Der Mann strahlte übers ganze Wonneproppengesicht und brachte einen hohen Laut heraus, der wie *Jippie!* klang.

Eveen hob ein chirurgisches Messer und begutachtete die Klinge. »Sicher, dass du das sehen willst?«

Himmel zuckte mit den Schultern. »Ich werde mich eh nicht daran erinnern. Außerdem kann ich dir mit Rat zur Seite stehen – Chirurgin, weißt du noch?«

»Stimmt ja.« Eveen beugte sich über Pol Oranus und stützte einen Ellenbogen auf ihn. »Ich hoffe, du kannst den Beruf eines Tages auch ausüben.«

»Falls nicht, hab ich ja anscheinend einen Ausweichplan.« Das Mädchen unterbrach sich. »Es tut mir leid, dass wir nie herausgefunden haben, warum du … warum wir uns am Ende hierfür entscheiden. Uns dieser Göttin zu weihen.«

Eveen seufzte. »Na ja, ich hab ja noch fast ein Jahrhundert, um das rauszufinden.«

»Und ich noch rund zwei Jahrzehnte, um zu schauen, welchen Weg ich einschlage.«

»Sieht so aus, als steht uns noch einiges bevor.« Eveen zögerte kurz. »Viel Glück!«

»Dir auch!« Es entstand ein verlegenes Schweigen, als sie einander anschauten – ihr jeweiliges einst unmögliches

Spiegelbild. »Ich würde gerne sagen, dass ich dich vermissen werde. Aber ich werd mich ja nicht einmal an irgendwas hiervon erinnern.«

Eveen lachte. »Keine Sorge. Ich übernehme das Vermissen für uns beide.« Sie streckte die Hand aus und berührte einen der Zöpfe des Mädchens. »Vielleicht färbe ich mir sogar die Haare blau … zur Erinnerung.« Sie tauschten ein Lächeln, dann wurden sie durch ein heftiges Röcheln unterbrochen.

»Ich glaub, du schneidest ihm die Durchblutung ab«, stellte Himmel fest.

Eveen blickte hinunter und sah ihren Ellenbogen auf Pol Oranus' Hals.

»Ups! Das geht ja nun nicht, dass du jetzt schon ohnmächtig wirst.« Sie erhob sich und hielt Himmel das Skalpell hin. Pol Oranus' Augen traten hervor und er folgte dem blitzenden Silber mit dem Blick.

»Machst du den ersten Schnitt?«

Himmel nahm das Messer an, fachkundig zwischen Daumen und Zeigefinger.

»Wo fange ich an?«

Eveen verschränkte die Arme. »Beeindrucke mich.«

Himmels Miene wurde ernst, analytisch. Dann senkte sie die Klinge und begann.

Während Pol Oranus' gedämpfte Schreie den Saal erfüllten, lächelte Eveen. Sie hob eine fies aussehende Säge und machte mit. Denn manchmal gab es nichts Besseres, als sich ganz in seiner Arbeit zu verlieren, mit niemandem als sich selbst als Gesellschaft.

DANKSAGUNGEN

Eine weitere Novelle! Die Inspiration für diese ist ein wirres Gemisch aus alten Forgotten-Realms-Geschichten, die ich als Kind gelesen habe, und einer Vielzahl von Streifen von *Tödliche Weihnachten* bis *Dancehall Queen.* »Walk an' live!« Der Soundtrack, den ich beim Schreiben im Kopf hatte, reichte von Sister Nancys »Bam Bam« bis Rihannas »Better Have My Money«. Zu mindestens einer Kampfszene spielte Run the Jewels' »Yankee and the Brave«. Irgendwie kam das alles hier mit rein. Fantasy ist meine erste Liebe, wenn es um Genreliteratur geht. Und mit diesem Buch wollte ich einfach nur Spaß haben – so viel Spaß man mit untoten Assassinen und Todesgöttern eben haben kann. Mein Dank geht ans ganze Team von Tordotcom Publishing, das mir geholfen hat, es fertigzubringen, vom Funken bis zum Finale. Ich kann gar nicht glauben, dass ich diesen Titel behalten durfte! Ich danke auch meinem Agenten Seth Fishman – wie immer gut, dich auf meiner Seite zu wissen. Besonderer Dank geht an Cassandra Khaw und Rebecca Roanhorse – zwei Schriftstellerinnen, die ich wirklich bewundere – für ihre dringend nötigen Anmerkungen und Vorschläge. Eine ganz besondere

Dankesschuld habe ich gegenüber Kaymara Barrett, die mich in meinem Schreiben schon lange unterstützt und vorantreibt, sich aber so richtig ins Zeug gelegt hat mit einer Einführung ins Patwa, der ich wirklich bedurfte. Auch Kai Ashante Wilson muss ich danken, denn seine Arbeit hat mich gelehrt, dass es nicht »eine Stimme« gibt, wenn es um Fantasy geht. Falls in dieser Erzählung irgendeine Lehre liegt, dann ist es die. Zuletzt möchte ich noch meinen Lesern meine stete Dankbarkeit ausdrücken, die mich zum Schreiben motivieren.

ANMERKUNG DER LEKTORIN

Übersetzen ist großenteils eine kreative und befriedigende Arbeit, doch es gibt Fälle, in denen sich Übersetzer oder Übersetzerin mit einer Art Triage-Situation konfrontiert sieht: Dann lässt sich nicht alles aus der Ausgangs- in die Zielsprache retten, und dem Text geht etwas verloren.

Ein Beispiel für dieses Dilemma ist die Sprache der beiden Göttinnen in diesem Buch. Patwa (auch Patois oder jamaikanisches Kreolisch) ist die auf Jamaika verbreitete Kreolsprache mit englischen Wurzeln. Im jamaikanischen Reggae wird viel Patwa verwendet, und Clark, der bis zu seinem achten Lebensjahr in Trinidad und Tobago gelebt hat, hat sich bei der Gestaltung seiner beiden Aerils an jamaikanische Dancehall Queens angelehnt.

In der französischen Übersetzung seiner Novelle war es möglich, das jamaikanische Patwa durch eine Kreolsprache zu ersetzen, die auf den karibischen Inseln gesprochen und im französisch-karibischen Reggae verwendet wird. Französische Leserinnen und Leser haben auf diese Weise ein ganz ähnliches Erlebnis wie englische: Das karibische Patois ist ihnen gerade so verständlich (wie den englischen Lesys das jamaikanische Patwa), und der kulturelle Bezug bleibt offenkundig.

Es gibt mindestens zwei deutsche Kreolsprachen – eine wird in Namibia gesprochen, die andere in Papua-Neuguinea. Deutscher Reggae bedient sich jedoch keiner dieser beiden Sprachen. Eine direkte Reproduktion des Leseerlebnisses ist also bedauerlicherweise nicht möglich. Die Kreolsprache durch einen deutschen Dialekt zu ersetzen, wäre nicht sinnvoll, da der nicht einmal ansatzweise dieselbe Funktion erfüllen würde. Nach Absprache mit dem Autor hat der Übersetzer diese Lösung gewählt: Die Göttinnen sprechen Hochdeutsch, das den Lesefluss nicht behindert; beibehalten wurden bestimmte Wörter, um das Patwa wenigstens anzudeuten (wie beispielsweise »bumaye bumaya«, eine Begrüßungsformel, oder »cho« (verdammt)). Außerdem wurden Sprichwörter nah am Text übersetzt und nicht durch gebräuchliche deutsche Sprichwörter ersetzt (»Ein Gaul ist tot und 'ne Kuh fett?«).

In diesem Nachwort bietet sich außerdem Gelegenheit, den geneigten Leserinnen und Lesern eine Kostprobe zu bieten.

»Mi still owed ah soul. An mi come all dis way …« She shrugged. »If yuh cyaah get turkey, satisfy wid John Crow.«

»Coo yah!« other-world Aeril exclaimed. »Sistah, hungry ave mi. An mi travel furda still. Yuh nah guh share dis sacrifice wid mi?«

»Feel no way, sistah,« her twin assured, »Wi can both gwine nyam dis soul.«

»Ah soul shared across wurls,« the other mused. »Im gwine be inna everlasting torment. Halla inna pain fi eva an eva.«

»Dat will mek fi im soul sweeter still,« her sister purred.

Die Stelle ist in der vorliegenden Übersetzung auf den Seiten 229 und 230 nachzulesen (»Man schuldet mir noch eine Seele. …«)

Englischsprachige Leser und Leserinnen können sich die Stelle erschließen:

»Me still owed a soul [I am still owed a soul]. And me come all this way.« She shrugged. »If you can't get turkey, be satisfied with a crow.«

»Look« other world Aeril exclaimed. »Sister, hungry have me [I am hungry, too]. And me travel further still [and I have traveled even further]. You ain't share this sacrifice with me?«

»Feel no way, sister [Don't worry, sister],« her twin assured. »We can both gonna eat this soul.«

»A soul shared across worlds,« the other mused. »Him gonna be in an everlasting torment. Scream in pain for ever and ever.«

»That will make for his soul sweeter still [That will make his soul even sweeter],« her sister purred.

Hoffentlich bietet dies einen kleinen Einblick ins Patwa. Nun bleibt noch, die Verbindung zu Reggae-Liedtexten herzustellen. Als Beispiel mag Bob Marley mit seinem Song »Them belly full« von 1975 dienen.

Them belly full, but we hungry
A hungry mob is a angry mob
A rain a-fall, but the dirt it tough
A yut a yook, but yood nah nuff

You're gonna dance to Jah music, dance
We're gonna dance to Jah music, dance, oh

[…]
A belly full, but them hungry
A hungry mob is a angry mob
A rain a-fall, but the dirt it tough
A pot a-cook, but the food nah nuff

Marley zitiert hier zwei jamaikanische Sprichworte: »Rien a faal bot di doti tof« (Der Regen fällt, aber die Erde ist hart [A rain a-fall, but the dirt it tough]) und »Pat a bwail bot di fuud no nof« (Der Topf kocht, aber das Essen reicht nicht [A pot a-cook, but the food nah nuff]). Nach Marleys Vorbild begann sich der Gebrauch des Kreolischen unter jamaikanischen Musikern zu verbreiten.

So bedauerlich es ist, dass sich diese Bedeutungsebene nicht in den deutschen Text selbst retten ließ, freut es uns, dass wir sie in diesem Nachwort den Leserinnen und Lesern näherbringen konnten!